Stefan Soder

Simonhof

Roman

STEFAN SODER

Simon hof

Roman

braumüller

Bibliografische Information der Deutschen Nationalbibliothek
Die Deutsche Nationalbibliothek verzeichnet diese Publikation in der Deutschen Nationalbibliografie; detaillierte bibliografische Daten sind im Internet über http://dnb.d-nb.de abrufbar.

Printed in Austria

1. Auflage 2017

Servitengasse 5, A-1090 Wien
www.braumueller.at

Druck: Christian Theiss GmbH, A-9431 St. Stefan im Lavanttal
ISBN 978-3-99200-179-8

Wo das Erzählen keine Tradition hat, vermisst man es nicht. Wer damit beschäftigt ist, sich und seine Familie zu erhalten, findet keine Muße, um mehr als das Nötigste zu reden oder gar in der Vergangenheit zu schwelgen. Selbst in Zeiten wirtschaftlichen Wohlstandes gibt es stets Dringlicheres zu tun.

Die Gegenwart und das greifbare bisschen Zukunft sind das, was zählt. Es gilt zu kämpfen, früher wie heute, ums nackte Überleben oder darum, sich leisten zu können, was die Nachbarn noch nicht oder alle anderen längst haben.

Was das Erzählen betrifft, stellt meine Familie eine Ausnahme dar. Es waren die Frauen, die jedes Jahr zu Allerheiligen die alten Geschichten aufwärmten. Nachdem sie am Grabstein der Verstorbenen gefroren hatten, setzten sie sich zu Hause mit einem Getränk an den Kachelofen, tratschten ein wenig, um sich warm zu reden, bis sie zu erzählen begannen, zuerst von den Toten, später auch von den Lebenden.

Wenn es Abend wurde und die Kinder im Bett lagen, tranken und erzählten sie weiter. Als einzige Regel galt, dass nichts erlogen sein durfte, dass man bei dem bleiben musste, worauf man sich geeinigt hatte und das so im Lauf der Zeit zu einer Art Wahrheit geronnen war.

Die Männer taten gelangweilt, aber hörten genau zu, stets bereit, um berichtigend einzugreifen, wenn sie einen von ihnen ins falsche Licht gerückt fanden. Im besten Fall ergänzten sie das Wiedergegebene mit überraschend persönlichen Anekdoten. Diese erzählten sie nicht ohne Eitelkeit, aber doch so roh und ungeschmückt, zuweilen naiv, dass sie sich mir besonders gut einprägten.

Wir Frauen spielten die Nebenrollen. Meist handelten die Geschichten von den Bauern, diesen zähen, starken Männern, die ihre Sturheit wie eine Trophäe vor sich hertrugen. Ihre Psychologie war nur gelegentlich von Interesse. Was die Bauern taten, das zählte und wurde erzählt.

Not und Wendigkeit

Am Anfang war die Arbeit.

Wenn man auf die Zeit nach dem ersten großen Krieg zurückschaut, lässt sich kaum begreifen, was Arbeit damals bedeutete, wie unmittelbar sie mit dem eigenen Überleben und dem der Familie zu tun hatte. Für die meisten Arbeitstauglichen gab es keine echte Freizeit, so wurden die weniger anstrengenden Tätigkeiten zum Vergnügen und zur Erholung.

Simon war ein schmächtiger Bursche von vierzehn Jahren, der, seit er nicht mehr zur Schule ging, für seine Mutter einmal pro Woche vom elterlichen Bergbauernhof ins Dorf hinunterlief, um einzukaufen. Während sein älterer Bruder beim Vater, bei der Arbeit bleiben musste, genoss Simon das Privileg, sich alleine und unbeaufsichtigt auf den Weg zu machen. Als er den Wald hinter sich gelassen hatte, rastete er, blickte über die tief verschneiten Felder ins Dorf hinab, darüber hinaus ins Tal, wo es sich öffnete, bevor es ins nächste, breitere Tal führte, in eine unbekannte Welt, die er nie betreten hatte. Eine Welt, in die er sich voller Neugierde hineinträumte, bis er sich wieder seiner Aufgabe besann und weitermarschierte.

Nachdem er im Dorf beim Krämer eingekauft hatte, lauschte er am Fenster des Wirtshauses den sentimentalen

Kriegsliedern eines invaliden Ziehharmonikaspielers, der sich mit seiner Musik Essensreste und Alkohol verdiente, seit er ohne Beine aus dem Krieg heimgekehrt war. Dabei beobachtete Simon die Kartenspieler, gebrechliche oder versehrte Männer, die einzigen, die tagsüber im Wirtshaus saßen.

Wenn Simon sich endlich losreißen konnte, beeilte er sich mit geschulterter Kraxe auf dem schmal durch den Tiefschnee gestapften Pfad zum Hof seiner Eltern. Seine Schuhe passten ihm nicht, weil er sie stets erst dann bekam, wenn sie seinem um zwei Jahre älteren Bruder Vitus zu klein geworden waren. Mit der Kleidung war es das Gleiche, seine Mutter kam mit dem Stopfen der vielen Löcher, dem Annähen von Knöpfen an seinem ausrangierten Gewand kaum nach. Zu Hause brüllte immer zumindest eines der Kleinen.

Weil seine Mutter die Kinder beruhigen und gleichzeitig kochen musste, vergaß sie, mit Simon zu schimpfen, obwohl er wieder einmal zu lange gebraucht hatte. Er reihte die Kerzen, Mehl und Salz vor ihr auf und erklärte, dass der Pfeffer fehle, weil der Krämer ihn nichts mehr hatte anschreiben lassen. Seine Mutter fluchte ganz leise, bekreuzigte sich, dann schickte sie Simon zu seinem Bruder in den Stall und machte sich weiter daran, aus den knappen Lebensmitteln ein Essen für zu viele Mäuler zu rühren.

Sobald der Vater nicht in der Nähe war, packte Vitus seine Spielkarten aus und die Brüder hockten sich in einer Ecke des Stalls ins Heu. Beim Schnapsen ging es immer um einen Spieleinsatz. Wenn einer von ihnen an einen Schatz gekommen war – eine Murmel, ein Gummiband, einen Quarzstein oder einen Bleistift –, dann waren das willkommene Anlässe, um darum zu spielen. Sie hatten beide ihre Schatztruhen, die abwechselnd gefüllt waren, je nachdem, wer bei ihren Duellen im Kartenspiel gerade die Oberhand behielt. Seit Tagen hatten sie um ein Stück Katzengold gekämpft. Sie wussten um die Wertlosigkeit des Steines, aber es ging längst ums Prinzip. Sie spielten so verbissen darum, als stünde das Erbe des Hofes auf dem Spiel.

Das Kommen des Vaters kündigte sich auf dem Bretterboden rechtzeitig an, das Klopfen seines Holzbeines war ein verlässlicher Alarm. Sie ließen die Karten verschwinden und arbeiteten weiter, mit gesenktem Kopf, leise flüsternd, um den Zwischenstand des laufenden Spieles nicht zu vergessen oder darüber zu streiten, falls sie sich nicht einig waren.

Die Mutter musste nur einmal rufen, damit sich alle zum Essen versammelten. Die beiden Brüder und ihre fünf kleinen Geschwister redeten durcheinander, bis der Bauer sich dazusetzte. Wenn nur noch ihre hungrigen Bäuche zu hören waren, sprach er das Gebet. Als sich alle bekreuzigt hatten, schaufelten sie sogleich gierig in sich hinein. Wer nicht hungrig zu Bett gehen wollte, musste sich beeilen, den heißen Grießbrei aus der Eisenpfanne zu verschlingen und möglicherweise noch etwas von der geschmolzenen Butter in der Mitte zu erwischen. Wer zu wenig bekam, schabte mit dem Holzlöffel über den Boden der Pfanne, bis kein Körnchen Grieß, kein Tropfen Milch, kein Spritzer Butter mehr übrig war.

Nach dem Essen zog Vitus Simon mit sich hinaus, um weiter um das Stück Katzengold zu spielen, doch der Bauer rief sie zurück. Im Beisein der Bäuerin erklärte er Simon in knappen Worten, dass er den Hof bald verlassen und woanders arbeiten müsse. Vitus würde den Hof übernehmen, sobald er alt genug dafür sei. Bauer konnte es eben nur einen geben. Die Mutter versicherte Simon, dass sie einen guten Platz für ihn finden werde, wo es mehr zu essen gebe als bei ihnen. Der Vater ermahnte die beiden, sich das Kartenspielen und andere Flausen abzugewöhnen, weil sonst nichts aus ihnen werden könne. Als Männer hätten sie sich wie solche zu verhalten und hart zu arbeiten. Dann durften die beiden gehen.

Simon schlich sich von Vitus weg und legte sich im Stall ins Heu, wo er sich vornahm, fleißiger zu sein, sich so nützlich zu machen wie noch nie, bis er so unersetzlich wäre, dass sie es sich anders überlegen müssten und ihn nicht mehr fortschicken könnten.

Er spielte nicht mehr Karten mit Vitus, ließ sich auf keine Blödeleien ein und arbeitete jeden Tag so hart er nur konnte, bis seinem Vater abends beim besten Willen keine Aufgabe mehr für ihn einfiel.

Trotz aller Bemühungen spürte er, dass das alles nicht genug war, als hätten seine Eltern sich schon von ihm verabschiedet. Wie sehr er sich auch ins Zeug legte, die Suppen blieben wässrig, Knödel gab es selten, Fleisch war rar und die Portionen waren generell knapp bemessen. Also versuchte er, sich beim Essen zurückzuhalten und ging oft hungrig ins Bett. Dort kam ihm die Idee mit dem Wildern. Sie wollte ihm nicht mehr aus dem

Kopf gehen, bis er sich eines Nachts anzog und aus dem Zimmer schlich, ohne dass seine Geschwister es bemerkten.

Im Stall, ganz hinten über dem letzten Querbalken, nahm er die Büchse seines Vaters aus ihrem Versteck. Er band sich Schneeschuhe um und stapfte im Mondschein über das Feld nach oben in den Wald, in die Dunkelheit. Mit dem Willen eines Verzweifelten überwand er seine Angst, stieg weiter bergauf, bis an den Rand einer großen Lichtung, wo er sich auf einem Baumstumpf auf die Lauer legte.

Bald begann er zu zittern, aber er ließ sich nicht beirren und konzentrierte sich darauf, keine Äste zu knicken und seine Zähne vom Klappern abzuhalten. Es dauerte lange, bis tatsächlich ein erschöpftes Reh die Lichtung querte.

Simon hatte sich mit Vitus abgewechselt, als der Vater ihnen einmal erlaubt hatte, mit der Büchse zu schießen. Er war ein besserer Schütze als sein Bruder und sein Vater zusammen. Nur er hatte den rostigen Kübel bei drei Versuchen zwei Mal treffen können. Der Vater hatte ihn bestimmt nur deshalb nicht gelobt, weil er selbst nur ein Mal getroffen hatte. Er schieße wie ein Mädchen, meinte er dafür zu Vitus, weil dieser über Schmerzen in der Schulter klagte und ohne Treffer geblieben war. Wie ein Mädchen. Nicht wie ein Mann. Nicht wie ein Bauer. Diesen Kommentar zu hören, fühlte sich für Simon besser an, als selbst ein Lob zu bekommen. Vitus und Simon prügelten sich an jenem Abend, weil Vitus ihm zeigen wollte, dass er ein Mann, dass er der nächste Bauer sei. Einen eindeutigen Sieger gab es nie, wenn sie sich schlugen. Sie hörten einfach auf, wenn sie erschöpft waren oder einer von ihnen so stark blutete, dass die Mutter es bemerken musste.

Das Reh stand nahe genug. Simon wusste, wohin er zu zielen hatte. Das Blatt war größer als der rostige Eimer damals, dennoch zögerte er. Er begann erneut zu zittern, aber nicht vor Kälte. Bevor es noch schlimmer wurde, zog er am Hahn. Der Rückstoß überraschte ihn, der Schaft der Büchse schlug schmerzhaft auf sein Schlüsselbein und er fiel rücklings auf den Waldboden. Er hatte vergessen, was der Vater ihnen eingebläut hatte. Als er sich aufrappelte, war die Geiß verschwunden. Mit gezückter Waffe machte er sich daran, sie zu verfolgen, sein Herz raste, als er auf die Lichtung lief. Dabei wäre er beinahe über das Tier gestolpert, das nicht weit gekommen war und leblos vor ihm lag. Simon getraute sich kaum, es anzufassen, zögerlich legte er seine Hand in das feuchte, warme Fell. Er hätte das Reh vor Erleichterung umarmen wollen. Er riss sich zusammen, schaffte es irgendwie, es zu schultern und machte sich langsam an den Abstieg.

Auf den letzten Metern vor dem Hof kam ihm der Vater entgegen. Vom Schuss geweckt, hatte er seinen Sohn und die Büchse nicht an ihren üblichen Plätzen vorgefunden und schien erleichtert, den Buben gesund zu sehen. Sie stoppten erst, als sie so dicht beieinanderstanden, dass die ausgestoßenen Wolken ihres Atems sich berührten. Simon hatte alles so gemacht, wie er es von seinem Vater gelernt hatte, als dieser seinen Söhnen in einem seltenen Moment vertrauter Komplizenschaft erklärt hatte, wie man ein Wild erlegte. Sie durften der Mutter nichts davon sagen – zudem sei das Wildern streng verboten, hatte der Vater abschließend gemeint, aber die Buben spürten, mit welchem Stolz er von dem geheimen Abenteuer seiner Jugend erzählt hatte.

Als er dem Vater gegenüberstand und unter der Last seiner Beute einzuknicken drohte, verspürte er den gleichen Stolz und lächelte für einen Moment.

Die flache Hand traf ihn vollkommen unvorbereitet im Gesicht, mit einer Wucht, die Simon mitsamt dem geschulterten Reh in den Tiefschnee schleuderte. Der Vater riss ihm die Büchse von der Schulter, zog Simon an einem Ohr hoch und ließ ihn nicht mehr los, bis er mit ihm in die Stube gehumpelt war, wo er ihm noch eine Ohrfeige verpasste, die ihn erneut zu Boden warf. Dort blieb Simon zusammengekauert liegen, auch noch, als seine Eltern sich im Schein einiger Kerzen eilig daranmachten, das Tier zu zerlegen. Sorgfältig nahmen sie es aus, zerteilten es und wickelten Stück um Stück in Papier ein. Obwohl sie ihn keines Blickes würdigten, erschienen sie ihm wie Komplizen. Zusammen sorgten sie dafür, dass die Familie zu essen hatte.

Erst als alles verarbeitet und verstaut war und Mutter die Stube geschruppt hatte, kam sie zu Simon, strich ihm über den Kopf und brachte ihn ins Bett. Der Mond war untergegangen, einschlafen konnte er trotzdem nicht. Das Fieber der Jagd, das Töten des Tieres und der unbekannte Einfluss, den diese Tat auf seine Zukunft hatte, raubten ihm den Schlaf, in dieser und den folgenden Nächten.

Beim Frühstück drohte der Vater Simon und Vitus, er würde ihnen die Gurgel umdrehen, wenn sie die Büchse jemals wieder ohne seine Erlaubnis anfassten. Dann brachen die drei zur Holzarbeit in den Wald auf. Vitus konnte sich allmählich einiges zusammenreimen. Wenn er Simon danach fragte, was genau sich in der Nacht abgespielt hatte, verlor dieser jedoch kein Wort darüber. Der Vater erteilte die einsilbigen Arbeitskommandos noch knapper als gewöhnlich.

In der Dämmerung kehrten sie zum Hof zurück. Durch das Fenster sahen sie den Wildhüter am Tisch in der schwach beleuchteten Stube sitzen. Sein weiter, grüner Mantel war aufgeknöpft, Büchse und Jagdstock waren an den Tisch gelehnt, der Jagdhund lag ihm zu Füßen. Er saß vor einem Glas Schnaps und schaute der Mutter beim Kartoffelschälen zu. Bevor sie ihre Hüte abnahmen und in die Stube traten, zischte der Vater Simon mehrmals an. Ein Sauhund sei er, ein elendiger Sauhund, zu nichts zu gebrauchen.

Der Vater begrüßte den Wildhüter, indem er den Hut vor der Brust hielt und kurz den Kopf senkte. Erst dann setzte er sich an den Tisch. Als die Bäuerin ihm sein Glas Milch hinstellte, schob er es zur Seite und schickte sie nach einem Schnapsglas. Der Vater trank fast nie. Mit der Flasche, die er vom Nachbarbauern gegen zwei Kisten Äpfel eintauschte, kamen sie ein halbes Jahr aus, gebrauchten den Schnaps als Arznei oder zum Anlass eines der seltenen Besuche.

Nachdem sie wortlos ein Glas geleert hatten, kam der Wildhüter zur Sache und fragte, ob sie den nächtlichen Schuss gehört hätten.

Gar nichts hätten sie gehört, meinte die Bäuerin und stellte den Topf mit der Suppe auf den Tisch. Sie hob den

Deckel und als der Dampf sich etwas verflüchtigt hatte, konnte man bis auf den Boden sehen, in der dünnen Suppe fand sich kein Fleisch, bestenfalls ein alter Knochen.

Ein Wildbret, das könne man riechen, bemerkte der Wildhüter. Dazu brauche er nicht einmal seinen Hund. Vor allem der Duft von Innereien hinge in der Luft, selbst wenn sie schon längst weggeschafft waren und man sich Mühe gegeben hatte, die Spuren zu beseitigen. Er trank aus und schenkte sich selbst noch einen Schnaps ein. Dabei drohte er dem Vater leise, ihn zu erschießen, wenn er ihn mit einer Büchse beim Wildern erwischen würde.

Der Kopf des Vaters war tief gebeugt, aus glasigen Augen blickte er zum Wildhüter, fast wie dessen Hund. Das wisse er natürlich, meinte der Bauer schließlich.

Simon hätte sich beinahe in die Hosen gemacht, weil er die ganze Zeit voller Angst angestrengt überlegte, wie er die Sache aufklären sollte. Um sich abzulenken, drückte er den Arm von Vitus so fest, bis der einen Schrei ausstieß und ihn boxte. Die Mutter schimpfte mehr als üblich mit ihnen, die Kleinen begannen zu weinen. Es wirkte: Der Wildhüter trank den Schnaps aus, schlüpfte in seinen Mantel und schulterte die Büchse.

Als der Jagdhund bei Simon vorbeikam, begann er zu knurren. Simon wollte auf der Stelle alles gestehen, schon alleine, um die Wahrheit zu sagen, vor Gott und vor seiner Familie. Da zwickte Vitus ihn schmerzhaft in die Hüfte und sie begannen sich hemmungslos zu prügeln, bis der Wildhüter draußen war. Der Vater riss die beiden auseinander und schleuderte sie in entgegengesetzte Ecken der Stube.

Knapp vor dem übernächsten Vollmond lag der Schnee nur noch in widerspenstigen Inseln auf den Feldern um den Hof. Wie jeden Morgen aß Simon sein Stück Brot, trank ein Glas Milch und stand vom Tisch auf, um mit der Arbeit zu beginnen. Dieses Mal hielt die Mutter ihn zurück. Der Vater und Vitus gingen ohne ihn in den Stall. Die Mutter brachte ihm ein zweites Stück Brot, Käse und sogar ein Ei, wie sonst nur zu Ostern oder an seinem Namenstag. Er überlegte, welche außergewöhnliche, anstrengende Arbeit ihn erwartete. Er zwang sich dazu, mehr zu essen, als er zu dieser frühen Stunde vertragen konnte, um für die Aufgaben gerüstet zu sein.

Der Vater kam bald wieder herein und setzte sich mit der Mutter zu ihm. Als er in ihre Gesichter blickte, wusste Simon mit einem Schlag, welcher Tag gekommen war. Es brauchte keine Worte. Der Vater kehrte zu seiner Arbeit zurück. Simon nahm sich vor, nicht zu heulen.

Während sie ein paar Sachen für ihn bereitlegte, erklärte die Mutter ihm den Weg, den er zu gehen hatte. Er würde einen, vielleicht auch zwei Tage unterwegs sein. Als er alles verstanden hatte, überreichte sie ihm eine Fotografie von seinem Ziel, dem prächtigen Sternhof. Unter anderem legte sie einen selbst gestrickten Pullover zu seinen Sachen, die er in den Rucksack packte. Als sie ihn alleine ließ, um sich um die Kleinen zu kümmern, begriff er, dass der Pullover neu war und nicht für den Bruder gemacht, ohne Löcher und Flecken. Da weinte er schließlich doch noch.

Als die Tränen getrocknet waren, trat Simon vor das Haus, wo seine Eltern und die jüngeren Geschwister ihn bereits erwarteten. Die Kleinen verstanden nicht genau, was passierte, aber als eines der Mädchen zu heulen anfing, steckte es die anderen an. Vitus schaute durch die Stalltür zu ihm, aber er kam nicht heraus. Das war Simon nur recht, weil er nicht wusste, ob er nochmals zu weinen beginnen oder versuchen würde, ihn zu verprügeln, wenn er ihm gegenübergestanden wäre.

Der Vater packte Simon bei der Schulter und beschrieb ihm nochmals in knappen Worten den Weg. Er ermahnte ihn, sich nicht mit Fremden einzulassen, gottesfürchtig zu sein, fleißig zu arbeiten und nicht zu vergessen, wo er herkomme. Keine Schande solle er ihnen machen.

Alles Notwendige war gesagt. Der Vater ließ ihn los und hob den Rucksack auf seine Schultern. Die Mutter presste ihn kurz an sich. Als ihre Arme ihn freiließen, blickte Simon noch einmal in jedes ihrer Gesichter, bis er schließlich losmarschierte.

Erst am Ende der Wiese, bevor der Weg hinab in den Wald führte, drehte er sich um. Doch da war niemand mehr, dem er hätte zuwinken können. Der Moment der Verabschiedung war vorbei, das Leben am Hof nahm seinen gewohnten Lauf. Das Gebäude lag vor ihm wie auf einer Postkarte. Seine Familie war schon zur Erinnerung geworden. So wie Simon selbst bereits eine Erinnerung für seine Familie geworden war, die ihn für viele Jahre in ihre Gebete einschließen würde, sich aber im Alltag keine Sentimentalität zugestand.

Bei Sonnenschein wanderte Simon bergab und talauswärts. Wenn ihn im Tal ein Fuhrwerk überholte und der Fahrer anbot, ihn ein Stück weit mitzunehmen, tat er so, als hätte er nichts gehört, und marschierte mit eingezogenem Kopf weiter. Ein Pfannenflicker und Scherenschleifer lud ihn ein, mit ihm am Wegrand zu rasten, aber Simon ließ sich nicht darauf ein, weil er Angst hatte vor dem Unbekannten mit seinen struppigen, kohlschwarzen Haaren und der dunkelbraunen Haut.

Das Tal wurde breiter, die Wiesen saftig grün. Simon begriff, dass es an ihm lag, wohin er gehen würde, dass niemand ihn aufhielte, wenn er einen anderen Weg als den von den Eltern beschriebenen einschlagen wollte. Er setzte sich hinter einem Heustadl auf den Boden, um darüber nachzudenken. An einen Holzstapel gelehnt, befreite er seine schmerzenden Füße von Schuhen und Kieselsteinen und döste in der Sonne ein.

Als er fröstelnd erwachte, hatte er den halben Nachmittag verschlafen. Er fühlte sich verloren und alleine an dem fremden Ort und machte sich fast panisch zurück auf den Weg. Die Sonne verschwand hinter einem Bergkamm. Er gelangte in einen Wald, der düster und bedrohlich auf ihn wirkte. Obwohl er nicht anders aussah als der elterliche Wald, den er so gut kannte, wagte er sich nicht tiefer hinein, kehrte um und ging zurück zu dem Stadl. Er kletterte hinein und richtete sich auf den letzten Resten Heu, die im Winter nicht verfüttert worden waren, ein Lager für die Nacht. So hatte der Vater es ihm aufgetragen, für den Fall, dass er den Marsch nicht an einem Tag schaffte.

Er dachte an alle Orte der Welt, von denen er jemals gehört hatte, in der Schule oder in den Geschichten des Pfarrers. Er träumte sich an den Hamburger Hafen, den er von einem Bild im Wirtshaus kannte, als letzten Punkt christlicher Zivilisation, dem Tor zum exotischen Rest der Welt.

Er war gerade eingeschlafen, da weckten ihn Schritte auf dem vorbeiführenden Weg auf. Sie kamen ganz dicht an ihn heran. Er konnte den keuchenden Atem eines Mannes hinter der Bretterwand hören. Eilig durchsuchte er seinen Rucksack nach dem Feitel. Im nächsten Moment zog der Fremde sich hinauf in die Öffnung des Stadls. Im Mondlicht sah Simon den riesigen, bedrohlichen Schatten über sich. Als er endlich das Messer in der Hand hielt, sprach er den Eindringling mit gespielt tiefer Stimme an. Er war sich nicht sicher, ob dieser den Feitel, mit dem er herumfuchtelte, überhaupt sehen konnte. Der Riese ließ sich jedenfalls nicht beeindrucken, warf sein Bündel in die gegenüberliegende Ecke, sprang herein und legte sich zu seinem Gepäck ins Heu.

Er wolle nur noch schlafen, brummte der Mann, nichts als schlafen. Er murmelte noch weiter, aber Simon konnte ihn nicht verstehen, weil der Fremde so undeutlich sprach, als hätte er etwas in seinem Mund.

Simon saß noch lange mit gezücktem Messer auf seinem Schlafplatz, selbst als der Mann längst schnarchte. Erst langsam, als der Mond untergegangen war, überkam auch ihn die Müdigkeit und seine Furcht löste sich wieder in abenteuerlichen Träumen von fernen Ländern auf.

Am Vormittag weckten ihn die Sonnenstrahlen, die durch die Ritzen und Astlöcher des Stadls drangen. So lange hatte er sonst nur am Palmsonntag geschlafen. Erst allmählich fand er sich in der ungewohnten Umgebung zurecht – er hatte schließlich noch nie woanders geschlafen als daheim in seiner Bettstatt, Fuß an Fuß mit dem Bruder.

Er bemerkte den Feitl mit ausgeklappter Klinge neben seinem Körper. Da erinnerte er sich an den nächtlichen Besucher, schreckte auf, aber er war allein und nicht mehr sicher, ob der Fremde nicht bloß in seinen Träumen existiert hatte – bis er entdeckte, dass seine Schuhe verschwunden waren. Er sprang auf und suchte in den Heuresten, aber sie waren nicht zu finden. Seine eigene Blödheit und den Unbekannten verfluchend packte er seine Sachen in den Rucksack und kletterte ins Freie.

Als er um die Ecke bog, sah er den Mann, wie er sich mit nacktem Oberkörper über die Viehtränke beugte und den Kopf darin eintauchte. Mit einem Ruck richtete er sich wieder auf und schüttelte das Wasser aus seinen langen Haaren. Simon hatte noch nie einen langhaarigen Mann gesehen, aber das war überhaupt der längste Mensch, den er je zu Gesicht bekommen hatte. Im Dorf war der Zimmermann der mit Abstand Größte, der sich bücken musste, um durch die von ihm selbst gezimmerten Türrahmen zu schlüpfen.

Simon zückte erneut seinen Feitel, nahm all seinen Mut zusammen und trat breitbeinig vor den Fremden. Wo seine Schuhe geblieben seien, herrschte er ihn an und sprach dabei jedes Wort lauter aus als das vorhergehende, um das Zittern in seiner Stimme zu übertönen. Der Mann lachte lauthals, band seine Haare zusammen und setzte sich neben Simon auf den Brennholzstapel. Da entdeckte Simon seine Schuhe, die neben jenen des Unbekannten zum Trocknen in der Sonne glänzten. Er steckte sein Messer weg, inspizierte seine Schuhe und sah, dass sie nicht nur eingefettet waren, sondern auch noch an der Stelle geflickt, wo die Sohle sich zu lösen begonnen hatte.

Als der Fremde sich sein Hemd angezogen hatte, nahm er eine Jause aus seiner Kraxe und breitete sie zwischen den beiden aus. Simon verstand kaum, was er sagte, aber er begriff, dass er eingeladen war. Da holte auch er Brot, Speck, Käse und die getrockneten Apfelspalten aus seinem Rucksack und während sie zu essen begannen, erzählte der Mann aus dem Frankenland ihm von seinen Reisen. Simon dachte, es handle sich um einen Franzosen, der eben französisch sprach. Dass der Riese dermaßen sonderbares Essen als Proviant mit sich führte, wunderte ihn nicht. Wenn seine Mutter nämlich einmal etwas anderes kochte als das Übliche, konnte man davon ausgehen, dass der Vater sie fragen würde, ob sie glaube, er sei ein Franzose.

Die schrumpeligen Würste, die sonderbaren eingelegten Gemüsesorten, die eigenartigen Nüsse und der weiche Käse des Fremden waren Simon nicht geheuer. Dafür zeigte sich der Mann von Simons Speck und Käse begeistert, was ihn auf neue Anekdoten über seine Reisen brachte. Simon gewöhnte sich ein wenig an die sonderbare Sprache, wenn der Langhaarige aber plötzlich laut auflachte, wusste er, dass er nicht einmal die

Hälfte von dem Französisch verstand. Der Mann stellte Simon Fragen über sein Dorf, ob und wie viel gebaut wurde. Unter Zuhilfenahme von Händen und Füßen versuchte Simon, ihm Auskunft zu geben. Dann packten sie ihren Proviant ein, Simon bedankte sich für das Flicken der Schuhe, sie wünschten sich Glück und gingen ihrer Wege, der eine hinein in das Tal, der andere hinaus.

Simon gelangte bald in das nächste, breitere Tal, wo er weitläufig einer kleinen Stadt auswich und einem Fluss stromaufwärts folgte, um nach ein paar Kilometern eine Kapelle am Fuß des Berghanges anzusteuern. Er setzte sich für einen Moment hin – nicht aus Müdigkeit, sondern weil er zögerte. Erst später wurde ihm bewusst, dass er sich hier entschieden hatte, nicht in die weite Welt hinaus, sondern wieder zurück in die Berge zu gehen. Als Kind hatte er davon geträumt, das Meer zu sehen, Inseln, Strände und Palmen. Er konnte sich im Leben nichts Schöneres vorstellen, als keine Winter mehr in Schnee und Eis zu verbringen. Aber alles Ferne war zu abstrakt, nicht greifbar. Er wusste nicht einmal, was von den Erzählungen stimmte, die er über die Welt außerhalb seiner Heimat gehört hatte – von Leuten, die ihr Wissen selbst nur vom Hörensagen oder aus Büchern hatten.

Schließlich gab er sich einen Ruck und folgte der von den Eltern vorgegebenen Route, bog auf Höhe der Kapelle in den steilen Weg ein, wieder hinauf in die Berge, wo die Winter so unerbittlich waren, wie er es gewohnt war.

Als er es durch den steilen Graben nach oben geschafft hatte, durchquerte er einen Wald, immer höher, bis er auf eine weite Ebene gelangte. Hinter ausgedehnten Wiesen und Äckern konnte er auf einer Anhöhe den Hof erkennen. Er wusste, dass er richtig war, aber er zog das Bild der Mutter aus der Tasche, weil er zum ersten Mal die Gelegenheit hatte, eine Fotografie von einem unbekannten Ort mit dem Original zu vergleichen.

Die Bäuerin des Sternhofs war eine entfernte Verwandte seiner Mutter. Obwohl sie selbst nur einmal als Kind ein paar Tage dort gewesen war, erzählte die Mutter wiederkehrend vom Sternhof, geriet ins Schwärmen, wenn sie von diesem Ort des Überflusses und des Reichtums sprach, bis der Vater sie mit einem Brummen verstummen ließ. Ihre Augen leuchteten dann noch ein bisschen weiter, bis die Arbeit ihre Erinnerungen oder Fantasien verdrängte.

Während Simon sich seinem Ziel näherte, begriff er, dass seine Mutter nicht übertrieben hatte. Nie zuvor hatte er ein so mächtiges Bauernhaus gesehen. Durch die zahlreichen Nebengebäude erschien der Hof ihm wie ein kleines Dorf.

Es war mitten am Nachmittag, Mägde und Knechte eilten geschäftig an ihm vorbei, nahmen ihn bestenfalls mit einem kurzen Blick und grußlos wahr. Als er eine Magd nach der Bäuerin fragte, ignorierte sie ihn einfach. Er folgte einem Knecht zu einem Nebengebäude, weil er von dort Stimmen hörte. Er trat in den Eingang zur Scheune. Hier wurden Strohballen gebunden und gestapelt. Er erschrak, als eine laute Stimme ein Kommando brüllte. Nachdem sich seine Augen an die Dunkelheit gewöhnt hatten, konnte er den hageren Oberknecht erkennen, der oben auf den Strohballen saß, mit einem Rohrstock herumfuchtelte und mit seinen kurzen Schreien die Arbeiter antrieb.

Bevor er entdeckt wurde, schlüpfte Simon wieder nach draußen. Er ging zum Haupthaus, klopfte an die Tür, zog seinen Hut und grüßte in den dunklen Flur hinein. Als er keine Antwort erhielt, folgte er den gedämpften Stimmen, dem geschäftigen Klappern und Klirren. Er stürzte über einen Putzeimer und blickte auf dem Boden liegend in die Gesichter einer Schar von Mägden, die aus der Küche auf ihn starrten und ihn im Chor auslachten, als er im Liegen versuchte, nochmals seinen Hut zu ziehen. Er beeilte sich, wieder auf die Beine zu kommen, war aber hochrot angelaufen, sodass die Frauen nicht zu lachen aufhörten, bis eine von ihnen die anderen ermahnte und sie sich wieder auf ihre Arbeit konzentrierten. Jene Magd, die am nächsten bei Simon stand, fragte ihn, was er denn wolle. Seine Stimme überschlug sich und klang wie die eines Mädchens, als er nach der Bäuerin fragte. Er schämte sich wieder, erneut prasselte Gelächter auf ihn ein. Also wiederholte er, laut und kräftig, dass er zur Bäuerin wolle. Eine ältere Magd erbarmte sich und geleitete ihn zu einer Bank in der Stube, wo er sich hinsetzen sollte. Er überreichte ihr den Brief seiner Mutter.

Es dauerte lange und er wäre in der warmen Stube fast eingeschlafen, als die Bäuerin eintrat, ihm ein Glas Milch hinschob und sich zu ihm setzte. Sie war eine stämmige Frau mit grauen Haaren und roten Wangen.

Sie breitete den Brief vor ihr aus, überflog ihn und als er die Milch trank, musterte sie ihn eindringlich. Sie sei also seine Großtante, stellte sie schließlich fest, tätschelte seinen Kopf und meinte, er solle sie Aloisia nennen. Sie nahm ihn bei der Hand und führte ihn in das Innere des Hauses, bis sie am Ende eines langen Ganges in eine getäfelte Stube traten.

Der Sternhofbauer saß mit einem älteren Mann zusammen bei Speck, Bier und Schnaps vor einer Wand, die dicht mit Jagdtrophäen behangen war. Er ließ sich von den beiden nicht stören und redete weiter über den Hof des Älteren, den er offenbar kaufen wollte, nachdem dessen Söhne im Krieg gefallen waren und er zu alt wurde, um die Arbeit bewältigen zu können.

Aloisia startete mehrere zögerliche Versuche, ihren Mann mit einem Räuspern zu unterbrechen. Dieser redete aber konzentriert auf den alten Bauern ein, um ihm sein Angebot schmackhaft zu machen, betonte, wie frei er ohne seinen Hof wäre, um zu tun, was er wolle. Er müsse nicht mehr arbeiten, könne sich vergnügen und die Welt ansehen. Das schien den Alten nicht zu interessieren. Ob er denn keinen Wunsch, keinen Traum habe, fragte der Sternhofbauer.

Der Alte schaute ihn verständnislos an. Er sei ein Bauer und bleibe einer, bis er unter der Erde läge. Etwas anderes kenne er nicht, etwas anderes wolle er nicht.

Das könne er natürlich auch, meinte der Sternhofbauer rasch. Solange er arbeiten wolle, könne er Bauer bleiben und trotzdem das Geld nehmen und es sich gut gehen lassen. Zumindest am Sonntag, im Wirtshaus.

Als die beiden Herren für einen Moment still waren, zog Aloisia Simon mit sich, so nahe an ihren Mann heran, dass er sie nicht mehr ignorieren konnte. Sie stellte Simon als ihren Neffen vor. Als der Sternhofbauer ihn musterte, sah Simon augenblicklich, dass er nichts mit ihm anzufangen wusste. Er stellte sich aufrecht hin und drückte seine schmale Brust heraus.

Aloisia breitete den Brief vor ihrem Mann auf dem Tisch aus. Der Bub sollte bei ihnen bleiben, er sei ein guter Arbeiter, das stehe in dem Schreiben.

Schwächlich sehe er aus. Wenn er ein guter Arbeiter wäre, hätten sie ihn wohl dabehalten, wo er herkomme, brummte der Sternhofbauer in seinen Bierkrug.

Bei den Holzfällern würde er bestimmt rasch kräftiger werden, entgegnete sie, Arbeit hätten die jedenfalls genug. Sie blieb dicht bei ihm stehen. Niemand sagte etwas, bis selbst der Alte Simon zu mustern begann und der Sternhofbauer endlich nachgab und meinte, es solle so geschehen. Beim Hinausgehen senkte Simon seinen Kopf und krächzte mit dünner Stimme ein *Vergelt's Gott.*

Er durfte sich in der Stube stärken, bedankte sich artig für jeden Bissen, den man ihm vorsetzte. Schon wieder aß er weit mehr, als er es gewohnt war. Dann trug Aloisia ihm auf, draußen auf Ignatz, den Oberholzknecht, zu warten. Simon hockte sich vor der Tür auf die Bank. Erst wartete er stramm sitzend, jeden Moment bereit, um aufzuspringen und mit einem der vorbeieilenden Knechte an die Arbeit zu gehen. Doch allmählich entspannte er sich und machte es sich in der Sonne gemütlich, bis sich vor ihm ein Schatten aufbaute. Sepp, der Oberknecht, blickte auf ihn herab und fragte ihn, ob er der Bauer sei. Simon lächelte blinzelnd über den offensichtlichen Scherzbold, schüttelte den Kopf, wollte ihm erklären, dass er auf Ignatz warte, aber er kam nicht dazu. Sepp packte ihn am Kragen und zog ihn daran hoch, trat ihm mit dem Stiefel gegen die Beine, zückte seinen Rohrstock und trieb Simon damit vor sich her bis zum Misthaufen. Er ließ Simon Mist auf einen Anhänger laden. Dabei brüllte er ihn an, schneller zu arbeiten, und fragte ihn wiederholt, ob er immer noch glaube, der Bauer zu sein, weil nur der Bauer es sich leisten könne, faul in der Sonne zu liegen. Simon schaufelte so schnell er konnte, aber der Mist war so schwer, dass er sich überanstrengte und das ungewohnt reichhaltige Essen erbrach. Er musste noch ein paar Schläge ertragen, bis Aloisia zu den beiden geeilt kam, mit Sepp schimpfte und dieser endlich von ihm abließ. Simon folgte der Bäuerin zurück zum Hauptgebäude. Sepp rief ihm hinterher, dass er ihn sich noch holen würde, wenn er einmal nicht an einem Rockzipfel hing.

Die Magd rümpfte die Nase, als Aloisia sie damit beauftragte, für Simon ein Bad einzulassen.

Zum ersten Mal in seinem Leben lag Simon in einer richtigen Badewanne, groß genug, um darin ganz unterzutauchen. Nachdem er sich beruhigt hatte, hinterließen diese Minuten alleine in dem warmen Wasser einen so starken Eindruck, dass er sich sein Leben lang mit leuchtenden Augen daran erinnern konnte.

Kleidung und Schuhe wurden notdürftig gesäubert, und als Simon wieder angezogen war, wartete Ignatz bereits auf ihn. Der Oberholzknecht war fast zwanzig Jahre älter, begrüßte ihn kameradschaftlich, aber schüttelte ihm nicht die Hand. Simon half ihm, das Fuhrwerk mit Werkzeug und neuen Sägeblättern zu beladen. Erst dabei bemerkte er, dass Ignatz an der rechten Hand zwei Finger fehlten. Die Geschicklichkeit, mit der Ignatz die Sachen verstaute, beeindruckte ihn umso mehr. Nur seinen Vater hatte er je mit einer solchen Gewandtheit und Effizienz arbeiten gesehen.

Bei der Holzarbeit müsse man immer Obacht geben, meinte Ignatz. Simon war es peinlich, seine Hand so lange angestarrt zu haben. Doch Ignatz lachte bloß und gemeinsam wuchteten sie zum Schluss den Korb mit dem Proviant auf den Wagen.

Aloisia gab Ignatz vertraulich Anweisungen, die dieser nickend wiederholte, und meinte, er würde schon aufpassen auf den Kleinen. Vom wegfahrenden Wagen aus zog Simon seinen Hut, als er sich nach der Bäuerin umdrehte.

Die Arbeit der Holzknechte in den hochgelegenen, nasskalten Wäldern war hart und gefährlich. Das halbe Dutzend Männer sprach nicht viel miteinander, aber sie passten aufeinander auf und koordinierten ihre Handgriffe mit einfachen Kommandos, die Simon rasch begriff. Er war mit Abstand der Jüngste. Junge Holzknechte wurden oft krank, weil sie sich überanstrengten, oder sie verletzten sich, weil sie Gefahren unterschätzten oder schlicht ungeschickt waren. Simon aber hatte von seinem Vater schon vieles gelernt und Ignatz hielt Wort, passte auf, dass der Bub gesund blieb und genug zu essen bekam.

Am Ende der langen Arbeitstage kehrten sie nicht zum Hof zurück, sondern blieben in einer engen Hütte weit oben im Wald, die aus Holz, Baumrinden und Moos gebaut war. Dort hockten sie sich um das Feuer, über dem sie einfache, fettige Speisen zubereiteten. Danach schliffen sie ihre Sägen und Äxte, einer spielte auf der Mundharmonika, ein anderer pfiff, manchmal, wenn eine Schnapsflasche die Runde machte, erzählten sie einander Witze, bevor sie müde auf ihre Lager fielen und ein schnarchendes Orchester bildeten.

Simon verkraftete die schwere Arbeit besser, als Ignatz es dem schmächtigen Jungen zugetraut hätte. Wenn der Oberholzknecht frühmorgens vor die Hütte trat, um mit der Arbeit zu beginnen, folgte Simon ihm als Erster.

Eines Abends zeigte Ignatz ihm sein Buch. *Old Surehand von Karl May* stand auf dem Einband. Simon hätte nicht sagen können, welcher der sonderbaren Begriffe zum Titel gehörte und welcher der Name des Autors war. Ignatz zog mehrere Fotografien zwischen den Seiten hervor. Städte, Straßenzüge, ein Waldgebiet mit einem See, eine gigantische Brücke über einem Fluss, eine Steinwüste und zuletzt das Porträt eines Indianers waren darauf zu sehen.

Simon zeigte sich interessiert an diesem exotischen Kontinent. Also erzählte ihm Ignatz alle paar Tage Geschichten aus dieser fernen, offenbar freieren, besseren Welt, die er sich aus dem zusammenreimte, was Karl May sich zusammengereimt und er sich hatte merken können. Die anderen Holzknechte wollten von Ignatz' Geschichten aus Amerika längst nichts mehr wissen, aber in Simon fand er einen geduldigen und neugierigen Zuhörer. Ignatz erklärter Wunsch war es, in dieses ferne Land auszuwandern. Für die Überfahrt hatte er seit vielen Jahren hart gearbeitet und seinen Lohn zur Seite gelegt.

Es sei wichtig, einen Traum zu haben, meinte Ignatz stets, wenn er fertig war mit einer seiner verklärten Geschichten. Simon gefiel diese Idee. Er wollte seinen eigenen Traum. In den wenigen Minuten, in denen er abends wach in seinem Bett lag, bevor er erschöpft einschlief, dachte er darüber nach, wie dieser aussehen könnte.

Wochen später, nachdem Ignatz wieder einmal von Amerika erzählt hatte, meinte Simon, dass er jetzt auch einen Traum habe. Sein eigener, freier Herr wolle er sein und Bauer werden.

Das sei ein sehr guter Traum, pflichtete Ignatz ihm bei.

Simon hatte sich selbst überrascht, diese bis dahin vage Möglichkeit so offen und laut ausgesprochen zu haben. Er hatte an vieles gedacht, aber er konnte sich keinen anderen Beruf für sich vorstellen. Und kaum dass er Ignatz seinen Traum anvertraut hatte, malte Simon sich mit offenen Augen seinen Hof aus, wenn alle um ihn herum längst schnarchten.

An Sonntagen fuhren die Holzfäller auf dem Fuhrwerk zum Sternhof, wo Ignatz vom Bauer den Lohn ausbezahlt bekam und die paar Kronen unter den Knechten verteilte. Danach ging es weiter ins Dorf, in dem Simon sich rasch zurechtfand, da es sich kaum vom Dorf seiner Kindheit unterschied. Der Kirchturm war etwas kleiner, dafür der Krämerladen und die Volksschule größer. Neben dem Dorfwirt gab es ein zweites Wirtshaus, das aber keiner der Holzknechte je aufsuchte, weil einer von ihnen behauptet hatte, dort einmal zu viel bezahlt zu haben.

Außer an hohen Feiertagen ließen sie den Kirchgang aus. Den Holzknechten sah man das nach. Sie kauften sich Tabak, Streichhölzer, Süßigkeiten oder was sie sonst beim Krämer fanden, der extra für sie aufsperrte. Sie hielten ihn für einen Halsabschneider, da er die Preise fast wöchentlich erhöhte.

Sie mussten den Krämerladen über den Hintereingang betreten. Denn obwohl der Pfarrer wusste, dass sich die Holzknechte am Sonntag mit dem Nötigsten versorgten, war das offiziell nicht abgesegnet, sondern nur stillschweigend geduldet.

Als Simon Waltraud, die Tochter des Krämers, zum ersten Mal sah, lief er rot an, weil sie ihm so gut gefiel. Er versteckte sich im Laden fast vor ihr, damit sie es nicht bemerkte. Seine Stimme versagte in ihrer Nähe, wenn er den Krämer ansprach, um zu bezahlen. Das bemerkten die anderen Holzfäller und hänselten ihn deshalb, woraufhin Simon darauf achtete, als Letzter und alleine in den Laden zu gehen, um ungestört Waren und heimlich die Krämerstochter inspizieren zu können – so lange, bis der Kaufmann ungeduldig wurde und Simon seinen bescheidenen Alibi-Einkauf bezahlte.

Beim Wirt blieben die Knechte meist unter sich, karteten darum, wer die nächste Runde zahlte. Ignatz spielte nicht und beließ es stets bei einem einzigen, kleinen Bier – mehr wollte er sich nicht gönnen, um seinen Traum nicht zu gefährden. Simon tat es ihm gleich, trank sein Bier und setzte sich gelegentlich als Zuseher für eine Weile zu den Kartenspielern am Stammtisch, wo es zuweilen um hohe Einsätze ging.

Vor Einbruch der Dunkelheit fuhr er neben Ignatz zurück in den Wald, hinter ihnen sangen und lachten die angetrunkenen Holzknechte, während die beiden vorne von einem anderen Leben träumten.

In diesem Rhythmus aus Arbeit und Rasten vergingen Frühling und Sommer. Im Herbst war aus Simon ein starker junger Mann geworden. Zu Ignatz schaute er auf wie zu einem großen Bruder oder einem Vater. Die beiden fühlten sich durch ihre fernen Ziele verbunden. Der Respekt des anderen nährte den eigenen Glauben daran.

Als es im Wald feucht und kalt wurde, schenkte Ignatz Simon ein ordentliches Paar Schuhe. Sie waren zwar nicht neu, aber gut gepflegt, hielten dicht und warm. Simon wusste, wie bedeutsam dieses Geschenk war, denn Ignatz vermied jede unnötige Ausgabe, sparte eisern für seine Zukunft in der neuen Welt.

Wenn Ignatz am Abend eine seiner Amerika-Geschichten erzählt hatte, fragte er Simon nach seinem Bauernhof. Ignatz gab sich nicht so schnell zufrieden, er wollte es ganz genau wissen. So entstand in Simons Kopf allmählich ein immer konkreteres Bild seines imaginären Hofes, einer Mischung aus der elterlichen Landwirtschaft, dem Sternhof und anderen Höfen, mit weiten Wiesen und Äckern und allen Tieren, die er jemals irgendwo gesehen hatte.

Eines frühen Morgens wurden sie durch das Geschrei eines Holzknechts aufgeweckt. Er sei bestohlen worden, rief er immer wieder.

Schlaftrunken durchsuchten sie ihre Habseligkeiten. Einer nach dem anderen musste feststellen, dass sie um ihre Wertsachen erleichtert worden waren. Das Geld war weg, zudem vermissten sie Uhren, vier Feitel und einen Goldring. Wütend starrten sie einander an, bis sie endlich bemerkten, dass einer von ihnen fehlte. Simon trat als Erster vor die Hütte. Es hatte angefangen zu dämmern und es war ein wenig Schnee gefallen. Der erste Schnee, der liegen geblieben war, nur wenige Zentimeter im Wald, aber ausreichend, um die Spur des Flüchtigen aufzunehmen. Zurück in der Hütte beschimpften die Männer sich gegenseitig, bis Simon es schaffte, dass sie ihm zuhörten und sich bereit machten, um die Verfolgung des Diebes aufzunehmen. Erst da fiel Simon auf, wie regungslos Ignatz auf seiner Pritsche saß. Simon redete auf ihn ein, rüttelte ihn, doch Ignatz schüttelte nur langsam den Kopf, als ginge ihn das alles nichts an.

Also zog Simon mit den anderen los. Die Schneedecke war so dünn und nass, dass sie keine Zeit verlieren durften. Simon lief voran, den Spuren folgend. Je tiefer er ins

Tal hinunterkam, umso schwächer zeichneten sich die Abdrücke in dem schmelzenden Schnee ab. Er verfluchte den Schnee – er erschwerte bloß die Arbeit, und wenn man ihn einmal gebrauchen konnte, verzog er sich auch schon wieder. Er lief so schnell, dass er seine Kameraden rasch hinter sich ließ und konzentrierte sich so sehr auf die Spuren, dass er alleine war, als er sich endlich umdrehte. Unbewaffnet hatte er keinen Plan, wie er den Flüchtigen hätte stoppen sollen, also nahm er sich vor, laut nach den anderen zu rufen, wenn er in Sichtweite kommen würde.

Bald waren die Spuren endgültig verschwunden. Er folgte instinktiv dem Weg, den er genommen hätte, wenn er durch den Wald schnellstmöglich ins Tal hinuntergewollt hätte. Jeder geknickte Ast, jede Mulde im Moos bestärkte ihn und ließ ihn noch schneller rennen. Der Wald war fast zu Ende, die Wiesen schimmerten zwischen den Bäumen im wässrigen Schnee, dort, auf den freien Flächen würde er den Flüchtigen bestimmt bald zu Gesicht bekommen.

Dazu kam es nicht. Der Dieb passte ihn hinter einem Baumstamm ab und schlug Simon mit einem Holzprügel auf den Schädel. Obwohl er regungslos dalag, ging der Räuber auf Nummer sicher und drosch mit dem Prügel mehrmals auf das linke Knie seines Verfolgers ein, um ihn mit Gewissheit abzuschütteln.

Eine tiefe Bewusstlosigkeit schützte Simon, während seine Kameraden ihn zum Sternhof trugen, wo Aloisia ihn in ein Zimmer bringen ließ. Als er erwachte, war der Arzt schon wieder gegangen und saß draußen in der

Stube, um sich verköstigen zu lassen, nachdem er sich den Patienten angeschaut hatte und ihm die schlimmsten Schmerzen hatte nehmen können.

Fast eine Woche lang lag Simon im Bett. An den ersten Tagen träumte er besonders intensiv, fiebrig und voller Morphin. Wenn es der Bäuerin möglich war, flößte sie ihm eigenhändig Suppe ein. Sie brachte es nur schwer über die Lippen, als sie ihm mitteilen musste, dass sein Knie voraussichtlich steif bleiben werde.

Simon zeigte sich unbeeindruckt. Er wollte nur wissen, wann er wieder aufstehen und zurück in den Wald zu Ignatz konnte. Aloisia behielt ihn noch bei sich, er sollte sich erholen. Aber bald begann er, im Zimmer herumzuhumpeln und ließ sich die Schmerzen kaum noch anmerken.

Als der Oberknecht Sepp davon Wind bekam, dass Simon wieder auf den Beinen war, wurde er beim Bauern vorstellig, um den Jungen anzufordern, weil er jeden verfügbaren Mann bei der Arbeit benötigte. Der Bauer gab ihm recht. Faul im Bett herumzuliegen, könne sich am Sternhof niemand leisten, wo man doch kaum mit der Arbeit hinterherkomme.

Also stieg Sepp hinauf und trieb Simon mit dem Rohrstock aus dem Zimmer. Sie kamen nicht weit, weil die Bäuerin sie schon an der Treppe aufhielt. Sepp berief sich auf den Bauern. Also wurden sie zu dritt bei diesem in der Jagdstube vorstellig. Aloisia wiederholte die Anweisung des Arztes, derzufolge Simon sich noch mindestens zwei Wochen erholen müsse. Danach solle er zurück zu den Holzknechten, weil er laut Ignatz einer der besten Arbeiter im Wald sei. Dem Bauern fiel es sichtlich schwer, seine Entscheidung rückgängig zu machen, aber Aloisia ließ keine Zweifel aufkommen, dass sie den Jungen schützen wollte. Der Bauer entschied, dass Simon diese Nacht noch in seinem Zimmer verbringen dürfe, am nächsten Morgen aber zu seiner Arbeit im Wald zurückkehren solle. Sepp sah den Bauern verächtlich an, weil der sich von seiner Frau hatte überstimmen lassen. Dafür schlug der Bauer ihm wie einem Schuljungen auf den Hinterkopf und fragte, ob er nichts zu arbeiten habe. Im Hinausgehen fluchte Sepp leise vor sich hin. Er war es nicht gewohnt, dass ein Knecht am Sternhof sich seinen Anweisungen entziehen konnte, wo er doch die Verantwortung für die Männerarbeit trug.

Am nächsten Tag humpelte Simon mit großer Anstrengung in den Wald zu seinen Kollegen. Sein Knie blieb tatsächlich steif und sollte ihm zeitlebens Schmerzen bereiten.

Die Männer begrüßten ihn herzlich, aber die Stimmung hatte sich verändert, das Vertrauen untereinander war beschädigt, nachdem einer aus ihrer Mitte sie so unvermutet hintergangen hatte. Sie unterstützten einander nicht mehr wie zuvor. Jeder arbeitete für sich. Wenn einer einen Fehler machte, verfluchten die anderen ihn. Am Abend machte keine Schnapsflasche mehr die Runde, niemand erzählte einen Witz, nicht einmal Karten spielen wollten sie miteinander.

Ignatz hatte sich einen Husten eingefangen und konnte nur mit halber Kraft arbeiten. Die natürliche Autorität, mit der er die Gruppe angeführt hatte, war geschwächt, bei der Arbeit kam es zwischen den Holzknechten immer wieder zu kleineren Streitigkeiten. Ignatz reagierte fast gleichgültig darauf. Er schien vollkommen entmutigt, nachdem die Überfahrt nach Amerika zur fernen Illusion geworden war. Simon versuchte ihn aufzumuntern, aber Ignatz war dafür nicht zugänglich, wollte von den Geschichten aus der Neuen Welt nichts mehr wissen, ihm nicht einmal mehr das Buch zeigen. Da Simon hartnäckig blieb, gestand Ignatz, dass er das Buch samt den Fotografien verbrannt hatte. Simon wollte das nicht wahrhaben, erinnerte Ignatz daran, was dieser über die Bedeutung ihrer Träume gesagt hatte, aber er schüttelte nur den Kopf.

Simon gab nicht auf, sprach abends immer wieder von Amerika. Es war vergebens. Einmal meinte Ignatz, die Sache mit den Träumen sei um einiges gefährlicher, als er gedacht hatte. In Acht nehmen müsse man sich vor ihnen, weil sie einem alles kaputt machen könnten.

Er beauftragte Simon damit, an seiner statt zum Sternhof zu fahren, um Lebensmittel, Arbeitsmaterialien und Werkzeug zu holen. Simon versuchte ihn zu überzeugen, mitzukommen. Er wollte ihn ins Dorf zum Arzt bringen, weil sich sein Husten von Tag zu Tag verschlimmerte. Ignatz blieb stur, so fuhr Simon alleine mit einer Ladung Holz zum Hof.

Grußlos luden die Knechte die Baumstämme ab. Simon ging mit einer Liste von Ignatz ins Haus und fragte eine Magd nach der Bäuerin. Die sei nicht da, meinte sie und verschwand hinter der nächsten Tür. So trat er wieder in die Küche. Als er dort in all die

Gesichter der Mägde schaute, blieb er wie angewurzelt stehen. Sie begannen schon wieder zu kichern, er aber lief nicht mehr rot an, ging auf die Erstbeste von ihnen zu, zeigte ihr den Zettel und erklärte mit fester Stimme, dass er es eilig habe. Sie machte sich umgehend daran, die Lebensmittel herzurichten. Niemand kicherte mehr, eine jede kümmerte sich um ihre Arbeit.

Als Simon den Korb und die Milchkanne zum Fuhrwerk zurückschleppte, wartete Sepp am leeren Wagen. Simon drückte ihm die Liste in die Hand, er überflog sie und reichte sie an einen Knecht weiter. Der holte ein Sägeblatt, eine Packung Nägel, einen Hammer, eine Rolle Draht und einen kleinen Topf Leim aus einem Nebengebäude und belud den Wagen. Als er fertig war, gab der Knecht Sepp die Liste zurück, der sie Punkt für Punkt durchging. Den Korb mit den Lebensmitteln untersuchte er genauer, nahm ein Stück Speck heraus und schnitt sich einen Teil vom Käse ab. Simon wagte es nicht, sich dagegen zu wehren und setzte das Fuhrwerk in Bewegung, ohne mit Sepp ein Wort gewechselt zu haben.

Er fuhr weiter ins Dorf, wo er den Arzt aufsuchte und ihn bat, mit ihm in den Wald zu fahren, um Ignatz' hartnäckigen Husten zu untersuchen. Simon schob ein ordentliches Stück Käse über den Tisch. Der Doktor stellte ihm einige Fragen über Ignatz. Abschließend schlussfolgerte er, dass dieser, solange er arbeiten würde, auch zu ihm in seine Praxis kommen könne. Simon schob ein Stück Speck zu dem Käse, im Gegenzug bekam er ein Fläschchen mit Hustensaft ausgehändigt.

Seine Kameraden bemerkten die fehlenden Lebensmittel und stellten Simon zur Rede. Dieser erzählte nichts vom Arztbesuch, dafür vom Oberknecht, der sich beim Proviant bedient habe. Die Holzknechte fluchten über Sepp, einigten sich aber schließlich darauf, dass Simon dafür verantwortlich sei, wenn er sich nicht zur Wehr setzte. Ignatz kam dazu, um Simon zu verteidigen, aber er hustete mehr, als er sagen konnte. Niemand nahm ihn mehr ernst. Simon schlug vor, dass sie ihm die fehlenden Lebensmittel von seinen Rationen abziehen könnten, womit sich alle einverstanden zeigten.

Simon gab Ignatz den Hustensaft, erzählte, er habe ihn von einer der Mägde am Hof erhalten, um sicherzugehen, dass er sich keine Gedanken machte.

In diesem Winter fiel so viel Schnee, dass sie wochenlang selbst an Sonntagen nicht ins Dorf fuhren. Stattdessen machten sich zwei von ihnen mit Schneeschuhen auf den Weg zum Sternhof, um Lohn, Lebensmittel und das Nötigste für alle zu holen.

Selbst im dichten Wald war die Arbeit nur schwer zu bewerkstelligen, weil der Schnee von den Bäumen auf sie herunterprasselte oder sie in unvermutet tiefen Schneehaufen einsackten.

Ignatz wurde seinen Husten nicht los, verpasste aber keinen Arbeitstag, nur an Sonntagen blieb er liegen, um sich ein wenig zu erholen.

Erst Ende März war der Weg wieder befahrbar. Sie waren begierig darauf, am Sonntag endlich ins Dorf zu kommen, unter Leute, ins Wirtshaus.

Simon wollte bei Ignatz in der Hütte bleiben, aber er schickte ihn weg, mit dem Auftrag, ein Bier für ihn mit zu trinken.

Im Wirtshaus setzte sich der Gendarm zu ihnen und erzählte, dass der Räuber in der Landeshauptstadt gefasst worden sei. Er hatte die Wertgegenstände längst versetzt und alles Geld in den paar Wochen durchgebracht. Der Gendarm versicherte ihnen, dass ihr alter Kamerad für einige Jahre einsitzen müsse. So erfuhren die Holzknechte, dass ihr bescheidener Besitz endgültig verloren war. Das Bier schmeckte ihnen um einiges besser, im Wissen, dass der Verräter im Gefängnis saß. Simon genehmigte sich tatsächlich ein zweites Glas und sah wie üblich den Kartenspielern am Stammtisch zu. Gerade verabschiedete sich einer der Spieler torkelnd und fluchend nach draußen, als ein anderer, der Seiwaldbauer, ihn ansprach, ob er nicht mitspielen wolle.

Simon überraschte sich selbst, als er sofort einwilligte. Kaum hatte er sich hingesetzt, platzierte er schon seinen Lohn vor sich auf dem Tisch. Den Lohn von Ignatz behielt er in seiner Jackentasche und griff immer wieder danach, um sicher zu gehen, dass er ihn nicht angerührt hatte.

Den anderen Spielern, einem Bauern und dem Dorfschmied, gefiel das natürlich, wenn ein so junger Bursche sein Geld so offenherzig vor ihnen ausbreitete.

Der Seiwaldbauer lud Simon auf ein drittes Bier ein und fragte ihn schmunzelnd, ob er die Spielregeln kenne. Anstatt zu antworten, mischte Simon gekonnt und teilte die Karten aus.

Er hielt sich zurück, seine Verluste klein und gewann immer wieder eine Hand, zehn Heller da, zwanzig dort. Dann spielte er ein Blatt zu aggressiv, machte einen groben Fehler und verlor auf einen Schlag seinen gesamten Lohn an den Seiwaldbauern.

Simon erhob sich, zögerte und ließ sich wieder auf den Stuhl zurückfallen. Er schob sein Bier zur Seite, holte das Geld von Ignatz aus der Jackentasche und breitete es erneut vor sich aus. In dieser augenscheinlichen Naivität musste er auf seine Gegner wie das perfekte Opfer gewirkt haben.

Es sind verschiedene Versionen von diesem und den folgenden Kartenspielen überliefert. Da bleibt einem nur, es möglichst kurz zu machen, damit nicht zu viel Hinzugedichtetes dabei ist.

Simon und der Seiwaldbauer gewannen ordentlich dazu, bis der andere Bauer den Tisch verlassen musste, weil er nicht einmal mehr seine Zeche bezahlen konnte, die der Seiwaldbauer mit großzügiger Geste übernahm. Im weiteren Verlauf gewann Simon vom Seiwaldbauern eine schöne Summe, hatte seinen und den Lohn von Ignatz in wenigen Spielen und mit einigem Risiko verdreifacht.

Als Simon begann, den Gewinn in seine Taschen zu stecken, wollte der Seiwaldbauer ihn daran hindern, damit er sein Geld zurückgewinnen konnte. Aber er ließ Simons Arm schnell wieder los, anlegen wollte er sich nicht mit ihm, denn jeder wusste, die Holzknechte hielten zusammen, waren stark und zäh und jederzeit bereit, einander beizustehen. Der Schmied, der ohne

Kartenglück geblieben war, versuchte erfolglos, Simon zu provozieren, dieser blieb aber ganz ruhig, bestellte für seine Kameraden eine Runde Bier, zahlte und setzte sich zurück an den Tisch der Holzfäller, wo er wartete, bis sie ausgetrunken hatten.

Auf der Heimfahrt ließen sie ihn hochleben.

Simon gab Ignatz dessen Lohn und einen Anteil am Spielgewinn und versprach ihm, dass die Reise nach Amerika viel näher sei, als er befürchtete. Ignatz war zu schwach, um sich richtig zu freuen. Er nahm das Geld, aber er schien nicht zu merken, wie viel es war, hörte nicht richtig zu, als Simon ihm vom Kartenspiel erzählen wollte. An diesem Abend ging die Schnapsflasche endlich wieder lange herum, bis keinem mehr ein Witz einfiel, der nicht eben erst erzählt worden war.

Am nächsten Morgen kamen sie erst spät aus ihren Lagern, nachdem einer von ihnen sich aufgerafft hatte, Eier in die Pfanne zu werfen. Simon hatte zum ersten Mal in seinem Leben mehr als einen Schluck Schnaps getrunken und setzte sich als einer der Letzten an den Esstisch. Er verschlang ein paar Happen, als ihm auffiel, dass Ignatz noch nicht aufgestanden war. Er ging zu dessen Lager, um ihn zu wecken.

Ignatz rührte sich nicht mehr. Er war schon kalt.

Sie fuhren ihn noch nicht ins Tal, weil sie den Wald bei einem Schneesturm nicht verlassen wollten. Er liefe ihnen ja nicht weg, meinte einer und Simon strafte jeden, dem dieser Spruch ein Lächeln entlockte, mit einem zornigen Blick. Sie lehnten ihn an die Rückseite der Hütte, um ihn nicht ständig sehen zu müssen.

Erst am Abend im Bett, hoffend, dass die anderen schon schliefen, erlaubte sich Simon, so leise er konnte, um Ignatz zu weinen.

Als der Sturm sich am dritten Tag endlich legte, sorgte er dafür, dass einer seiner Kameraden ihn begleitete, um den steifen Leichnam auf das Fuhrwerk zu heben und sich durch den Schnee ins Dorf zu kämpfen.

Ein paar Tage später kamen die Holzfäller, der Bauer und die Bäuerin mit ein paar Mägden vom Hof zum Begräbnis zusammen. Aloisia tätschelte Simon die Wange und meinte, Ignatz habe ihn sehr gern gehabt. Sie überreichte ihm ein Etui, in dem sich das Rasierzeug von Ignatz befand. Simon musste beinahe weinen, aber er konnte sich zusammenreißen.

Im Wirtshaus spendierte der Bauer den Leichenschmaus. Bei Suppe, Würstel und Bier ernannte er den ältesten der Holzfäller zum neuen Oberholzknecht. Simon hatte den Seiwaldbauern schon beim Eintreten in die Stube am Stammtisch entdeckt, aber erst, als die Holzknechte sich auf den Heimweg machten, sprach dieser ihn an und lud ihn freundlich an den Kartentisch. Simon ließ sich nicht darauf ein, aber er verabredete sich mit ihm für den nächsten Zahltag. Das war dem Seiwaldbauer gerade recht. Er erinnerte Simon daran, auch das Geld mitzubringen, dass er ihm beim letzten Mal abgeknöpft hatte.

Zwei der Holzarbeiter spielten an den nächsten Abenden mit Simon Karten. Auch wenn sie das Spiel nur ungenügend beherrschten, half es ihm, nicht zu aufgeregt zu sein, als er am nächsten Sonntag mit seinen Kameraden ins Wirtshaus trat.

Augenblicklich wurde der Platz gegenüber dem Seiwaldbauern geräumt und ein Bier für ihn bestellt. Alle warteten, bis Simon das Geld auf den Tisch gelegt hatte. Es war ein ordentlicher Haufen, er ließ keine Reserve in seinen Taschen. Zum eigenen Lohn, dem Ersparten und dem Gewinn vom letzten Spiel kam auch noch sein Anteil von dem dazu, was Ignatz seinen Kameraden hinterlassen hatte.

Der Seiwaldbauer mischte die ganze Zeit über die Karten, bis er damit begann, sie zu sortieren und verkündete, er wolle mit dem Buben schnapsen. Nicht das übliche Schnellen oder Bieten, sondern ein Zweierschnapser solle entscheiden, wer der bessere Spieler sei. Das überraschte die Anwesenden. Simon hatte nichts dagegen einzuwenden. Die markigen Sprüche, die der Seiwaldbauer folgen ließ, waren ihm sowieso egal. Murrend räumten die beiden anderen Spieler, die am Tisch saßen, ihre Plätze.

Innerlich jubelte Simon darüber, weil Schnapsen das Spiel war, das er beherrschte wie kein anderes, nachdem er sich so oft und mit verbissenem Ehrgeiz mit seinem Bruder duelliert hatte, jede Variante, jedes taktische Manöver kannte und sich die gespielten Karten bestens einprägen konnte.

Er ließ sich nichts anmerken, zuckte bloß mit den Schultern, als ihm der kleine Stapel Schnapskarten hingelegt wurde und er abhob. Der Seiwaldbauer schlug den Spieleinsatz vor, der weit höher war als üblich und so manchen staunen ließ. Simon war es bloß recht, wenn das Ganze nicht so lange dauern würde. Er nippte hin und wieder an seinem einen Bier, während sein Gegner sich vier davon und ein paar Schnäpse genehmigte. Trotzdem ließ sich der Seiwaldbauer im Laufe des Nachmittags immer weniger dazu hinreißen, Simon mit selbstgefälligen Sprüchen oder siegessicheren Ansagen zu provozieren. Niemand im Dorf getraute sich noch, gegen den Seiwaldbauern um einen Spieleinsatz zu schnapsen, weil er darin als nahezu unbezwingbar galt. Aber er merkte bald, dass er in dem jungen Holzknecht einen ebenbürtigen Gegner gefunden hatte.

Als das Licht sich in den Fenstern zu spiegeln begann, war noch nicht auszumachen, wer die Oberhand gewinnen würde.

Nach langem Hin und Her, ohne klare Vorteile für einen der beiden, konnte Simon zwei Spiele hintereinander für sich entscheiden, das zweite gar zu null, womit er seinen Gewinn verdoppelte. Der Seiwaldbauer musste das nächste Spiel gewinnen, um nicht pleitezugehen. Er spielte jedoch zu ungestüm und für Simon war es ein Leichtes, sich auch das letzte Geld, das auf dem Tisch lag, zu sichern. Die Holzknechte sahen ihn aus ihren glasig betrunkenen Augen bewundernd an und prosteten ihm nach jeder gewonnenen Hand zu, woraufhin Simon die eine oder andere Runde spendierte.

Er stapelte die Geldscheine säuberlich vor sich auf und steckte sie in seine Taschen. Er begann, das Kleingeld abzuzählen, um damit die Rechnung zu bezahlen und sich den Rest wechseln zu lassen.

Der Seiwaldbauer sah ihm dabei so lange zu, bis er es nicht mehr aushielt. Von einem Buben würde er sich beim Schnapsen nicht besiegen lassen, rief er und schlug mit der Faust auf den Tisch. Er nahm seine Uhr vom Handgelenk und legte sie vor Simon hin. Der schaute nur flüchtig darauf, während er beim Wirt die Rechnung beglich.

Eine Schweizer Uhr sei das, die sei mehr wert als der ganze Haufen Geld, behauptete der Seiwaldbauer. Zumindest die Hälfte seiner Gewinne solle er ihm dafür überlassen, damit sie weiterspielen könnten, forderte er.

Ein Holzknecht habe keine Verwendung für eine Uhr, schüttelte Simon den Kopf. Er gab ein ordentliches Trinkgeld, bekam den Rest der Münzen gewechselt, steckte die Scheine zu den anderen und stand vom Tisch auf. Da packte der Seiwaldbauer ihn am Arm und hielt ihn zurück.

Ob er die Kälberalm kenne, fragte er Simon flüsternd.

Simon kannte sie gut, weil sie oben an den Wald grenzte, in dem er arbeitete. Von Ignatz wusste er, dass der Wald oberhalb der Kälberalm zu ihr gehörte. Er schaute den Bauern an, rührte sich lange nicht, dann nickte er. Mitsamt dem dazugehörigen Wald, meinte Simon schließlich.

Der Seiwaldbauer schluckte, widersprach ihm aber nicht.

Ohne sein Gegenüber aus den Augen zu lassen, wiederholte Simon laut, sodass alle es hören konnten, dass der Seiwaldbauer um die Kälberalm spielen möchte samt dem umliegenden Wald. Der Seiwaldbauer ließ seinen Arm endlich los und Simon schaute in die Runde, ging sicher, dass jeder der Anwesenden verstanden hatte, worum es ging, und jeder nickte, nicht nur die Holzknechte, die es kaum fassen konnten. Simon setzte sich wieder an den Tisch.

Er wiederholte noch einmal laut und deutlich, dass sie um die Kälberalm spielen würden, samt dem dazugehörigen Wald, und reichte dem Seiwaldbauern die Hand. Der schlug ein und drückte sie so fest, dass Simon sich zusammennehmen musste, um nicht aufzuschreien.

Simon packte das Geld nicht mehr aus, legte einfach seine prall gefüllte Jacke auf den Rand des Tisches.

Sie spielten auf zwei gewonnene Partien. Zu Beginn sah es für Simon nicht gut aus, er verlor das erste Spiel knapp, nachdem er vorne gelegen war. Im zweiten Spiel lag er drei Punkte zurück, gewann die nächste Hand glücklich, die weiteren gingen deutlich an ihn. Im dritten Spiel lag er klar vorne. Die letzte Runde verlief aussichtslos für den Seiwaldbauern, da warf dieser die Karten auf den Tisch und sprang von seinem Stuhl auf, nahm seine Jacke und wollte nach draußen. Simon stellte sich ihm in den Weg und die Holzknechte richteten sich auf, bereit, ihm zur Seite zu stehen. Simon ließ sich vom Wirt einen sauberen Bierdeckel und einen Bleistift bringen und schrieb mit Blockbuchstaben einen Vertrag auf Vor- und Rückseite. Der Seiwaldbauer beschwerte sich, dass sein Handschlag so gut wie jeder Vertrag sei. Was ein Holzknecht mit einer Alm anfangen wolle, meinte er und lachte Simon ins Gesicht. Einer der Anwesenden erinnerte den Seiwaldbauern daran, dass er selbst schon das eine oder andere Stück Land am Kartentisch gewonnen hatte. Schließlich sah er keine andere Möglichkeit, als seine Unterschrift auf den Bierdeckel zu kritzeln. Simon könne froh sein, wenn er ihm die Kälberalm zum halben Preis wieder abnehmen würde, rief er aus. Nein, er würde sie wieder zurückgewinnen, genau hier, an diesem Kartentisch, prophezeite er, dann stolperte er hinaus in die Dunkelheit.

Er konnte nicht wissen, dass es das letzte Mal war, dass Simon im Wirtshaus Karten spielte.

Schon am nächsten Morgen packte Simon seinen Rucksack. Er verabschiedete sich rasch von seinen verkaterten Kollegen, verließ die Hütte der Holzknechte und humpelte hinunter zum Sternhof.

Aloisia erklärte Simon, dass sie schon von dem Kartenspiel gehört hatte. Aber er solle nichts überstürzen, meinte sie, in der verfallenen Almhütte und von dem Stück Land könne er nicht leben, zudem sei es so hoch gelegen, dass es noch dauern würde, bis der Schnee dort oben geschmolzen wäre.

Simon blieb fest entschlossen. Also ging sie mit ihm zum Bauern.

Der lachte lauthals, als Simon erklärte, dass er jetzt auch Bauer sei. Simon ließ sich nicht einschüchtern, stolz präsentierte er den Bierdeckel mit dem Vertrag. Er bat den Bauern, ihm sechs Stück Rinder zu verkaufen.

Aloisia versuchte noch einmal, Simon davon abzubringen, so überstürzt auf seine Alm zu siedeln, meinte wohl, dass der Bauer ihr beipflichten würde. Aber der nannte bloß einen Preis für die Tiere. Dieser erschien Simon einigermaßen vernünftig, also zog er sein Geldbündel aus der Tasche und begann, den Betrag abzuzählen.

Der Bauer bedachte, dass Simon keine Möglichkeit hatte, in die Stadt zum Viehmarkt zu fahren und die kleineren Bauern der Umgebung es sich nicht leisten konnten, ihm auch nur eine einzige Kuh zu verkaufen. Für den Preis könne er ihm allerdings nur drei Kühe überlassen, auf mehr könnten sie beim besten Willen nicht verzichten, ergänzte er.

Simon sah sich gezwungen, auf den Handel einzugehen. Er bedankte sich noch, als er die Hand des Sternhofbauern schüttelte. *Vergelt's Gott.*

Der Sternhofbauer ließ Sepp kommen und beauftragte ihn, für Simon drei Kühe auszusuchen.

Sepp hatte noch nichts mitbekommen von Simons Geld- und Landbesitz, konnte sich keinen Reim auf seinen Auftrag machen, führte ihn aber aus. Sicherheitshalber holte er die dürrsten und ältesten Kühe aus dem Stall.

Aloisia hatte ein Fuhrwerk einspannen lassen. Sepp band die Kühe daran fest. Als eine der Mägde von Simons Gewinn am Kartentisch erzählte, begann er zu fluchen.

Aloisia holte eigenhändig ein kräftiges Kalb aus dem Stall und band es zu den Kühen. Sie ließ es sich nicht nehmen, Simon selbst auf die Alm zu fahren. Sepps Flüche waren noch zu hören, als sie bereits im Wald waren, durch den der Weg nach oben führte.

Das Gebäude der Kälberalm stand auf einer buckeligen, abschüssigen Wiese, die sie sich mit der Alm eines anderen Hofes teilte. Der Schnee lag hartnäckig auf dem Hang. Der Wald war dabei, sich die gerodete Fläche zurückzuholen, an den Rändern drängten Büsche und junge Fichten auf das Feld.

Das Dach des Hauses war teilweise löchrig, die Bretter an den Seitenwänden morsch und schlampig geflickt. Nur das Fundament und der Stall waren in einem guten Zustand. Nachdem sie sich draußen und drinnen umgesehen hatten, nahm Aloisia ihm das Versprechen ab, als Erstes das Dach zu flicken.

Er geleitete sie zum Fuhrwerk zurück, sie bestärkte ihn, meinte, dass er sich einen schönen Flecken ausgesucht habe. Für ihren Geschmack ein bisschen weit oben, aber er sei als Bergbauer geboren und als solcher könne er nun wieder leben. Wenn er etwas brauche, solle er nicht zögern, zu ihr zu kommen. Es überraschte ihn, als sie ihn zum Abschied kurz und kräftig an ihren Busen drückte. Dann machte sie sich zu Fuß auf den Rückweg. Simon begriff zuerst nicht, was vor sich ging, rief ihr hinterher, aber sie drehte sich nicht um, hob im Weggehen bloß ihre Hand zum Abschied.

Er spannte den Gaul aus und brachte ihn mitsamt den Kühen und dem Kalb in den Stall. Im Zurückgehen umrundete er den Hof, ganz langsam, bis er vor dem Eingang stehen blieb. Er wollte schon eintreten, aber eine plötzliche Angst vor der Aufgabe, vor dem Alleinsein, hielt ihn zurück. Unschlüssig wippte er auf den Beinen, dann sah er sich nach der Sternhofbäuerin um, die schon am Rande der Almwiese in den Wald einbog. Endlich gab er sich einen Ruck und trat entschlossen in sein neues Zuhause.

Im Inneren roch es nach Moder und altem Staub. Der Boden war aus festgetretener Erde, die nur zum Teil mit losen Brettern belegt war.

Simon fand Geschirr und Besteck, so rostig, dass kaum etwas davon zu gebrauchen war. Aber er war glücklich über den gut gepflegten Kupferkessel zum Käsen und über brauchbare Gegenstände wie eine abgeschlagene Schaufel, einen alten Besen, Nadel und Faden, eine Schere und die zwei trüben Gläser, von denen eines heute noch auf dem Hof zu finden ist.

Erst als er das Fuhrwerk in die Scheune zog, bemerkte er die Decken auf der Ladefläche. Darunter war eine Säge versteckt, eine Heugabel, eine Axt, ein Hammer, zwei Kartons mit Nägeln, eine Sense, ein Rechen, ein Schleifstein, eine Pfanne, ein Topf, Kerzen, eine Flasche Schnaps, ein paar Bretter. Dazu noch mehrere Kilo Setzkartoffel, Speck und Mehl, ein ganzer Laib Käse, Salz, Butter und Brote.

Er schaute sich noch einmal nach Aloisia um, aber sie war längst verschwunden.

Als nach zwei Wochen niemand vorbeigekommen war, um den Wagen abzuholen, begriff er endlich, dass die Sternhofbäuerin all das für ihn hergerichtet und irgendwie dafür gesorgt hatte, dass er Pferd und Fuhrwerk behalten konnte.

Er begann damit, das Dach zu flicken. Es beschäftigte ihn bis in den Herbst, weil er jede Schindel und jedes Brett von Hand anfertigen, zuvor noch eine Leiter zimmern musste, immer wieder Werkzeug fehlte und andere Arbeiten wie das Pflanzen der Kartoffeln, das Käsen, die Heuernte oder das Roden der Almwiese dazwischenkamen.

Letzteres gestaltete sich besonders mühsam. Wenn er die kleinen Bäume und Büsche samt Wurzeln entfernte, die vom Wald her in die Wiese wucherten, erschien es ihm manchmal, als ob er gar nicht Schritt halten konnte mit der ungezähmten Natur. Kaum war eine Seite frei geholzt, entdeckte er schon wieder die ersten Sträucher, die anderswo über das Gras hinausragten. Lange mühte er sich mit einer Buche ab, die an der Seite eines Findlings am oberen Rand der Wiese stand. Er grub entlang der freiliegenden Wurzeln, die sich tief in die Erde hineinbohrten und zudem weit verzweigt verliefen, bis unter den Felsbrocken und in den Wald hinein. Das Ausgraben mit der Schaufel frustrierte ihn so sehr, dass er auf das knochenharte, knorrige Holz einschlug, immer wieder, bis das ohnehin abgenutzte Schaufelblatt sich verbog und er endlich damit aufhörte.

Die Äste der Buche erwiesen sich als ideale Kletterhilfe, um auf den zwei Mann hohen, moosbedeckten Findling zu gelangen. Dort rastete er, und als er sich etwas erholt hatte, musste er über den läppischen Schaden lachen, den er an der Wurzel angerichtet hatte.

Die Buche wuchs ungewöhnlich weit oben, wo ihresgleichen nur selten anzufinden war, der Felsbrocken lag zu tief unten. Findling und Baum schienen sich verirrt und einander gefunden zu haben. Wo er die Wurzeln entblößt hatte, bedeckte er sie wieder mit Erdreich und ließ sie in Ruhe.

Erst im Frühsommer wurde der Nachbarhof als Alm bewirtschaftet. Der alte Senner grüßte ihn einmal, blieb danach für sich, war verschlossen, unterhielt sich aber umso ausführlicher mit seinem Hund. Kaum eingetroffen, begann er, den Zaun zu flicken, der die beiden Weiden trennte, und Simon achtete darauf, dass seine Tiere fortan nicht durch die Löcher schlüpften, um drüben das gleiche Gras zu fressen, wo es doch genug auf der eigenen Wiese gab.

Simon wollte keine Zeit verlieren und arbeitete selbst an Sonntagen, ohne sich längere Pausen zu gönnen. Über Wochen redete er mit keinem Menschen.

So stürzte er vor Schrecken beinahe vom Dachfirst, als er die Stimme des Briefträgers vernahm. Bei einem Schnaps überreichte dieser ihm ein Schreiben vom Bauernbund, in dem Simon offiziell als Bauer des Hofes anerkannt wurde. Er nagelte das Dokument in der Stube neben dem Bierdeckelvertrag an die Wand. Der Briefträger wollte wissen, ob der Hof weiterhin Kälberalm heißen würde. Simon schüttelte den Kopf, es fiel ihm aber nichts Passendes ein. Nach einem weiteren Schnaps schlug der Briefträger vor, ihn provisorisch als Simonhof bei der Gemeinde registrieren zu lassen.

Trotz aller Anstrengung war die Heumahd mit der Sense in der sommerlichen Hitze eine besondere Arbeit, die Simon beinahe zelebrierte. Dabei erlaubte er sich etwas längere Pausen, kletterte über die Buche auf den Findling am oberen Rand der Wiese, legte sich in das weiche, kühle Moos, schaute zufrieden über sein Stück Land und gestattete sich, ein wenig zu dösen. Oder er setzte sich unter den Baum, auf die Wurzeln, um im Schatten der Baumkrone zu rasten und zu essen.

Mit den geschenkten Brettern dichtete er die Wände der Alm ab und begann damit, ordentliche Holzböden zu verlegen. Mühsam gewann er das fehlende Nutzholz aus seinem Wald, nebenbei fiel ausreichend Brennholz ab. Abends saß er mit schmerzendem Knie und seinem Feitel vor dem Hof oder bei Kerzenlicht in der Stube und schnitzte sich, was ihm in der Küche fehlte, bis er die Augen nicht mehr offen halten konnte, die Kerze ausblies und sich in sein Lager fallen ließ, vollkommen erschöpft, aber glücklich und stolz, sein eigener Herr zu sein.

Im Herbst fuhr er ins Dorf hinunter, um einzukaufen. Vor dem Krämerladen stieß er auf einen Kriegsversehrten, der um ein paar Heller bettelte. Die Kleider hingen ihm in Fetzen vom Leib, aber er hatte einen alten Stutzen dabei, den Simon begutachtete. Für eine Decke und etwas Geld kaufte er dem Mann die Büchse ab.

Selbstsicher betrat der junge Bauer den Krämerladen, getraute sich sogar, Waltraud anzusprechen und erkundigte sich bei ihr nach den verschiedenen Waren. Während sie redete, konnte er sie aus nächster Nähe betrachten. Im Glauben, über ausreichend Mittel zu verfügen, kaufte er mehr ein als geplant. Er wollte sich sein

Zuhause ein bisschen wohnlicher einrichten, mit einem Tischtuch, ein paar neuen Gläsern und einem Kerzenständer. Zudem benötigte er ein Küchenmesser, Streichhölzer, Nägel, Munition und Mehl. Vermutlich wollte er auch Waltraud beeindrucken – oder ihr zumindest demonstrieren, dass er nicht wie ein Wilder hauste. Als er alles beisammenhatte, tauschte er noch ein paar Blicke mit ihr, bis sie beide rot wurden und er zum Tresen ging, um bei ihrem Vater zu zahlen. Der Krämer nannte ihm eine Summe. Erst als Simon das Geld vor ihm abzählte, wurde er stutzig. Er erkundigte sich nach den Preisen der einzelnen Waren. Der Krämer nannte sie ihm und begann von der Inflation zu sprechen. Simon hatte noch nie davon gehört und dachte, der Mann wollte ihn übers Ohr hauen, wie seine Kollegen, die Holzfäller, schon gemutmaßt hatten. Aber als er in Waltrauds Gesicht blickte, wusste er, dass es stimmte, dass alles so teuer geworden war. Er bezahlte die Rechnung, ohne eine der Waren zurückzulegen. Dazu war er zu stolz.

Waltraud half ihm, die Sachen hinauszutragen und als sie beim Beladen des Fuhrwerks nebeneinander standen, schaute er ihr von ganz nahe in die Augen, bis sie seinen Blick erwiderte und ihren rasch senkte. Dann erst bemerkte er, dass sie ihm Vorhänge und ein paar zusätzliche Kerzen dazugepackt hatte. Er wollte sich bedanken, doch ihr Vater rief sie und sie lief wieder hinein, drehte sich allerdings noch einmal kurz nach ihm um, als sie die Tür hinter sich zuzog. Es kam ihm vor, als hörte er den Krämer, wie er mit ihr schimpfte, weil den Kunden üblicherweise nicht dabei geholfen wurde, ihre Einkäufe zu verladen. Simon wäre ihr gern zur Seite gestanden, aber das Impulsive lag nicht in seiner Natur. Er war ein Jäger, der sein Ziel nicht aus den Augen verlor. Ausdauernd war er, zäh und beharrlich, einer, der zweimal überlegte, bevor er sich zu einem Blödsinn hinreißen ließ.

Im Herbst besserte der Senner nochmals den Zaun aus, bevor er Simon aufsuchte, um sich zu verabschieden. Sie redeten ein zweites Mal miteinander. Er fragte, wie lange er denn noch mit dem Almabtrieb zuwarten wolle. Zuerst konnte er nicht glauben, dass Simon vorhatte, den Winter über hier oben zu bleiben, aber plötzlich verstand er, warum Simon den Acker angelegt und so viel Energie in das Abdichten des Hauses verwendet und überhaupt so unermüdlich gearbeitet hatte. Er schüttelte ihm kräftig die Hand, wünschte ihm herzlich alles Gute und drehte sich noch ein paar Mal ungläubig nach ihm um, bevor er hinter seinen Kühen und dem Hund im Wald verschwand.

Der Winter kam rasch und traf Simon mit einer Härte, die er bei aller vermeintlichen Vorausschau nicht erwartet hatte. Er verfluchte jeden Tag, an dem es schneite und er Zeit und Energie verschwenden musste, um gegen die Schneemassen anzukämpfen. Das war unvermeidlich, um überhaupt in den Stall zu den Tieren zu gelangen, da es keinen direkten Zugang gab. Das Heu würde reichen, um die Tiere durch den Winter zu bringen, aber bald war klar, dass die Vorräte für ihn knapp würden, wenn er etwas anderes als Milch, Käse und Kartoffeln essen wollte.

An einem Morgen schleppte er sich mit starken Hals- und Kopfschmerzen aus dem Bett. Das Freimachen des Weges und das Melken der Kühe strengten ihn so sehr an, dass er sich bald wieder hinlegen musste.

Als er erwachte, glühte seine Stirn vom Fieber. Er hatte großen Durst. Anstatt zum Brunnen zu gehen, schaffte er es nur zur Tür, stopfte sich gierig Schnee in den Mund und füllte einen Eimer damit. Entkräftet fiel er zurück ins Bett. Zum ersten Mal zweifelte er daran, den Winter zu überstehen. Er konnte es sich einfach nicht leisten, krank zu sein. Im Fieberwahn bekam er es mit der Angst zu tun, er halluzinierte, dass die rauen Decken, in die er sich einwickelte, ihn erdrücken und ersticken würden wie eine mächtige Lawine.

Er erwachte mit schrecklichen Halsschmerzen. Es war dunkel und er wusste nicht, wie lange er geschlafen hatte. Er trank Wasser, aß ein paar getrocknete Apfelspalten, dazu einige Haselnüsse. Sein Kopf war etwas klarer, das Fieber gesunken. Er stellte sich vor, wie man ihn im Frühjahr finden würde, hier oben, ganz alleine, in dem zugigen Hof. Lachen würden sie über ihn, einen Spinner würden sie ihn nennen, weil er sich nichts sagen lassen und sich schlichtweg übernommen hatte.

Er überlegte, am nächsten Tag zum Sternhof zurückzukehren. Er würde es bestimmt schaffen, hinunterzugelangen. Dort erwarteten ihn die pflegenden Hände der Bäuerin, Obst und Gemüse, heiße Suppen, die Badewanne. Was aber würde aus den Tieren werden?

Das Fieber kehrte stärker zurück. Er erwachte fröstelnd, Gelenke und Glieder schmerzten, die Augen brannten, der Schädel pochte. Die Kühe klagten im Stall. Er benötigte all seine Energie, um sich zu ihnen zu kämpfen und sie zu melken. Den Milcheimer ließ er im Stall stehen und schleppte sich zurück ins Bett.

Er dachte an Ignatz, der ihm seine Träume zuerst schmackhaft gemacht und ihn schließlich davor gewarnt hatte. Nun wusste er selbst um die Kraft der Träume und um die Gefahr, der man sich aussetzte, wenn man sie mit aller Verbissenheit verfolgte und sich der Möglichkeit des Scheiterns auslieferte.

Dieser Hof hatte nichts mit dem gemein, den er sich erträumt hatte. Statt von seinem eigenen Land, seiner Hände Arbeit in Freiheit zu leben, schien er dem Untergang geweiht, lag in dem Haus wie in einem Sarg.

Simon beschloss, an Ort und Stelle zu bleiben. Man könnte sagen, er vertraute sich seinem Schicksal an, aber an so etwas wie Schicksal glaubte er nicht. Der Weg hinunter erschien ihm zu beschwerlich, zudem hätte sich ein Rückzug wie das Eingeständnis einer Niederlage angefühlt. So war es im Grunde eine Mischung aus Angst und Starrsinn, die ihn ausharren ließ.

Er aß Käse, den er wieder erbrach, erhitzte Schnee am Herd, warf etwas getrocknete Pfefferminze hinein und trank den Sud, wenn er wach war.

Für den Fall seines Ablebens wollte er etwas hinterlassen. Also beschloss er, einen Abschiedsbrief, eine Art Testament zu schreiben. Er überlegte, wie Waltraud reagieren würde, wenn er ihr seinen Besitz vermachte. Sie hatten bislang kaum einen ernsthaften Satz miteinander gewechselt. Jedenfalls wüsste sie dann, dass –

Er erwachte schweißgebadet, ohne zu frösteln am Abend des nächsten Tages. Das Fieber war gesunken, die Gedanken klarer. Er gab sein Unterfangen, den Brief zu schreiben, auf, ritzte stattdessen hustend die Worte *Entkommen der kalten Hand des Todes* in das weiche Holz eines Balkens hinter seiner Bettstatt, bevor er sich um die Tiere kümmerte.

Am folgenden Tag war er wieder auf schwachen Beinen. Den Husten wurde er erst einige Wochen später wieder los. Aber er war überzeugt davon, dass er es schaffen würde und dass jeder folgende Winter leichter zu überstehen wäre, wenn er bloß noch ein paar Tage und Wochen durchhielt. Er begriff, dass die Alm nicht für die Kälte gebaut war und machte sich im Geiste Listen, was er vor dem nächsten Winter alles verbessern müsste. Das Schmieden dieser Pläne und sein Wille halfen ihm durch die kalte, dunkle und einsame Zeit. Über Monate sah er keine Menschenseele, nur sich selbst betrachtete er gelegentlich in dem kleinen, rostigen Spiegel, den er bei dem Rasierzeug fand, das Ignatz ihm hinterlassen hatte. Er redete abwechselnd mit Ignatz und Waltraud, um wenigstens seine eigene Stimme zu hören.

Dass er jenen ersten Winter tatsächlich überlebte, verdankte er auch der Büchse des Kriegsversehrten. Der alte Stutzen leistete ihm verlässliche Dienste, wenn er mit unterdrücktem Husten humpelnd im Wald herumschlich, sich auf die Pirsch legte und ein geschwächtes Reh oder einen Hasen wilderte – ohne einen einzigen Fehlschuss, wie er behauptete, was mangels Zeugen nicht verifizierbar ist.

Simon erzählte noch ein paar andere Geschichten über diesen ersten Winter, aber die muten dermaßen sonderbar und praktisch unmöglich an, dass man sie besser nicht weitererzählt. Sie waren wohl nicht bewusst erfunden, aber der Tatsache geschuldet, dass er mehr Zeit mit sich alleine verbracht hatte, als gut für ihn war.

Sobald der Weg im Frühjahr wieder befahrbar war, spannte Simon den Gaul ein und machte sich auf in die nahe Kleinstadt, um dort auf dem Viehmarkt eine weitere Kuh und zwei Ferkel zu erstehen. Für mehr reichte das erspielte Geld nicht mehr. Ein Jahr zuvor hätte er für dieselbe Summe sämtliche Tiere des Viehhändlers kaufen können.

Bevor er zum Krämer ins Dorf fuhr, rasierte er sich, kämmte sich mit dem alten Hornkamm, den seine Mutter ihm mit auf die Reise gegeben hatte, und säuberte die löchrige Kleidung, so gut es ging. Endlich konnte er sich tatsächlich wieder mit Waltraud unterhalten, wenn auch nur über die verschiedenen Waren, aber dabei konnte er ihr immer wieder in die Augen sehen, ohne dass ihr Vater es bemerkte.

Das restliche Geld war er schnell los. Er tauschte Mehl, Salz und Setzkartoffeln gegen Käse, Nägel wollte der Krämer ihm keine mehr dafür geben. Simon verkniff es sich, darum zu bitten, so blieb ihm nichts anderes übrig, als den Laden zu verlassen. Er nahm den restlichen Käse, den er auf dem Wagen hatte, und kehrte noch einmal ins Geschäft zurück. Wie viel Käse er für die Nägel wolle, fragte Simon.

Der Krämer öffnete eine Lade hinter dem Tresen. Darin lagen mehrere Laib Käse, Speck und Dutzende Eier. Er brauche beim besten Willen keinen Käse mehr. Seine Lieferanten bezahle er schon mit den Lebensmitteln, aber die hätten auch längst genug davon.

Waltraud nahm Simon den Käse ab und meinte zu ihrem Vater, für einen Karton Nägel müsse das doch reichen.

Der Krämer fluchte, dann griff er doch in einen Karton, holte zwei Handvoll Nägel heraus und packte sie unwillig ein. Das sei das letzte Mal, brummte er, bevor er sie Simon wie ein wertvolles Geschenk überreichte.

Simon wollte sie ihm schon zurückgeben, weil es ihm wie ein Almosen erschien, aber als er Waltraud ansah, steckte er sie ein. Es war eine bittere Erkenntnis für ihn, sich seinen Stolz nicht leisten zu können.

So sehr Simon damit sparte, die Nägel waren rasch verbraucht. Als er von einem abgebrannten Hof in der Nähe hörte, ritt er in einer Woche dreimal dorthin und suchte in den verkohlten Holzbrettern nach Nägeln, die er in mühsamer Kleinarbeit herauszog und gerade klopfte, um damit weiterarbeiten zu können. Unermüdlich bemühte er sich, seinen Hof zu verbessern. Der erste Winter hatte ihn gelehrt, dass dies eine Frage des Überlebens war.

Zeitlebens erinnerte ihn sein schmerzendes Knie am Ende eines harten Arbeitstages daran, was er geleistet hatte und wie er alle Widerstände überwinden konnte – mit Willen, Kraft und Ausdauer.

Der Briefträger, Simons einziger seltener Besucher, machte im Dorf schon seine Witze darüber, dass Simon seinen Hof ausbaute und verschönerte, als lebte eine Großfamilie bei ihm.

Tatsächlich zimmerte Simon mehrere Schlafzimmer und Betten, leitete Fließwasser in die Stube, wo das Feuer im Herd nie ausging, als ob eine unsichtbare Bäuerin ihn laufend bekochte. Er schnitzte ein Schild mit der Inschrift *Simonhof*, das er hoch über der Eingangstür anbrachte.

Sein Kartoffelacker war großzügig angelegt wie bei so manchem Großbauern und als Krönung baute er sogar einen Glockenstuhl. Für wen die Glocke hätte läuten sollen, war unklar, aber da es ohnehin keine gab, wurde es zur Pointe der Geschichten des Briefträgers. Im Dorf galt Simon bald als Sonderling, der sich selten blicken ließ, weder in der Kirche noch im Gasthaus.

Seit er sein Elternhaus verlassen hatte, schleppte er seinen Firmanzug zuunterst in seinem Rucksack mit sich herum, ohne ihn ein einziges Mal ausgepackt zu haben. Zum Anlass des Dorffests hing er ihn endlich aus, weihte die kleine, selbst gezimmerte Badewanne ein, rasierte und putzte sich heraus, so gut es eben ging. Der Anzug war verzogen, die Falten hatten sich so tief in den Stoff gegraben, dass sie als Abdrücke blieben, selbst dann noch, als er sich hineingezwängt hatte. Bei jeder Bewegung musste er aufpassen, dass die Nähte nicht aufplatzten. Da seine Mutter für seinen Bruder aber immer alles ein paar Nummern zu groß gekauft hatte, schaute er darin gar nicht so schlecht aus, besser jedenfalls, als bei dem eigentlich dafür vorgesehenen Anlass. Seinen Hut hatte er einen halben Tag in kaltem Wasser eingeweicht – er war ein bisschen verbeult, aber es schien ihm, als würde er neuwertig aussehen, in der geänderten Form sogar ein wenig modern, was auch immer er darunter verstand.

Das ganze Dorf traf sich, die Großbauern spendierten Bier für die Musiker, die kaum Pausen machten, der Tanzboden war brechend voll. Simon war zumeist unrasiert und seine Kleidung löchrig, wenn er sich einmal im Dorf blicken ließ. So gab es einige, die ihn gar nicht erkannten. Aloisia winkte ihn zu sich an den Tisch und freute sich besonders, ihn bei guter Gesundheit wiederzusehen. Sie trug ihrem Mann auf, Simon ein Bier zu zahlen, was dieser widerwillig tat und mit ihm anstieß. Von Bauer zu Bauer, meinte er.

Simon verkniff sich sein *Vergelt's Gott*, weil ein Bauer sich nicht für alles zu bedanken brauchte. Er erinnerte sich später daran als jenen Moment, in dem er das beste Bier seines Lebens trank.

Der Bürgermeister hielt eine Rede und kaum war er damit fertig, spielte die Musik wieder auf und es wurde noch ausgelassener getanzt. Simon interessierte sich nicht dafür. Er hielt die ganze Zeit nach Waltraud Ausschau. Als er sie endlich entdeckte, wusste er nicht, wie er sie hätte ansprechen sollen, weil sie in einer Gruppe mit anderen Mädchen stand. So beobachtete er sie, nippte an seinem Bier und wartete auf eine günstige Gelegenheit.

Als der Krug geleert war, fasste er sich ein Herz und humpelte auf die Mädchen zu. Er kam zu spät, andere Burschen hatten sie umzingelt, eine nach der anderen verschwand auf die Tanzfläche und Simon erstarrte, als er Waltraud in den Armen von Sepp, dem Oberknecht vom Sternhof, tanzen sah. Er wollte bei nächster Gelegenheit dazwischengehen, um Sepp abzulösen, aber es fiel ihm schwer, überhaupt hinzusehen, als die beiden sich so nahe waren. So war er wieder zu langsam, als Sepp Waltraud mit sich zur Schnapsbar zog, noch bevor das Lied zu Ende war. Wieder trottete Simon den beiden hinterher und drängte sich an der dicht besetzten Schnapsbar durch die Menge zu ihnen.

Er fragte Waltraud, ob sie mit ihm tanzen wolle. Sepp war dabei, Schnaps zu bestellen und bemerkte ihn erst nicht. Waltraud nickte Simon grüßend zu, aber sie ging nicht gleich mit ihm mit.

Wenn diese Geschichte erzählt wurde, beteuerte sie stets, dass sie nicht sofort mit Simon hatte gehen können, weil ihr schwindlig war, nachdem Sepp sie auf der Tanzfläche so herumgewirbelt und sie so grob mit sich gezogen hatte.

Als Sepp sich umdrehte, schaute er nur einen kurzen Moment zu Simon, drückte Waltraud eines der Gläser in die Hand, leerte das andere und knallte es auf die Bar. Dann schimpfte er Simon einen Krüppel und stieß ihn nach hinten. Simon taumelte, aber er stürzte nicht. Die beiden fielen übereinander her.

Bei großen Festen im Dorf war eine Schlägerei nichts Unübliches, man könnte sagen, es gehörte dazu, dass sich neben den üblichen Verdächtigen gelegentlich auch als friedfertig geltende Männer provozieren und mitreißen ließen und sich im Schnapsrausch austobten. Dafür war es eigentlich noch viel zu früh, aber die beiden wälzten sich durch die Menge und wurden bald angefeuert, schlugen ausdauernd aufeinander ein, ohne dass man hätte sagen können, wer die Oberhand behalten würde. Sepp war größer und stärker, Simon trotz seines steifen Knies wendiger und zäher. Bald bluteten sie beide aus der Nase, und als sie einmal kurz getrennt waren und innehielten, stützten sie sich mit den Armen auf die eigenen Knie, um zu Atem zu kommen.

Simon humpelte auf Sepp zu, sie umschlangen sich und rangen miteinander, bis sie auf dem Boden lagen und müde aufeinander einschlugen, immer langsamer, mit schwacher Wirkung, bis jeder Hieb der letzte sein konnte. Vor Erschöpfung kam Sepp nicht mehr auf die Beine. Simon schaffte es, sich aufzurappeln, hob seinen Hut vom Boden auf, klopfte ihn ab und beugte sich über Sepp und versicherte sich, dass dieser genug hatte. Er schleppte sich zu Waltraud, die noch immer mit ihrem vollen Schnapsglas dastand und am liebsten im Erdboden versunken wäre, weil das versammelte Dorf sie anstarrte. Erschöpft, verdreckt, mit an mehreren Stellen aufgeplatztem Anzug, verschwollenem Auge und blutiger Lippe fragte er sie noch einmal, ob sie mit ihm tanzen wolle. Als Antwort schloss sie ihre Arme um ihn.

Den Tanz blieb er ihr schuldig, aber sie umarmten sich so lange, bis er seine Schmerzen vergaß. Sie redeten miteinander und sahen sich tief in die Augen, bis der Krämer, der das Ganze offenbar als Letzter mitbekommen hatte, seine Tochter packte, mit nach Hause zog und halblaut mit ihr schimpfte.

Keine zwei Wochen später fuhr Simon wieder in bestmöglicher, gereinigter und geflickter Montur ins Dorf hinunter, betrat das Geschäft, begrüßte Waltraud und stellte sich an das Ende des Tresens, wo er geduldig wartete, bis der Krämer die anwesende Kundschaft abkassiert hatte.

Simon drückte sich umständlich aus, als er den Mann um die Hand seiner Tochter bat. Nachdem dieser sein Anliegen endlich begriffen hatte, wollte er es nicht wahrhaben. Er begann zu jammern, den Kopf nach oben gerichtet flehte er seine tote Ehefrau an, ihm beizustehen. Als er sich wieder beruhigt hatte, starrte er Simon kopfschüttelnd an.

Wie er sich das denn vorstelle, fragte er ihn, wie er denn für eine Familie sorgen wolle, wo er sich doch nicht einmal ein paar Nägel leisten könne, die seine Berghütte zusammenhielten.

Er würde dafür sorgen, dass es Waltraud an nichts fehle, antwortete Simon bestimmt.

Erst da schaute der Krämer zu seiner Tochter. Waltraud hielt sich regungslos an einem Regal fest, bereit, jeden Moment zu Simon zu springen. Er sah, dass seine Tochter ihm keine Hilfe sein würde. Und als er sich wieder dem jungen Bauern zuwandte, sagte sie es, sprach aus, dass sie mit ihm gehen und ihn heiraten wolle.

Während Simon und Waltraud sich gerade noch beherrschen konnten, um sich nicht in die Arme zu fallen, änderte der Krämer seine Taktik.

In einem Jahr könne er wiederkommen, meinte er. Bis dahin würde er sich um einen Ersatz für die Arbeit im Laden umschauen. Wenn die Liebe groß genug sei, dürfe es ihnen nicht schwerfallen, diese kurze Zeit des Wartens auf sich zu nehmen. Insgeheim plante er, eine bessere Partie für seine Tochter zu finden. Er hatte sich bisher einfach nicht darum gekümmert, weil sie für ihn immer noch das kleine Mädchen war, das er seit vielen Jahren alleine hatte großziehen müssen.

Simon sah sich zum Rückzug gezwungen. Er wollte diese Sache richtig machen. Nur einen Händedruck, nicht einmal eine ordentliche Umarmung gönnte Simon sich oder Waltraud. Auf der Heimfahrt fühlte er sich erleichtert, weil er offen ausgesprochen hatte, was er wollte, glücklich, weil Waltraud bereit war, ihm zu folgen, besorgt, weil ihr Vater zwischen ihnen stand. Vor allem aber brannte eine Leidenschaft in ihm, die stärker war als jene rationale Stimme, die meinte, er solle sich in Geduld üben und dem Wunsch seines zukünftigen Schwiegervaters entsprechen.

Wenn Simon in den Wochen danach in den Laden kam, kaufte er immer nur Kleinigkeiten, sah sich davor aber umso länger um, tauschte immer offener Blicke, flüchtige Berührungen und knappe Nachrichten mit Waltraud aus, wenn die Aufmerksamkeit des Krämers es zuließ. Mithilfe eines Briefchens, das sie ihm zusteckte, verabredeten sich die beiden schließlich nachts in Waltrauds Schlafzimmer, in das Simon dank einer Leiter klettern sollte. Es war unvorsichtig von den beiden, weil Waltrauds Zimmer zur Dorfstraße hinaus lag und so jeder, der nachts noch im Dorf unterwegs war, die Leiter sehen konnte. Andererseits war es die einzige Möglichkeit, um von ihrem Vater unbemerkt zu ihr zu gelangen – so wie er auf sie aufpasste und wie die Häuser damals gebaut waren. Nein, das *Fensterln* war kein dem romantischen Klischee entsprechendes Gehabe. Vielmehr war es der Weg der Ungeduldigen und der Heimlichtuer, in einem Dorf, in dem es – zumal im Winter – keinen Raum für Versteckspiele gab.

Noch öfter als er wilderte, suchte Simon in den Nächten dieses Winters Waltraud in ihrem Zimmer auf und wenn er zu viel Schnee mit sich in ihr Zimmer brachte, schimpfte sie flüsternd mit ihm, weil sie bis zum Morgen die Wasserpfützen weggeputzt haben musste, um beim Vater keinen Verdacht zu wecken.

Ihr Geheimnis war bald keines mehr, die Leute redeten über das heimliche Liebespaar, doch obwohl der Krämerladen ein beliebter Umschlagplatz für Gerüchte und Neuigkeiten war, bekam sein Inhaber nichts davon mit. Kundinnen machten sich hinter seinem Rücken über ihn lustig, wenn er sich nach ihren Söhnen erkundigte und immer offener seine Tochter anpries, als wäre sie im Sonderangebot zu haben.

Erst eines Morgens im Frühjahr begriff er alles und so plötzlich, dass eine Welt für ihn einstürzte. Ihm fiel

Waltrauds Bäuchlein auf und mit einem Schlag konnte er sich einen Reim machen auf die Tuscheleien seiner Kundinnen, auf die blöden Sprüche beim Pfarrwirt, auf die gar nicht so häufigen und wenig verzweifelt wirkenden Besuche von Simon, auf Waltraud, die sich nicht mehr so oft wie üblich mit ihm gestritten hatte.

Waltraud leugnete es nicht. Simon sei der Vater ihres ungeborenen Kindes und sie werde ihn heiraten, stellte sie nüchtern fest. Entschuldigend meinte sie, auf den richtigen Augenblick gewartet zu haben, um ihn einzuweihen.

Sie dachte schon, er würde die Neuigkeiten unerwartet ruhig aufnehmen. Aber dann zog er sie grob am Arm und setzte seine Tochter vor die Tür. Er holte sie umgehend wieder herein, weil es draußen noch zu kalt war. Er schrie etwas von Schande und Sünde, rief an die Decke gerichtet nach ihrer toten Mutter und schloss Waltraud in ihr Zimmer ein, üblicherweise ein Zeichen dafür, dass er Zeit brauchte, um sich eine passende Strafe für sie zu überlegen.

Am nächsten Tag sprach er kein Wort, aber der Wagen stand bereit. Waltraud packte eilig ein paar Sachen zusammen. Der Krämer fuhr seine Tochter hinauf zum Simonhof und setzte sie ab, ohne Simon eines Blickes zu würdigen oder auch nur von dem Wagen abzusteigen. Dann fuhr er grußlos und alleine zurück.

Sein Traum erschien Simon endgültig zur Wirklichkeit geworden, nachdem sie die erste Nacht in seinen eigenen Wänden, in seiner selbst gezimmerten Bettstatt verbracht hatten. Erst am Morgen erzählte Waltraud ihm, dass sie guter Hoffnung war. Er war zu beschäftigt und unerfahren gewesen, um es zu bemerken, jetzt weinte er. Zum ersten Mal vor Freude.

Wenn man bedenkt, wie plötzlich die beiden zusammenlebten, nachdem sie sich doch bis dahin nur heimlich, meist flüsternd unterhalten hatten, dann waren die folgenden Monate vielleicht nicht annähernd so romantisch, wie sie es später mit einigem Abstand selbst erzählten: Sie arbeiteten hart und waren dabei so glücklich, wie es ihnen nur möglich war.

Aloisia erfuhr am Sternhof immer rasch von den Neuigkeiten aus dem Dorf. Sie sorgte dafür, dass die beiden keine zwei Wochen später in einer kleinen Zeremonie in der Kirche getraut wurden. Ein letztes Mal zwängte sich Simon in seinen Anzug, der erneut platzte, als er sich vor dem Pfarrer niederkniete. Während der Zeremonie hielt Waltraud immer wieder nach ihrem Vater Ausschau, aber er schaffte es nicht, über seinen Schatten zu springen, und blieb der Trauung fern. Simons Eltern und seine Geschwister konnten so kurzfristig nicht kommen, weil der Vater krank geworden war und sie den Hof nicht alleine lassen konnten. Einer der Holzknechte und ein Mädchen aus dem Dorf standen den beiden als Trauzeugen zur Seite. Nach einem kleinen Umtrunk im Wirtshaus fuhren sie mit den bescheidenen Geschenken der Holzfäller und Waltrauds Freunden sowie den drei Hennen samt Hahn, die sie von Aloisia erhalten hatten, zum Simonhof zurück.

Wenige Wochen später besuchten Simons Eltern den Hof und brachten Simons Erbe in Form einer guten Milchkuh mit. Seinen Bruder Vitus sah er nicht wieder.

Bald blieb Simon nichts anderes übrig, als zum Laden ins Dorf zu fahren, weil es unter anderem an Saatgut, Setzkartoffeln und Salz mangelte.

Der Krämer tauschte ihm die Waren anstandslos gegen Eier und Käse ein und war beim Abfüllen nicht knausrig. Dabei wechselten sie kein unnötiges Wort miteinander.

Ähnlich einsilbig verliefen Simons nächste Einkäufe in den Wochen danach, bis er sich eines Tages auf der Türschwelle umdrehte, bevor er den Laden verließ. Vor den anderen Kunden wandte er sich an seinen Schwiegervater und berichtete, dass Waltraud einen gesunden Buben zur Welt gebracht hatte. Da hielt der Krämer es nicht länger aus, kam hinter seinem Tresen hervor, nahm seinen Kittel ab und breitete seine Arme unter Tränen aus, um Simon an sich zu drücken. Simon verzog keine Miene, blieb regungslos stehen und wäre zurückgewichen, wenn sein Schwiegervater nicht im letzten Augenblick gezögert hätte. Ohne seine Einkäufe abzustellen, meinte Simon, er könne seinen Enkel jederzeit am Simonhof besuchen kommen, hob seinen Hut und verließ den Laden.

Schon am nächsten Tag fuhr der Krämer mit seinem Fuhrwerk hinauf zu seiner Tochter und seinem Enkelkind. Er schüttelte Simons Hand, betrachtete mit großer

Freude das Kind und schämte sich dafür, so hartherzig gewesen zu sein. Also nickte er zustimmend, als der Schwiegersohn verkündete, der Bub würde Simon heißen.

Der Krämer schaute sich so unauffällig wie möglich in den Wohnräumen um. Er musste zugeben, dass Simon es bewerkstelligt hatte, ein behagliches Heim zu schaffen, in dem Tochter und Enkel gut aufgehoben waren. Im Geiste machte er sich Notizen darüber, woran es noch mangelte. Bereits nach ein paar Tagen fuhr er wieder voll beladen hinauf, um die beiden mit allem auszustatten, was sie noch brauchen konnten und sein Laden hergab.

So füllte der Simonhof sich mit neuem Leben. Das Stück Land wurde optimal genutzt, um die Familie zu erhalten. Der erste Stock war noch nicht ausgebaut, der Kachelofen nicht gesetzt, Stall und Scheune klein, eng und dunkel, Viehtränke und Brunnen nicht getrennt. Aber in seinen Grundzügen – dem steinernen Fundament, den Außenwänden, der alten Rauchkuchl, den dicken Balken, die vom Wohntrakt direkt weiter in die Scheune verliefen – stand der Simonhof schon so da wie heute.

So schwer die Vergangenheit auch zu greifen ist, in diesen alten Brettern und Balken steckte die unermüdliche Arbeitskraft, die der erste Simonbauer aufgebracht hatte, um zu seinem Hof zu kommen, zu überleben, eine Familie zu gründen und deren Zukunft zu sichern. Eine Zukunft, der er voller Zuversicht entgegenblickte.

Er hatte sich eine neue Heimat geschaffen, nicht ahnend, welche Zeiten vor ihnen lagen und dass er noch viel mehr von der Welt sehen würde, als er sich je erträumt hatte.

In der Alpenfestung

Die Arbeit wurde nicht weniger oder leichter. Einige neue technische Hilfsmittel und gewonnene Erkenntnisse, wie das eigene Stück Land ertragreicher zu bewirtschaften war, machten sie effektiver. Von dem, was der Simonhof abwarf, konnte die Familie sich ernähren und (direkt oder über den Umweg des Geldes) eintauschen, was sie sonst noch zum Leben brauchte.

Dem Anschluss an das Deutsche Reich wurde im Rahmen einer Volksabstimmung im Nachhinein zu annähernd hundert Prozent zugestimmt. Das war im Dorf nicht anders. Trotzdem wurden einige angebliche Widerständige verhaftet. Diese wurden großteils bald wieder freigelassen, nur wenige verschwanden für immer.

Nicht nur in den Stuben der fanatischen Nazis hing ein Bild vom Führer an der Wand, sein unsäglicher Bestseller war ein beliebtes Geschenk bei feierlichen Anlässen.

Es war eine Zeit, die historisch von besonderem Interesse ist, über die man von den Beteiligten aber zu wenig erfährt, um zu begreifen, wie das Leben im Tal sich veränderte. Der Krieg kam plötzlich und beherrschte bald auch den Alltag in dem entlegenen Dorf. Oben am Simonhof schienen die Fronten des Krieges so weit weg, dass man sich vorerst nicht zu viele Gedanken darüber machte.

Warum Waltraud und Simon ihren Sohn Simon tauften, ist nicht überliefert. In manchen Familien war es Brauch, den Namen an den Erstgeborenen weiterzugeben, vielleicht fiel ihnen auch bloß kein anderer Name ein, der ihnen beiden gefiel. So jedenfalls begründeten sie eine Tradition.

Als der Bub alt genug war, sorgte Waltraud dafür, dass er jeden Tag den beschwerlichen Weg in die Volksschule im Dorf auf sich nahm, egal, bei welchem Wetter, selbst wenn der Schnee meterhoch lag. Simon war stark und wenn man sein kindliches Gesicht ausblendete, wirkte er wie ein Erwachsener, wie ein Bauer.

Gegen Ende seines vorletzten Schuljahres – Simon war gerade dreizehn geworden –, stand unvermutet ein neuer Lehrer in der Klasse. Der Alteingesessene war von einem Tag auf den anderen verschwunden. Die Kinder mochten den jüngeren Lehrer, er war motiviert und schaffte es, sie zu begeistern. Die neuen Schulbücher waren anschaulich und praktisch. Sie störten sich nicht daran, dass ihnen darin kriegstaugliches Wissen vermittelt wurde. Besonders die Burschen fanden Gefallen daran. Wenn sie die Geschwindigkeit von Bombengeschwadern errechneten oder die Nibelungensage lasen, war das neu und aufregender als die alten Rechenbeispiele oder die Geschichten aus der Bibel. Das Kreuz wurde durch eines mit Haken ersetzt, den Pfarrer bekam man im Dorf selten, in der Kirche nur noch zu genehmigten Zeiten und in der Schule gar nicht mehr zu sehen. Das Neue an sich, die schlichte Tatsache, dass Dinge sich änderten, übte auf viele einen besonderen Reiz aus.

Eines Nachmittags blieb Simon nach der Schule mit einem Klassenkameraden am Dorfplatz stehen, denn dort war einiges los. Marschmusik schallte krächzend aus den Lautsprechern. Auf dem Platz versammelten sich ein paar Leute, um Nachrichten von der Front zu hören, die zwischen der Musik verlesen wurden. Unter einem Podest versteckt fanden Simon und sein Freund das mächtige Radiogerät und die dazugehörigen Verstärker, die ein Soldat bediente, bis er nach vorne ging, um sich mit dem Blockleiter zu besprechen. Dieser war erst kürzlich aus der Landeshauptstadt in das Dorf abkommandiert worden. Er war entschlossen, seine Arbeit in der Provinz mit großem Engagement zu bestreiten, um sich für eine baldige Versetzung an einen wichtigeren Posten zu empfehlen. Er bestieg das Podest, um die Rede eines anderen Uniformierten anzukündigen. Inzwischen konnten Simon und sein Freund das verwaiste Radiogerät untersuchen: Sie drehten fasziniert an Reglern, drückten Knöpfe, zogen an Kabeln und machten sich rechtzeitig davon, als der Soldat zu dem Apparat zurückkehrte.

Der Redner war ein höherrangiger Offizier, bemühte sich, ebenso eindringlich und energisch zu klingen wie zuvor die Stimme aus dem Radio. Dabei wurde er immer wieder so laut, dass ihn ein unangenehmes Pfeifen aus den Lautsprechern übertönte. Das Ende seiner Ausführungen belohnten die Anwesenden mit erst zaghaftem, dann kräftigerem Applaus.

Im Anschluss an die Rede sollte wieder Marschmusik gespielt werden, aber das Gerät blieb stumm. Die beiden Jungen kicherten, als sie den Verantwortlichen unter dem Podest fluchen hörten. So versammelten sich die Zuseher ohne stimmungsvolle Begleitung am Rande des Dorfplatzes, wo ein gutes Dutzend Männer und Frauen in einer Reihe nebeneinanderstanden. Sie waren über eine Rampe aus einem Lastwagen getrieben worden, an ihren Füßen mit Eisenketten verbunden, zu beiden Seiten von je einem bewaffneten Soldaten bewacht.

Die meisten Schaulustigen hielten Abstand, nur einige Großbauern traten nahe an die Fremden heran, ganz langsam an ihnen vorbei und inspizierten die verwahrlosten Gestalten, besonders Zähne, Schultern, Brust und Beine waren von Interesse. Simon und sein Freund drängten sich nach vorne, um mehr sehen zu können.

Der Blockleiter trat als Organisator auf und segnete die Wünsche ab, wenn die Bauern sich die kräftigsten Männer und Frauen aus der Reihe holten. Ein Soldat vermerkte das in einem Buch, was von dem Offizier, der die Rede gehalten hatte, überwacht wurde. Erst dann nahm man ihnen die Ketten ab und stellte sie zu dem Bauern, der sie ausgewählt hatte – wie beim Wählen der Völkerballmannschaften, waren Simon und sein Kamerad sich einig.

Vor Simon stand Klausi, der das Ganze aufgeregt lachend verfolgte. Er mochte Simon und seinen Freund, weil sie ihn nicht so gnadenlos hänselten wie einige andere Kinder und ihn nicht Mongo nannten wie die meisten. Simon dachte sich nichts dabei, als er zu Klausi meinte, er solle sich doch auch eine Frau aussuchen. So schnell konnte er gar nicht schauen, da war Klausi schon vorne, zwängte sich an den Bauern vorbei, steuerte zielsicher auf eine der Frauen zu und streichelte ihr sanft über die Haare. Er nahm die Verdutzte bei der Hand, drehte sich laut lachend um und wollte sie schon mit sich wegführen. Einige der Umstehenden kicherten, bis Klausi auf ein Zeichen des Offiziers von einem der Soldaten zur Seite gedrängt und weggestoßen wurde.

Nachdem der Handel vorüber war, wurden die übrigen, die Schwächsten der Gefangenen, zurück in den Transportwagen verladen. Klausi sah eine neue Chance und stieg mit ihnen die Rampe hinauf, blieb oben stehen, wo er die Gefangenen lachend vorbeiwinkte und auf seine Auserwählte wartete, um sie sich herauszupicken. Als sie an ihm vorbei in den Wagen getrieben wurde, drehte er sich nach ihr um, ging ihr einen Schritt weit nach.

Alle sahen, wie einer der Soldaten ihn als Letzten zu den anderen hineinschubste und die Klappe hinter ihm verschloss. Es wurde getuschelt, aber niemand erhob seine Stimme. Man hörte ihn noch lachen, als die Soldaten einstiegen, bis der schwere, alles übertönende Dieselmotor angeworfen wurde und der Lkw wegfuhr.

Klausis Mutter suchte ihn erst am nächsten Tag, weil sie zu beschäftigt war, ihre anderen Kinder durchzubringen. Fast den ganzen Tag lang ging sie von Tür zu Tür, mit zunehmender Verzweiflung. Erst als sie im Wirtshaus herumschrie, erbarmte sich jemand und erzählte ihr, dass die Nazis ihn mitgenommen hatten. Sie erkundigte sich beim Blockleiter, doch der konnte ihr keine Auskunft erteilen, weil das nicht in seinem Kompetenzbereich lag. Als einige im Dorf sich zusammentaten und Klausis Mutter unterstützten, verfasste der Bürgermeister gegen den Willen des Blockleiters einen Brief an die Bezirkshauptmannschaft, um sich nach dem Verbleib des Buben zu erkundigen. Es war die einzig nennenswerte Handlung des Bürgermeisters zu jener Zeit. Sie blieb ohne Folgen. Klausis Schicksal wurde nicht geklärt, aber die Aufregung legte sich rasch wieder. Bald fand niemand, nicht einmal seine Mutter die Zeit, um der Sache weiter nachzugehen.

Es lässt sich schwer beurteilen, wie viel die Menschen aus dem Dorf von der organisierten Vernichtung im Reich mitbekamen. Front und Konzentrationslager waren weit weg. Es lebten keine Juden in dem Tal, Roma oder Sinti reisten selten – vereinzelt oder in kleinen Gemeinschaften – durch und blieben nicht lange. Simon erinnerte sich an einen Spruch aus dieser Zeit, mit dem man unartigen Kindern drohte: Pass auf, sonst kommst nach Mauthausen. Niemand lachte daraufhin, nicht einmal, wenn die Kinder den Spruch untereinander nachplapperten.

Am Hof half Simon seinem Vater, der ihm stets ein Vorbild darin war, sich nicht zu schonen und jeden Tag, mit Ausnahme des Sonntags, so hart wie möglich zu arbeiten und so für die Familie zu sorgen. Das steife Knie schmerzte ihn immer wieder, aber er ließ es sich vor dem Jungen kaum anmerken. Er erklärte seinem Sohn, dass es die größte Belohnung für einen Bauern sei, das

Heu für seine Tiere einzubringen. So verrichteten sie die schweißtreibende Heuarbeit im Sommer mit besonderer Freude. Alle waren dabei, Waltraud half, den Wagen zu beladen, Simons kleine Schwester Rosemarie saß ganz oben auf dem Heuschlitten und versuchte, die Ladung beisammen und sich festzuhalten, auf dem immer höher wachsenden, wackeligen Turm.

Nach dem Abendessen griff der Bub meist zu seiner Ziehharmonika, einem so ungewöhnlich wertvollen Geschenk, das er zu Weihnachten bekommen hatte, von seinem Großvater, dem Krämer, der bald danach verstarb. Er hinterließ ihnen nichts als die restlichen Bestände des Ladens, die sie viel zu billig an den neuen Pächter verscherbelten, weil sie keine Zeit fanden, sich darum zu kümmern.

Bald konnte Simon ein paar Stücke auf dem Instrument spielen, gut genug, dass Waltraud manches Mal, wenn sie nicht allzu müde waren, den Bauern zum Tanz aufforderte. Der weigerte sich stets, aber sie brauchte ihn nur daran zu erinnern, dass er ihr noch einen Tanz schuldete. Dann ließ er sich nicht länger lumpen und wirbelte mit ihr trotz des steifen Knies, so gut es ging, durch die Stube.

Der Hof war immer noch spartanisch ausgestattet, aber sie arbeiteten unermüdlich weiter, um alles zu verbessern und zu verschönern. Sie zimmerten Holzböden in alle Wohnräume und setzten einen windschiefen Kachelofen. Waltraud strickte und häkelte den ganzen Winter, so gab es nicht nur Hauben, Handschuhe, Socken und warme Decken, sondern auch kunstvoll verzierte Vorhänge und Tischdecken. Das Haus strahlte eine Geborgenheit aus, in der die Kinder so gut wie nichts von der Not mitbekamen, gegen die die Bäuerin und der Bauer sich ein Leben lang stemmten.

Es mochte am Kontrast zu den folgenden Ereignissen liegen, aber Simon behauptete, eine idyllische Kindheit verbracht zu haben. So lange, bis sich selbst hoch oben, am abgelegenen Simonhof, fern aller Fronten, nicht mehr darüber hinwegsehen ließ, welche Zeiten angebrochen waren.

Von der tief stehenden Sonne geblendet, dachte der junge Simon, er würde im Eingang des Stalles einem der Hausierer gegenüberstehen, vor denen ein Nachbarbauer gerade erst gewarnt hatte. Er bedrohte den Mann mit einer Mistgabel. Der Vater kam dazu, was den Jungen ablenkte, da entriss der Fremde Simon seine Waffe und warf ihn mit dem Stiel der Gabel nieder. Erst als der Simonbauer den Blockleiter begrüßte, erkannte Simon den Mann und entschuldigte sich auf Geheiß des Vaters bei ihm.

Der Blockleiter begutachtete die Kühe und machte sich in einem Heft Notizen. Der Simonbauer blieb dicht hinter ihm. Wenn er gefragt wurde, wie viel Milch die Kühe gaben, fiel ihm zu jedem Tier eine Leidensgeschichte ein, von Verletzungen, Schwächen und Krankheiten, und er gab viel niedrigere Milchwerte zu Protokoll, als sie tatsächlich erwirtschafteten. Dann folgten die beiden dem Blockleiter aus dem Stall. Vor dem Hof wartete ein uniformierter Wehrmachtssoldat nebst einem zerlumpten, dürren Gefangenen in Ketten. Der Blockleiter ging voran in die Stube, begrüßte Waltraud höflich mit abgenommenem Hut und ließ sich die Speisekammer zeigen, wo er sich lange aufhielt und genau umsah, um seine Notizen zu vervollständigen. Dann setzte er sich an den Tisch in der Stube, nahm ein Bündel Briefe aus seiner Tasche und zog schließlich aus einem bereits geöffneten Kuvert ein Schreiben, das er auf dem Tisch ausbreitete. Der Bauer ließ sich neben ihm nieder, Waltraud stellte die Schnapsflasche und zwei Gläser auf den Tisch, ohne einzuschenken. Der Simonbauer brauchte lange, um das Schriftstück zu lesen. Unter Zuhilfenahme seines Zeigefingers entzifferte er leise flüsternd den Text, Buchstabe um Buchstabe, Wort für Wort. Selbst seine siebenjährige Tochter wäre schneller gewesen, aber Rosemarie setzte sich gegenüber an den Tisch und wartete so gespannt wie die anderen darauf, den Inhalt des Briefes zu erfahren. Sein Gesicht verriet nichts, so angestrengt kämpfte er mit den Buchstaben. Als er endlich zum Ende gelangt war, dachte er kurz nach, blickte fahrig um sich, sprang auf, humpelte zur Kommode und kramte darin herum.

Inzwischen überflog Waltraud das Schreiben und schaute den Blockleiter an, als erwartete sie eine Erklärung von ihm, aber der kümmerte sich nicht darum und bediente sich am Schnaps. Der Bauer fand, wonach er gesucht hatte, und legte dem Blockleiter seinerseits ein Schreiben vor. Es handelte sich um ein Attest des Musterungsarztes, in dem seine Invalidität, die irreparable Versteifung seines Knies und folglich seine Untauglichkeit für den militärischen Einsatz bestätigt waren. Der Blockleiter kannte das Dokument offenbar, meinte bloß, das Papier sei nicht mehr gültig. Die Kriterien hätten sich geändert, alle müssten sie Opfer bringen, jeder Einzelne. Niemand könne es sich leisten, gemütlich daheim zu hocken und sich zu schonen. Er drehte sich zum jungen Simon und erklärte, dass auch Burschen wie er schon Großartiges leisteten und sich nicht zu schade seien, um dem Reich als Freiwillige zu dienen, anstatt am Rockzipfel der Mutter zu hängen.

Aber sie brauche sich nicht zu sorgen, wandte er sich an Waltraud, der Bub sei noch etwas zu jung, der Ruf des Führers würde ihn noch früh genug ereilen. Zudem sei er hier am Hof bestimmt ein brauchbarer Knecht und würde so seinen Beitrag leisten, tätschelte er ihm den Hinterkopf. Er trank sein Glas leer und legte eine Liste mit neuen Kontingenten an Milch, Käse, Eiern und Speck, die der Hof abzuliefern hatte, auf den Tisch. Die Bäuerin überflog die Zahlen und schüttelte den Kopf. Das sei mehr, als der Hof insgesamt abwerfe, meinte Waltraud schließlich. Es müsse sich um einen Fehler handeln.

Der Blockleiter schenkte sich erneut ein, lächelte nachsichtig und stellte klar, dass er keine Fehler zu machen pflege, sondern Befehle ausführe. Befehle von wichtigen Männern, die sich erst recht keine Fehler erlaubten. Er erklärte, dass diese Kontingente auch die Erträge der benachbarten Alm berücksichtigten. Die Alm gehöre zu einem Hof, der mittlerweile ohne Bauer sei. Daher habe man sie provisorisch dem Simonhof unterstellt. Noch in dieser Woche würden sie zusätzlich sechs Rinder und ein halbes Dutzend Schweine erhalten. So würde das Reich dem Simonhof zu einer gesunden Besitzgröße verhelfen. Im Gegenzug sei der Simonhof verpflichtet, einen verlässlichen Beitrag zu leisten und die Ertragsvorgaben zu erfüllen.

Der Simonbauer hatte darüber geschimpft, wenn andere Höfe sich auf ähnliche Weise vergrößerten, jetzt betraf es seinen eigenen Betrieb, der auf eine Fläche von über zwölf Hektar wachsen würde. Er wusste nicht, ob und wie er sich dagegen hätte wehren sollen.

Das Arbeitspensum könnten sie niemals schaffen, stellte Waltraud flehentlich fest. Ohne ihren Mann, mit zwei Kindern sei es kaum möglich, den eigenen Hof zu bewirtschaften, erst recht keinen zweiten.

Als der Blockleiter am Glas nippte, sah sie ihm seine Freude darüber an, dass er schon wieder einen Schritt weitergedacht hatte und alles so ablief, wie er es offenbar vorhergesehen hatte. Ob sie dachte, dass der Ostarbeiter zu seinem eigenen Vergnügen vor der Tür stehe, ob der aussehe, als wäre er zur Sommerfrische hier heraufgekommen, fragte er die Bäuerin und blickte sich um, als erwartete er, dass irgendjemand lachen würde. Dann rief er so plötzlich nach dem Soldaten, dass sie alle erschraken. Der Gefangene wurde hereingeführt.

Erst aus der Nähe sahen sie, in welch verheerendem Zustand sich der Zwangsarbeiter befand. Das Zimmer füllte sich mit süßlichem Gestank. Als der Soldat ihm die Fußketten abnahm, fiel er beinahe um, weil er sich instinktiv hinunterbeugen wollte, um seine schmerzenden Knöchel zu berühren, die mit offenen Wunden übersät waren. Waltraud half ihm auf die Holzbank und setzte ihm ein Glas Wasser vor, das er gierig trank.

Der Simonbauer rührte sich gar nicht mehr, saß geknickt am Tisch und starrte ohne Regung in die Schwielen und tiefen Furchen seiner Handflächen.

Waltraud redete weiter auf den Blockleiter ein, die Arbeit sei nicht zu schaffen, der Fremde nur ein weiterer Bauch, den sie nicht zu füllen vermochten. Allesamt würden sie verhungern, wenn sie die ganze Arbeit verrichten müssten und so hohe Kontingente abzuliefern hätten. Der Blockleiter schien bestens gelaunt und zwinkerte der Bäuerin zu, erklärte, dass er persönlich dafür sorgen würde, dass sie nicht verhungere und schon bei der nächsten Ladung Ostarbeiter an sie denken werde. Er leerte sein Glas, erhob sich und meinte zum Bauern, er würde ihn in einer Stunde abholen. Dann zückte er sein Notizbuch und machte sich auf zur Nachbaralm, um dort die Inventur vorzunehmen.

Eine Stunde hatte der Simonbauer, um sich zu sammeln, um Anweisungen zu geben, seine Sachen zu packen und sich von Familie und Hof zu verabschieden. Doch er rührte sich nicht, selbst als Waltraud bei ihm saß, ihn streichelte und so besänftigend auf ihn einredete, als würde sie die kleine Rosemarie trösten. Der Bauer brachte noch immer kein Wort heraus, aber nach einer Weile raffte er sich auf und ging ins Schlafzimmer, um das Nötigste in seinen Rucksack zu stopfen. Als er in die Stube zurückkam, aß er, was Waltraud ihm vorsetzte. Dabei begann er leise auf den jungen Simon einzureden. Er ermahnte ihn, auf alle aufzupassen, auf seine kleine Schwester, auf seine Mutter, auf die Tiere, das Land und den Hof. Wie ein richtiger Bauer müsse er anschaffen und vorausschreiten, wenn es an die Arbeit ging. Simon versprach es ihm, der Vater drückte ihm die Hand so fest, dass der Junge sich zusammennehmen musste, um nicht aufzuschreien.

Da stand der Blockleiter wieder in der Tür. Der Bauer beugte sich noch kurz zu Rosemarie hinunter, um sie zu küssen, was sie erst gar nicht zulassen wollte, schließlich aber weinend über sich ergehen ließ. Dann half Waltraud ihm, den Rucksack zu schultern. Sie umarmten sich lange, bis der Blockleiter wie zum Scherz bemerkte, er müsse ihn wohl vom Soldaten aus den Armen seiner Frau befreien lassen. Sie setzten sich in Bewegung, der Simonbauer humpelte hinter dem Blockleiter und vor dem Wehrmachtssoldaten in den Krieg, ließ seinen Buben als Bauern zurück, Frau und Tochter alleine unter einem Dach mit einem im Krieg gefangenen Zwangsarbeiter.

Waltraud sammelte sich als Erste und verstand es, praktisch zu denken. Sie fragte den Fremden, ob er Hunger habe. Der verstand zuerst nichts, bis das Wort *Essen* fiel und er mit leuchtenden Augen und unterwürfig gesenktem Kopf aufgeregt nickte. Er aß für drei, und als er satt war, lächelte er sie abwechselnd an.

Er schrie nicht, als Waltraud seine Wunden versorgte, doch in seinem Gesicht zeichneten sich tiefe Furchen unermesslichen Leidens.

Als Waltraud ihm am Abend ihre Kinder und sich selbst vorstellte, wiederholte der Mann die Namen umständlich und stellte sich selbst als Andrzej vor. Er lachte über ihre Versuche, seinen Namen richtig auszusprechen. Sie äfften einander nach, dann lachten sie, zuerst gehemmt, bis nichts mehr sie zurückhielt und sie sich die Bäuche hielten, so anstrengend war es, so befreiend. Als Waltraud schuldbewusst abrupt verstummte, taten die anderen es ihr gleich.

Rosemarie gewöhnte sich in den nächsten Tagen am schnellsten an den Fremden, weil er lustige Gesichter schneiden konnte. Ihr Lachen steckte alle anderen an – Waltraud bestimmte, wann es wieder genug war.

Simon konnte nicht einschätzen, wie alt der Mann war, der sich jeden Tag ein bisschen erholter zeigte. Manchmal schien er geradezu greisenhaft mit seinen tiefen Falten und dem dürren Körper, dann lachte er wieder wie ein Junge, fletschte seine trotz einiger Lücken kräftigen, weißen Zähne. Obwohl sie alle ahnten, dass er Schlimmes durchgemacht haben musste, lebte er Momente der Heiterkeit so ungehemmt und ansteckend aus, wie sie es nicht gewohnt waren.

Waltraud beschloss schließlich, den Fremden Annal zu nennen, nach einer lokalen Form von Andreas. Andrzej wurde leise, wiederholte flüsternd das Wort *analny* und wurde dabei angeblich sogar rot. Die Bäuerin korrigierte, er heiße Annal und dabei bleibe es auch, wie das eben so sei mit einem Spitznamen – egal, ob er einem gefiel oder nicht. Es dauerte eine Weile, bis er nicht mehr gequält lächelte, wenn er so gerufen wurde.

Simon überlegte, wie er Annal die Arbeit auftragen sollte, wenn dieser wieder bei Kräften wäre. Er wollte nicht zu streng sein, aber ihn auch nicht bitten, schließlich war er jetzt der Bauer und der Bauer hatte nun einmal zu bestimmen. Doch nur wenige Tage nach seiner Ankunft und bevor Simon auch nur ein Wort darüber gesprochen hatte, stand Annal wie selbstverständlich neben ihm im Stall, mistete aus, molk und fütterte, als hätte er nie etwas anderes gemacht. Rasch zeigte sich, dass Annal jede Arbeit kannte, die am Hof anfiel. Er erledigte sie rasch, gewissenhaft und selbstständig. Bald beherrschte er ein paar Begriffe, damit er und Simon ihre Arbeit koordinieren konnten.

Simon lernte vieles von ihm, beispielsweise vermochte er die Sensen so zu dengeln, dass sie wesentlich länger scharf blieben. Waltraud überraschte er, als er eine andere Art Käse machte, von der sie bei der ersten Verkostung behauptete, dass sie ihr nicht schmeckte, diese Sorte aber doch Zeit ihres Lebens nach seiner Rezeptur erzeugte und dafür viele Jahre später im ganzen Tal bekannt war.

Wenige Worte, sein ausdrucksstarkes Gesicht und einige erklärende Gesten genügten, dass Annal sich bald mit allen Familienmitgliedern verständigen konnte. Einmal blödelte er vor und beim Essen so lange mit Rosemarie herum, dass Waltraud heiter meinte, er würde mehr reden, als der Bauer es jemals getan hatte. Im nächsten Moment blieb ihr das Lachen im Hals stecken, sie verschwand in ihr Zimmer, wo Simon sie leise weinen hörte.

Im Herbst ging Simon nicht mehr in die Schule, auch Rosemarie blieb daheim, um im Haushalt und in der Küche zu helfen. Mit dem zusätzlichen Vieh hatten sie viel Arbeit, aber es gelang ihnen Tag für Tag, alle Tiere und sich selbst zu versorgen und beide Höfe einigermaßen in Schuss zu halten. Die Ernte war ertragreich, sie schafften es, die vorgegebenen Rationen beim Blockleiter und seinen Handlangern im Dorf abzuliefern.

In der Vorweihnachtszeit begleitete Annal die Familie frühmorgens in der Dunkelheit zur Rorate-Messe hinunter ins Dorf. Einige der Kirchgänger tuschelten, weil Annal sich in dieselbe Kirchbank setzte, gerade so, als wäre er Teil der Familie. Waltraud war das egal, sie war froh, dass der Mann, der jeden Tag mit ihr und ihren Kindern verbrachte, katholisch war.

Vor der Kirche wartete der Blockleiter mit zwei Wehrmachtssoldaten und begrüßte die wenigen Kirchgänger mit einem Nicken, woraufhin sie rasch weitergingen und erst in einiger Entfernung im Friedhof warteten, zusammenstanden, um sich zu bereden, wie sie es nach der Messe gewohnt waren.

Erst, als die Ministranten und als Letzter der Pfarrer aus der Kirche herauskamen, war klar, dass er es war, den der Blockleiter sprechen wollte. Er redete so laut, dass alle es hören konnten, drehte sich dabei immer wieder zu den Kirchgängern um, als er den Pfarrer darüber aufklärte, dass er seine Messen nur an genehmigten Feiertagen lesen dürfe. Dann begleitete er ihn zurück in die Kirche, die Soldaten folgten ihm und die Kirchengemeinde löste sich auf. Es hieß, der Pfarrer habe den Blockleiter besänftigen können, indem er ihm einige sakrale Gegenstände überließ. Jedenfalls durfte er weiterhin die Sonntagsmesse abhalten, die außer ein paar alten Frauen jedoch kaum noch jemand besuchte.

Gegen Ende des Winters wurden am Simonhof die Vorräte knapp. Zu viel hatten sie abliefern müssen. Die täglichen Suppen wurden immer dünner, sie gewöhnten sich daran, geschwächt und mit knurrendem Magen zu Bett zu gehen.

Gestenreich versuchte Annal, Waltraud zu überreden, ihn auf die Jagd gehen zu lassen. Immer wieder fragte er nach einer Büchse, wie er beispielsweise mithilfe des Kochlöffels demonstrierte. Es war, als ahnte er, dass sich eine Waffe im Haus befand. Waltraud kannte die Strafe für das Wildern und blieb bei ihrem Nein und ihrer Überzeugung, dass sie den Winter auch so überstehen würden. Annal hatte großen Respekt vor der Bäuerin, gab irgendwann auf und fing nicht mehr davon an. Dafür kam Simon von der Idee nicht mehr los. Was lag näher, als seinen Hunger mit den Wildtieren zu stillen, die sich im eigenen Wald aufhielten? Der Vater hatte ihn einmal auf ein paar Tannenzapfen schießen lassen, was er gut hinbekommen hatte.

Als er wieder einmal nachts wach lag, wegen des Hungers oder des hellen Mondscheins, schlüpfte er entschlossen aus dem Bett, zog sich lautlos an, schlich in den Stall, wo er die gut gepflegte Büchse des Vaters aus dem Versteck holte. Er stapfte über das hell erleuchtete Schneefeld hinauf zum Waldrand, pirschte durch das dunkle Gehölz zu einer Lichtung, um sich dort auf die

Lauer zu legen. Wie seinem Vater war ihm gleich bei seiner ersten Pirsch das Jagdglück beschieden.

Laut seiner Beschreibung war der Hirsch ein so mächtiges Tier, dass er ihn trotz zitternder Hände und einsetzenden Schneefalls gar nicht verfehlen konnte. Er packte das erlegte Wild am Geweih und zog es mit aller Kraft durch den Hohlweg hinunter, den sie zum Holzen benutzten. Als er das Feld erreicht hatte, konnte er das Tier über den Schnee in Richtung Hof ziehen. Der Mond war verschwunden. Bei dichtem Schneefall erreichte er keuchend den Hof, wo er schon erwartet wurde, da der Schuss alle aufgeweckt hatte.

Waltraud sprach kein Wort mit ihm, Rosemarie kam aus dem Staunen nicht mehr heraus, dafür hielt sich Annal mit Freude und Anerkennung nicht zurück. Als sie das Tier ausnahmen, wischte er Simon ein paar Spritzer Blut ins Gesicht. Ein polnischer Jagdbrauch sei das, meinte er. Er schnitt kleine Stücke von den Innereien ab, die sie kurz ins Feuer hielten und verzehrten. Sie brauchten fast die ganze Nacht, bis das Tier endlich verarbeitet war.

Im ersten Tageslicht sah Waltraud, dass schon fast ein halber Meter Neuschnee lag und der Schnee immer noch dicht vom Himmel fiel, wofür sie dem Herrgott dankte.

So dauerte es drei Tage und etliche üppige Mahlzeiten, bis der Blockleiter sich den verschneiten Weg hinaufkämpfte, in der Spur, die er sich von seiner obligatorischen Begleitung, einem Wehrmachtssoldaten, treten ließ.

Die beiden durchsuchten zuerst den Nachbarhof, dann, grußlos und ohne jede Erklärung, den Simonhof. Er brauchte keinen Spürhund, um in der Tenne fündig zu werden, ganz hinten unter dem Dach, wo die zerteilten Stücke des Wildes wie tiefgekühlt, weil praktisch im Freien, hingen.

Der Blockleiter nahm den gefrorenen Hirschschädel samt Geweih mit in die Stube und warf ihn vor Waltraud auf den Tisch. Wenn man es nicht besser gewusst hätte, konnte man in seinem Gesicht etwas Freundliches entdecken, aber niemand getraute sich, das weiter zu ergründen und ihn länger anzusehen. Er legte seinen Mantel ab, musterte alle vier ausgiebig, bis sein Blick auf Simon verweilte.

Waltraud setzte ihm den Schnaps vor, schenkte ihm nach, sobald er getrunken hatte, und begann, auf ihn einzureden. Sie sprach von dem Hunger, den sie leiden mussten, weil die Kontingente sie überforderten, immer flehentlicher wurde sie, während sein Blick zwischen ihr und Simon hin und her wanderte und er kein Wort von sich gab. Dann lächelte er sogar. Simon dachte sich noch, der Blockleiter hätte Verständnis und alles wäre halb so schlimm. Erst als seine Mutter den Mann bekniete, wurde ihm der Ernst der Lage endgültig bewusst. Der Blockleiter schickte sie allesamt hinaus. Die Bäuerin gab Annal ein Zeichen, er führte Rosemarie mit sich nach draußen. Simon zögerte, wich dem Soldaten aus, als der ihn hinausdrängen wollte. Dann rief seine Mutter seinen Namen, kurz und scharf. Ein Blick machte klar, was sie verlangte, er gehorchte und trat vor dem Soldaten ins

Freie. Der Blockleiter raunte ihm noch ein Waidmannsheil hinterher, bevor der Soldat die Tür hinter ihnen zuzog.

So standen sie in der Kälte und lauschten vergeblich, um mitzubekommen, was in der Stube vor sich ging, bis Annal Rosemarie und Simon bei den Händen nahm und sie mit sich in den Stall zog, um sie vor der Kälte zu schützen. Der Soldat folgte ihnen und lehnte sich an den Türrahmen der Stalltür. Annal setzte sich mit Rosemarie ins Heu, Simon lief auf und ab und überlegte, wie er den Soldaten entwaffnen könnte, weil er spürte, dass etwas geschehen musste, sie seine Mutter nicht mit dem Blockleiter alleine lassen durften.

Es dauerte eine gefühlte Ewigkeit, bis sich die schweren Schritte des Blockleiters näherten und die Stalltür aufgestoßen wurde. Das Lächeln war aus seinem Gesicht verschwunden, er sah keinen von ihnen an, starrte auf den Boden, aber Simon wusste, dass er gemeint war.

Aufpassen solle er, weil er ihn erschießen lassen müsse, wenn er ihn mit einer Büchse erwische. Der Blockleiter gab dem Soldaten den Befehl zum Aufbruch und stapfte hinter ihm ins Tal hinunter.

Simon kam als Erster in die Stube zurück. Die Mutter hielt sich am Herd fest, wandte ihm den Rücken zu. Als er zu ihr ging, um zu fragen, was passiert sei, drehte sie sich blitzschnell um und gab ihm zum ersten Mal eine Ohrfeige.

Nie wieder würde er wildern, versprach er ihr kleinlaut, als er verstand, was sie hören wollte. Dann wandte sie ihr verheultes Gesicht wieder von ihm ab.

Waltraud ließ sich bald nichts mehr anmerken, arbeitete hart wie gewohnt. Aber die Viertelstunde mit dem Blockleiter hatte etwas in ihr verändert. Selbst wenn Annal für Unterhaltung sorgte oder Simon auf der Ziehharmonika spielte, lächelte sie bestenfalls gequält, überhaupt konnte sie ihrem Sohn nicht mehr so unbefangen und herzlich begegnen wie zuvor.

Wenige Wochen später erhielten sie während des Mittagessens erneut Besuch. Zwei Zwangsarbeiter wurden von drei Soldaten über den Firnschnee zum Hof hinaufgetrieben, der Blockleiter folgte ihnen, so gut es ging. Schwer atmend trat er mit einem der Uniformierten, einem Offizier, in die Stube. Waltraud schaffte es nicht, ihm in die Augen zu sehen, als er meinte, er habe ein Geschenk für sie. Dann rief er nach den Soldaten, die zusammen mit den Kriegsgefangenen eintraten.

Der Offizier nahm ein Notizbuch aus seiner Manteltasche und verlas, dass es sich um den Russen Nikolai und die Polin Urzula handle, die dem Simonhof als Arbeitskräfte zur Verfügung gestellt würden. Der Mann, um die dreißig, stand regungslos vor ihnen, mit zerfetzter Kleidung, in seinen löchrigen Schuhen. Das Mädchen, noch keine achtzehn, war etwas besser angezogen. Sie zitterte vor Kälte.

Waltraud geleitete die beiden zur Ofenbank.

Der Major redete weiter, von einem Geschenk des Führers als Dank und Anerkennung für die unermüdliche Arbeit, die sie an Volk und Vaterland leisteten, oder so ähnlich. Offenbar hielt er eine richtige Ansprache, wie vor einer größeren Schar von Zuhörern. Er kam zu keinem Ende, vielleicht, weil er für bedeutendere Anlässe übte, oder bloß, weil alle ihn voller Erwartung anstarrten. Als ihm nichts mehr einfiel, studierte er wieder sein Notizbuch. Der Offizier blickte streng zu Simon und tadelte ihn, weil er nicht Mitglied der Hitlerjugend war. Von der Jugend hinge die Zukunft des deutschen Volkes ab, diese sei daher auf ihre Pflichten vorzubereiten.

Er sei Bauer, erwiderte Simon, ein Bauer habe keine Zeit zum Kriegspielen, ein Bauer müsse richtige Arbeit leisten, sich um seinen Hof und die Tiere kümmern. Waltraud hätte ihm zum zweiten Mal eine Ohrfeige verpasst, damit er mit den Frechheiten aufhörte, aber sie stand zu weit von ihm entfernt. Der Major klappte energisch sein Büchlein zu und erteilte den beiden Soldaten den Befehl, Nachbarhof und Simonhof gründlich zu durchsuchen.

Er steuerte die beiden Soldaten durch die Gebäude, wies sie auf mögliche Verstecke hin, bis er das Kommando gab und sie in den nächsten Raum vorrückten. Er beobachtete sie bei ihrer Arbeit, schaute sich selber um und hin und wieder zu Simon. Dieser folgte den Eindringlingen mit einigem Abstand, Waltraud, Rosemarie, Annal und der Blockleiter warteten bei den Zwangsarbeitern in der Stube.

Als sie in den Stall kamen und auch diesen gründlich durchstöberten, hielt Simon es fast nicht mehr aus, der Offizier bemerkte, wie nervös er wurde. Er lächelte ihn zufrieden an, noch bevor einer der Soldaten die Büchse aus ihrem Versteck auf dem letzten Balken oberhalb der hintersten Kuh zog und den Fund meldete.

Die Suche wurde mit geringerem Ehrgeiz fortgesetzt, bis der Major sie nach einer Weile für beendet erklärte und sie zurück in die Stube traten. Er inspizierte das Gewehr genau, dann legte er es behutsam, mit einer fast feierlichen Geste auf den Esstisch. Waltraud wollte etwas dazu sagen, da fiel Simon ihr ins Wort und meinte, als Bauer müsse er seinen Hof verteidigen können. Das sei sein Recht und seine Pflicht.

Der Offizier musterte ihn lange, nickte schließlich und setzte wieder zu einer Rede an. Er sprach von zumindest einem Fahnenflüchtigen, der sich hier in den Bergen versteckt hielt. Vermutlich sei er längst erfroren, wenn er nicht irgendwo Unterschlupf gefunden hätte. Wenn sie einen Fremden zu Gesicht bekämen, hätten sie das umgehend im Dorf zu melden. Falls das aus irgendwelchen Gründen nicht möglich sei, hätten sie drei Schüsse hintereinander abzufeuern, wandte er sich an Simon. Wer einen Verräter schütze, mache sich selbst zum Verräter. Jeder kenne die Strafe dafür, das Vaterland und seinen Führer zu hintergehen. Er sah Waltraud an, bis sie nickte, dann Simon, der es ihr gleichtat. Wer einen Fahnenflüchtigen gefangen nehme oder auf der Flucht erschieße, sei ein Held. Ein Held, den die Wehrmacht zu belohnen wisse.

Er stand auf, knöpfte sich seinen Mantel zu und warf Simon das Gewehr in die Arme, der es etwas ungeschickt auffing.

Die Kontingente könnten sie nicht erfüllen, wenn sie noch weitere Mäuler zu stopfen hätten, wandte Waltraud sich an den Offizier.

Das sei nicht seine Sache, sie könne das beim Blockleiter zu Protokoll geben.

Den aber würdigte Waltraud keines Blickes. Wie sie ihre Familie beschützen solle, falls die Gefangenen sich gegen sie wandten, probierte Waltraud es weiter.

Das würden sie nicht tun, meinte der Offizier. Es sei erstaunlich, wie sehr die Menschen an ihrem Leben hingen, aber es sei eine Tatsache, auf die man sich verlassen könne, da würden die äußeren Umstände gar keine große Rolle spielen.

Er baute sich vor Simon auf, nannte ihn Simonbauer, machte einen steifen Hitlergruß und marschierte hinaus, hinter ihm die Soldaten und der Blockleiter.

Simon fühlte sich stark, erwachsen. Er war stolz, dass der Offizier ihm zugehört, ihn mit Respekt behandelt hatte und dachte daran, dass bestimmt ein guter Soldat aus ihm würde, wenn die Zeit dazu gekommen war.

Waltraud sorgte dafür, dass die beiden Zwangsarbeiter zu essen bekamen, sich waschen und in alte, aber saubere Kleidung schlüpfen konnten. Es fanden sich gebrauchte Schuhe für die beiden. Der Mann, Nikolai, durfte seinen Namen behalten, das Mädchen wurde von Waltraud bald zu Uschi umgetauft. Im Gegensatz zu dem verschlossenen Nikolai taute Uschi bald auf, versuchte sich zu verständigen, half Waltraud selbstständig und ohne Widerwillen bei der Arbeit und freundete sich mit Rosemarie an.

Simon ging mit Annal und Nikolai in den Wald. Selbst bei der Holzarbeit, die Simon bestens beherrschte, konnte er von Annal lernen. Nikolai hingegen tat nur, was man ihm auftrug oder vormachte. Annal konnte ein paar Brocken Russisch und so ließen sich die gröbsten Missverständnisse mit dem Neuen aus dem Weg räumen.

Mittags brachte Uschi ihnen das Essen in einem Korb. Sie setzte sich zu den drei Männern in den Verschlag im Wald, den Simons Vater aus Ästen und Baumrinden gebaut hatte, und wartete, bis sie aufgegessen hatten. Bei dieser Gelegenheit half sie Annal, wenn er etwas aus dem Polnischen ins Deutsche übersetzen wollte, was zu den abwegigsten Missverständnissen führen konnte. Zu Beginn war es, als ob sie Scharade spielten, aber Uschi lernte rasch und konnte sich bald mit einigen Brocken Mundart verständigen, was den Alltag für alle erleichterte.

Eines Mittags erschraken sie, als ein Stein auf das Dach des Verschlages krachte. Simon sprang hinaus und spähte den Hang hinauf. Für einen Augenblick machte er zwischen den Bäumen einen flüchtenden Schemen aus, einen Bären vielleicht oder einen geduckt laufenden Menschen, der im Dickicht verschwand. Entschlossen nahm er die Axt als Waffe und machte sich zur Verfolgung auf. Annal blieb dicht hinter ihm. Nikolai lag krank zu Hause vor dem Ofen, Uschi wollte nicht alleine zurückbleiben, also folgte sie den beiden, so gut es ging. Wie auf der Jagd pirschte Simon hinauf, drehte sich wiederholt zu Uschi um und ermahnte sie wortlos und gestenreich, vorsichtiger, leiser zu sein.

Auf einem Felsvorsprung kauerte er sich hin und wartete. Als Annal und Uschi bei ihm waren, machte er sie auf einen Spalt in einem Felsen aufmerksam, den er zum ersten Mal entdeckt hatte. Jemand hatte eine kleine Öffnung in das Unterholz geschlagen und diese nur schlampig mit ein paar Ästen getarnt. Er zeigte auf die Spuren, die dort hineinführten, und bedeutete Annal, dass er diesen nachgehen würde und er ihm folgen solle. Annal versuchte, ihn leise, aber wild gestikulierend davon abzuhalten. Er wollte erst die Büchse vom Hof holen. Aber für Simon gab es kein Zurück. Er schlüpfte durch die schmale Öffnung im Felsen, ging noch zwei Schritte in der Dunkelheit, rutschte aus und stürzte in die Tiefe. Er landete in einem engen, von Felswänden umgebenen Raum, rappelte sich auf und brüllte mit erhobener Axt, während seine Augen sich allmählich an die Dunkelheit gewöhnten. Annal fiel neben ihm auf den Boden und schrie kurz mit Simon um die Wette. Es dauerte einige Zeit, bis Simon im schwach einfallenden Licht die Gestalt erkennen konnte, die in einer Ecke kauerte. Endlich hörte er mit dem Geschrei auf. Simon senkte langsam das Beil, als sie sich dem Fremden näherten.

Dessen Lager war aus Ästen und Moos gemacht, statt Schuhen hatte er Stoffreste um die Füße geschlungen, seine Kleidung bestand aus Fetzen und einer löchrigen Decke, in die er gewickelt war. An seinen Handgelenken konnten sie sehen, wie abgemagert er war. Sein Gesicht war kaum auszumachen, wo keine Haare wuchsen, war es mit Harz und Schmutz verschmiert. Die Augen zeigten keine Angst, starrten die beiden abwechselnd an. Er stank.

Uschi sprang kontrolliert zu ihnen hinunter. Der Mann senkte den Kopf, um sie zu grüßen. Als sie ihn entdeckte, trat Uschi zu ihm und sprach ihn an, zuerst auf Polnisch, dann mit den paar Brocken Russisch, Englisch, Französisch und Mundart, die sie kannte. Der Mann schien nichts davon zu verstehen, beobachtete sie neugierig. Ratlos blickten sie einander an – und so fühlten sie sich bald wie Eindringlinge, wie Fremde, ungebetene Gäste in seinem Haus. Zögerlich wichen sie zurück, kletterten über den Felsen nach draußen.

Im Gehen, noch im Wald, begannen sie in ihrem umständlichen, gestenreichen Sprachgewirr zu diskutieren, was zu machen sei. Uschi war dafür, ihn an den Hof zu holen, Simon wollte ihn in der Höhle lassen. Annal debattierte aufgeregt in Polnisch mit Uschi, die nicht übersetzte, was er meinte, aber in Richtung Simon murmelte er eines seiner deutschen Lieblingsworte: gefährlich.

Sie beschlossen, niemanden, nicht einmal Waltraud, in ihr Geheimnis einzuweihen. So besprachen sie am Abend heimlich, zischend und voller Missverständnisse weiter, was zu geschehen habe, ohne dass sie sich hätten einigen können.

Simon entschied, Nikolai nicht mehr zur Holzarbeit mitzunehmen. Er sollte am Hof bleiben und sich um die Tiere kümmern. Waltraud hatte nichts dagegen. Zwar brauchte er viel zu lange für das Ausmisten, das Füttern und das Melken, aber er machte die Arbeit ordentlich und einigermaßen selbstständig, redete sogar mit den Tieren, besonders der Gaul hatte es ihm angetan.

Als Uschi am nächsten Mittag die Jause für sie auspackte, hatte sie ein wenig mehr als üblich mitgenommen. Zudem hatte sie zwei alte Decken im Korb versteckt. Simon protestierte, meinte, dass sie dafür erschossen würden, wenn sie einem Fahnenflüchtigen halfen. Uschi verstand erst, als ihm das Wort *Deserteur* einfiel. Aber sie ließ sich nicht beirren, selbst dann nicht, als Simon ihr zu erklären versuchte, dass alle, die ganze Familie, einschließlich der kleinen Rosemarie, darunter leiden würden. Uschi machte sich daran, alleine zur Höhle aufzusteigen, da hielt Simon sie zurück. In ihren Augen erkannte er eine unumstößliche Entschlossenheit, also nahm er ihr das Bündel ab und schritt voraus.

Fast jeden Mittag ging er fortan mit Uschi hinauf zu dem Mann, um ihm das Nötigste zu bringen, damit er am Leben blieb, ohne Feuer, in seinem steinernen Loch. Die Heimlichkeit verband Uschi, Simon und Annal miteinander. Simon brachte dem Mann ein rostiges Beil, mit dem er den Boden bearbeiten konnte und schleifte ihm sein stumpfes Messer. Wenn er sich auch manchmal bei Uschi beschwerte, dass die Rationen für den Fremden zu üppig waren, begleitete er sie doch jedes Mal. Es schien ihm, als würde sie ihn hin und wieder mit einem Lächeln belohnen, an das er sich rasch gewöhnte. Uschi vertraute ihm bald und stieg nur noch gelegentlich mit hinauf, im Wissen, dass Simon das Bündel verlässlich in der Höhle ablieferte.

Als Simon und Annal an einem frühen Abend – es war noch nicht ganz dunkel – zum Simonhof kamen, hörten sie Schreie und folgten ihnen im Laufschritt in den Stall. Dort fanden sie Waltraud, wie sie Nikolai die Heugabel an die Kehle hielt. Der schien gar nicht sonderlich ängstlich, schielte mit kühlem Blick zu den beiden, ohne seinen Kopf zu bewegen. Die Kühe beschwerten sich lautstark über die Unruhe. Simon fragte seine Mutter, was los sei, wollte ihr schon die Waffe aus der Hand nehmen, doch als er zu ihr trat, spürte er, wie angespannt sie war, und wagte nicht, sie anzurühren. Eine falsche Bewegung, ein Zucken hätte genügt und sie hätte den Russen aufgespießt. Erst jetzt entdeckte Simon Uschi, die im Heu in der Ecke lag und sonderbar verwirrt wirkte. Simon half ihr auf die Beine. Endlich warf Waltraud die Heugabel weg. Nikolai sackte auf den Boden. Waltraud hatte ihm doch gehörig Angst eingejagt.

Simon wollte von Uschi wissen, was passiert sei, aber sie schüttelte nur den Kopf. Als er sich wieder an seine Mutter wandte, schritt sie wortlos aus dem Stall hinaus. Uschi starrte mit kaltem Blick zu Nikolai und murmelte undeutlich vor sich hin. Er wollte, er hat wollen, er hat mich wollen, er wollte mich ... Mehr brachte sie nicht heraus, aber Simon begriff. Es war gut, dass Annal ihn zurückhielt, sonst hätte er vielleicht auch zur Heugabel gegriffen und vollendet, wobei sie die Bäuerin gestört hatten.

Nikolai wollte noch am selben Abend fortgehen. Niemand hätte ihn zurückgehalten. Außer Annal, der bemerkte, wie er seine Sachen einpackte. Er machte ihm irgendwie begreiflich, dass er nur hier nicht verhungern oder erschossen werden würde und konnte ihn überzeugen, am Hof zu bleiben.

An den nächsten Tagen war die Stimmung miserabel. Nikolai getraute sich nicht mehr an den Esstisch, aber trotzdem wollte niemand mehr als das Nötigste reden, wenn er auch nur in der Nähe war.

Schließlich war es Uschi, die Nikolai nach ein, zwei Wochen wieder fast so behandelte, als wäre nichts geschehen und ihn zurück an den Esstisch holte, wo er wie zuvor wortlos bei den anderen saß und sich, sobald er fertig war, zurückzog, um an seinen kleinen, sonderlichen Figuren zu schnitzen, von denen auch heute noch ein paar am Simonhof zu finden sind. Die sollten nicht der einzige Grund bleiben, warum man sich immer noch an Nikolai erinnert.

Der Fahnenflüchtige überstand den Winter, machte aber keine Anstalten, seine Höhle zu verlassen. Simon hatte von Beginn an kein gutes Gefühl bei der Sache und hielt sich anfänglich nie länger als nötig dort auf, ließ das Bündel meist wortlos hinabfallen.

Immer öfter jedoch gab er seiner Neugierde nach und sprang hinunter. Der Mann hatte sich, seit er wieder halbwegs bei Kräften war, seine Behausung etwas komfortabler eingerichtet und so gut getarnt, dass man ihn nicht hätte entdecken können, wenn man nicht genau wusste, wo der Eingang zu finden war. Er hatte sich eine Feuerstelle gebaut, durch einen Spalt im Felsen konnte der Rauch abziehen. Die Felswände hatte er mit verkohlten Holzstücken bekritzelt, erst bei näherer Betrachtung erkannte Simon die feinsäuberlich gemalten Ornamente. Diese faszinierten ihn so sehr, dass er fortan öfter in die

Höhle hinunterstieg und sie eine Weile betrachtete, während der Mann aß und ihn dabei anstarrte oder tief vorgebeugt mit einem Bleistift in ein Notizheft schrieb.

Seit sie ihn entdeckt hatten, nahm Simon an, dass der Mann stumm war. Diese vermeintliche Tatsache erleichterte es ihm, die Hilfe für den Fremden nicht als Verrat anzusehen. Einem halb verhungerten Stummen musste man schlichtweg helfen. Es fühlte sich an, als würde er ein verwundetes Tier aufpäppeln.

So erschrak er, als der Mann ihn eines Tages anredete – zudem in seiner eigenen Sprache. Es war ein besonders schönes Deutsch, mit feinem Akzent, Simon war sich auf der Stelle sicher, dass es sich um einen noblen Mann, wenn nicht gar um eine wichtige Persönlichkeit handeln müsse. Dabei verstand er ihn nicht gut, was zum einen an der selten gebrauchten, brüchigen Stimme des Fremden und zum anderen wohl daran lag, dass Simons Ohren das Hochdeutsche nicht gewöhnt waren. Nach einigen Anläufen begriff er endlich, dass der Mann ihn um einen Bleistift bat, da er seinen bis auf den letzten Stummel aufgebraucht hatte. Simon brachte ihm Papier und Bleistift von seinen Schulsachen, die er nicht mehr benötigte.

Manchmal begrüßte der Mann ihn mit einem beiläufigen Kopfnicken. Oft aber war er so vertieft in sein Heft, dass er den Besucher gar nicht wahrzunehmen schien.

Eine Neugierde wuchs in Simon, aber er verkniff sich seine Fragen über Herkunft und Leben des Mannes. Im Stillen wunderte er sich über ihn, der sich mit nichts anderem beschäftigte, als Wände und Papier vollzukritzeln, seit er nicht mehr ums nackte Überleben zu kämpfen hatte.

Als es wärmer wurde, wusch der Mann sich regelmäßig mit der Seife, die Uschi für ihn eingepackt hatte. Zur Sicherheit tat er das nur nachts, in dem eiskalten Bergsee, den er nach einer knappen halben Stunde Fußmarsch über seiner Höhle entdeckt hatte. Einmal rasierte er sich sogar mit seinem alten Messer und sah danach aus, als hätte ihn eine Ladung Schrotkugeln im Gesicht getroffen. Erst da erkannte Simon, dass der Fremde nur ein paar Jahre älter als er, vielleicht so alt wie Uschi war.

Wenn er einmal nicht mit seinen Aufzeichnungen beschäftigt war, stand Simon immer etwas beklommen in der Höhle, wusste nicht, was er mit ihm sprechen sollte, und kletterte bald wieder hinaus. Selten stellte der Mann ihm eine Frage zur Umgebung oder zu den neuesten Entwicklungen im Krieg. Simon erzählte offenherzig, was er wusste, zum Krieg war das nicht viel, da sie kein Radio besaßen. Für die Gerüchte aus dem Dorf interessierte er sich wenig, weil sie zwar anders, aber ähnlich unglaubwürdig wie die offiziellen Nachrichten waren.

Nach dem Winter fuhr Simon alle paar Wochen mit seiner Mutter ins Dorf, um die Kontingente beim Blockleiter abzuliefern. Der bereitete ihnen dabei keine Schwierigkeiten. Eine Bäuerin wusste zu berichten, dass kaum noch Soldaten im Dorf wären und der Blockleiter Angst vor den Leuten hätte, seit ein paar Frauen, Kinder und

Alte ihm eines Nachts aufgelauert und ihn zusammengeschlagen hatten, ohne dass er auch nur einen unter ihnen erkennen hätte können, weil sie vermummt waren und kein einziges Wort gesprochen hatten.

Seit die letzten brauchbaren Männer eingezogen worden waren und kaum noch jemand aus dem Krieg heimkehrte, kümmerten sich Frauen, Alte und Invalide um das Überleben der Familien. Die Frontlinien schienen so fern, die Informationen so unzuverlässig, dass sich niemand mehr mit dem Krieg beschäftigen wollte. Er war zum Normalzustand geworden, mit dem man sich arrangiert hatte, auf unbestimmte Zeit, fast so, als würde er auf ewig andauern. Man hatte sich das Hoffen abgewöhnt, um sich vor den wiederholten Enttäuschungen zu schützen.

Der Brief des alten Simonbauern, der Beweis, dass er am Leben war und irgendwo in der Ukraine in einem Schützengraben lag, rührte Waltraud zu Tränen, obwohl der Inhalt belanglos war. Die wenigen, kurzen Sätze, die er in seiner Kinderschrift hingekritzelt hatte, machten ihr bewusst, wie sehr sie sich mit seiner Abwesenheit abgefunden hatte, dass sie ihn zwar nie vergaß und täglich für ihn betete, aber schon wie an einen Geist, wie an einen Toten an ihn gedacht hatte.

Waltraud rationierte das Essen so penibel und sparsam, dass sie es schafften, vor dem nächsten Winter ein paar zusätzliche Vorräte anzusammeln, die sie im Wald versteckten, um sie vor einer möglichen Kontrolle zu verbergen. Am strengsten war sie mit sich selbst. Wenn sie sich wieder einmal nur eine halbe Portion auf den Teller schöpfte, protestierten Simon und Uschi. Dann behauptete sie, beim Kochen schon so viel gekostet zu haben, dass sie keinen Appetit mehr habe. Uschi wusste, dass das nicht stimmte, aber auch, dass es keinen Sinn hatte, ihr zu widersprechen.

Im Spätherbst fing Waltraud sich einen hartnäckigen Husten ein, der ab Mitte Jänner so schlimm wurde, dass sie nicht mehr aus dem Bett kam. Simon ging ins Dorf, um den Arzt zu holen. Doch der war schon seit Wochen fort, niemand wusste über seinen Verbleib Bescheid. Die einen sprachen gerüchteweise von der Front, die anderen vom Straflager. Selbst Annal, der üblicherweise eine Hausmedizin, ein sonderbares Mittelchen für jede Beschwerde kannte, fiel irgendwann nichts mehr ein. Uschi übernahm die gesamte Hausarbeit, Rosemarie half ihr, so gut sie konnte.

Als der große Schnee kam und drohte, die notdürftige Abdeckung seiner Höhle einzudrücken, bot Simon nach langer Diskussion mit Uschi dem Fremden an, sich im Stall des Nachbarhofes zu verstecken. Der Mann lehnte mit einer höflichen Floskel des Dankes ab. Er solle ihm nur sagen, wenn der Krieg zu Ende sei, bis dahin werde er in seiner Höhle ausharren. So verbrachte er einen zweiten Winter dort oben in seinem kalten Loch.

Nach dem Vorbild Waltrauds fuhr Uschi damit fort, die Essensrationen streng und gerecht zu reglementieren. Wenn sie die einfachen Gerichte, zumeist aus Kartoffeln oder Maismehl, zubereitete, schmeckten sie immer etwas anders als bei Waltraud, weil sie irgendein Gewürz oder Kraut verwendete, das sie auf der Alm oder im Wald gefunden hatte und das sie in dieser Dosierung nicht gewohnt waren. Simon brummte ein ums andere Mal, dass es eigenartig schmeckte. Da meinte Uschi nur, daran müsse er sich wohl gewöhnen – was er auch tat.

Nach einem insgesamt sehr milden Winter fuhr Simon mit Uschi schon im März ins Dorf, um ihre Ration abzuliefern und Waren zu tauschen. Er dachte, die Alliierten wären eingefallen oder die Wehrmacht hätte nun auch Frauen, Alte, Krüppel und Kinder eingezogen, da niemand sich blicken ließ. Die Straßen waren menschenleer. Die beiden Wirtshäuser, wo sich sonst immer ein paar Männer fanden, waren geschlossen.

Nur der Blockleiter war auf seinem Posten. Vor dem Haus lungerten ein paar Soldaten auf den Bänken herum. Simon ließ Uschi im Wagen warten und brachte die Lebensmittel hinein, die ihm von zwei Soldaten abgenommen wurden. Ein weiteres Dutzend Uniformierter saß und lag im Nebenraum auf dem Boden.

Mit glasigen Augen schaute der Blockleiter beim Abwiegen der Waren zu und murmelte etwas Unverständliches. Simon erhielt einige Reichsmark, ein Päckchen Salz und etwas Maismehl. Er wartete, dachte, es würde ihm noch etwas dazugelegt.

Ob er auf Schokolade warte, zischte der Blockleiter ihn an.

Simon unterschrieb auf der Liste, die auf dem Tisch lag. Der Blockleiter winkte ihn heran, beugte sich über den Tisch und flüsterte ihm etwas zu. Simon roch zwar seine Schnapsfahne, er verstand aber nicht, was er da, offenbar im Vertrauen, von sich gab. Zwei Soldaten, die am nächsten auf dem Boden saßen, schauten gelangweilt zu ihnen. Der Blockleiter drehte sich zu ihnen um und sackte auf seinen Stuhl zurück.

Als Simon das Fuhrwerk bestiegen hatte, schaute er sich nochmals um. Wie sein Vater galt er im Dorf als Einzelgänger, der sich nie mehr als nötig mit anderen abgab. Jetzt aber wollte er mit jemandem reden, irgendetwas war geschehen oder gerade im Gange, aber er wusste nicht, an wen er sich wenden sollte. Die Soldaten wollte er nicht fragen, also fuhr er mit Uschi zurück in Richtung Simonhof.

Als sie das Dorf hinter sich gelassen hatten, drehte er sich nach einem sonderbaren Geräusch um. Es klang wie ein wildes Geschrei, aber als er den Wagen zum Halten brachte, war alles ruhig. Er dachte schon, er hätte es sich eingebildet, aber Uschi hatte es auch gehört und blickte in Richtung einer freistehenden Scheune. Da die Soldaten außer Sichtweite waren, stiegen sie ab und gingen zu dem Gebäude.

Als Simon durch die Ritzen in der Bretterwand hineinspähen wollte, landeten neben ihm fast gleichzeitig drei junge Burschen im Schnee. Sie waren vom Dach gesprungen, einer streckte ihm seinen Feitel entgegen, ein anderer eine Mistgabel und der Älteste, bestimmt noch keine zwölf Jahre alt, ein Bajonett. Keiner der Buben wirkte ängstlich, sie schienen entschlossen, Simon bei der ersten falschen Bewegung abzustechen. Simon ließ sich etwas zurückdrängen und stellte sich vor Uschi. Die Scheunentür öffnete sich und der Grabstättnerbauer trat heraus.

Er war schon lange vor dem Anschluss ein glühender Nazi gewesen und freiwillig eingerückt. Zweiundvierzig kam er als Krüppel heim. Seitdem drohte er jedem Prügel an, der vom Reich, dem Vaterland, dem Führer oder dem Krieg sprach. Zu echten Handgreiflichkeiten kam es kaum, weil er mit seinem Klumpfuß niemandem hinterherkam und mit seinem Armstummel ein undankbarer Gegner war. Seine Beschimpfungen waren da schon eher gefürchtet. Es hieß, er habe im Osten Sachen gesehen, die er niemandem erzählen konnte, ohne in wütende Schreianfälle zu verfallen. Von den wenigen erwachsenen Männern im Dorf war er, was den Kopf betraf, aber in einem vergleichsweise vernünftigen Zustand. Zusammen mit einigen Bäuerinnen lenkte er die Geschicke im Dorf, abseits der offiziellen Organisation, die dem Blockleiter oblag. Selbst dieser mied die Konfrontation mit dem Grabstättnerbauern, weil der recht hoch dekoriert aus dem Krieg heimgekehrt war, was an der schlichten Tatsache seiner schweren Verwundungen lag.

Er befahl den Buben, die Waffen zu senken. Sie gehorchten anstandslos, wie Soldaten. Der Grabstättnerbauer geleitete die beiden in die Scheune, wo Frauen und Kinder versammelt waren, dazwischen einige Ostarbeiter, fast wie in einer Weihnachtskrippe sah es aus, wie sie da im Stroh beisammensaßen. Statt des Jesuskinds stand in der Mitte ein schwerer Kasten, ein

Volksempfänger, offenbar eilig aus dem Verbau irgendeiner Stube demontiert, wie an dem abgerissenen Furnier der Verkleidung zu erkennen war. Simon begrüßte die ihm bekannten Bäuerinnen durch Heben seines Hutes, bis jemand das Radio lauter drehte.

Die Stimme wandte sich an alle Landsleute und rief dazu auf, durchzuhalten. Das Ende sei zum Greifen nahe, die Alliierten an den Grenzen und bereits im Land. Der Sprecher klang ähnlich wie die Radiostimmen der Wehrmacht, die Simon bei den gelegentlichen Besuchen im Dorf aus den gleichen Geräten gehört hatte. Für einen Moment dachte er an eine Falschmeldung oder einen Scherz – aber beides machte keinen Sinn. Eine Frau ließ sich zu einem Freudenschrei hinreißen, ein paar Kinder stimmten ein, bis man sie wieder zur Ruhe ermahnte.

Niemand wusste, was es bedeuten würde, den Krieg zu verlieren. Doch sie warteten schon viel zu lange auf dessen Ende. Sie hatten keine Ahnung davon, was danach kam, aber jede Veränderung war ihnen willkommen. Zuversicht blitzte in den Gesichtern auf.

Unter den Erwachsenen wurde eine Flasche Schnaps herumgereicht. Als Uschi einen Schluck nahm, trank auch Simon, um allem Ekel zum Trotz vor ihr wie ein Mann dazustehen. Schweigend, aber feierlich sahen sich die Menschen in die Augen, wenn sie die Flasche weiterreichten, wie um einander zu versichern, dass es weiterginge, dass es einen Grund gab, die Hoffnung wieder auszugraben. Es war ein stiller Moment des Zusammenhaltes.

Zum Schluss erzählte der Grabstättnerbauer von einem Ballon, der einen Jungen in einem Nachbarort getötet habe, als der ihn einfangen wollte. Er warnte vor sogenannten Störballonen, von denen man sich fernhalten solle. Alle nickten, als hätten sie verstanden, obwohl niemand wusste, wie man sich ein solches Objekt vorzustellen hatte.

So wie sie es früher nach der Messe oder im Wirtshaus taten, tauschten die Nachbarn noch Neuigkeiten aus, besprachen, wie sie einander helfen konnten, was am dringlichsten war, um weiterhin zu überleben.

Eine resolute alte Bäuerin kam zu Simon und drückte ihn an ihren Busen. Er kannte die Sternhofbäuerin vom Sehen, Aloisia erkannte in ihm seinen Vater wieder, von dem sie lange nichts mehr gehört hatte. Sie fragte ihn nach dessen Verbleib. Ohne dass er es aussprechen musste, verstand sie, dass auch er nichts Näheres wusste. Dann erkundigte sie sich, woran es ihnen am Simonhof am vordringlichsten mangelte. Nicht ohne Stolz antwortete Simon, dass es ihnen an nichts fehle. Aloisia amüsierte sich darüber, weil Simon seinem Vater nicht nur äußerlich glich.

Auf halbem Heimweg flog ein Bombergeschwader über Uschi und Simon hinweg. Das war seit Monaten kein ungewöhnlicher Anblick, kein Grund zur Aufregung, stellte keine Bedrohung dar. Im Nachbardorf wurde einmal ein Viehstall knapp verfehlt, drei Bomben detonierten im Bachbett, ein Stück talauswärts. Dabei handelte es sich offenbar um Unfälle, denn das Tal war kein Angriffsziel, es wurde nur überflogen. In der nahe gelegenen Kleinstadt wurden bei zwei Angriffen Menschen getötet und verletzt, aber weder Bekannte noch Verwandte waren darunter. So hatten diese vorbeiziehenden Flieger immer nur eine abstrakte Bedrohung dargestellt, fast so wie die Störballone.

Nachdem sie die Nachrichten aus dem Radio gehört hatten, ahnten sie, dass es sich dabei um Flugzeuge handelte, die dem Krieg ein baldiges Ende setzen würden.

Simon ergriff Uschis Hand. Sie sahen sich nur für einen Augenblick an, ließen ihre Hände aber ineinander verschränkt, bis sie sich dem Simonhof näherten. Er erschrak, als Uschi ihn auf die Wange küsste, dann zog sie ihre Hand zurück. Simon war aufgewühlt und wünschte sich nichts sehnlicher, als Uschi in seine Arme zu nehmen. Gleichzeitig war er dankbar, dass sie offenbar begriff, dass sie ihre Zuneigung für sich behalten mussten, um nicht alles zu verkomplizieren. Durch kleine, geheime Vertrautheiten, durch flüchtige Berührungen, die sie in den nächsten Wochen austauschten, wenn sie für ein paar Momente alleine waren, wurden die beiden heimlich zu Vertrauten, ohne viele Worte zu wechseln oder Raum für ausgiebigere Zärtlichkeiten zu haben.

Erst beim Abendessen erzählten sie davon, dass der Krieg zu Ende sei, beinahe jedenfalls. Nikolai stand augenblicklich vom Tisch auf. Wenn es darauf ankam, verstand er mehr, als man vermutete. Aber er wusste offenbar nicht, was er tun wollte. Nachdem Annal auf ihn eingeredet hatte, setzte er sich wieder hin und aß weiter. Annal klopfte ihm auf die Schulter und erklärte, dass Nikolai auf der Stelle heimgehen wollte. Zu Fuß. Nach Irkutsk. Dann lachte er und alle anderen auch, selbst Nikolai musste schmunzeln.

Waltraud hustete und krächzte immer noch erbärmlich, aber am nächsten Tag, einem Sonntag, ließ sie es sich nicht nehmen und stellte sich wieder selbst in die Küche, um ein Festessen zuzubereiten.

Am Vormittag suchte Simon den Fremden in seiner Höhle auf. Der begrüßte ihn mit einem kurzen, freundlichen Kopfnicken, hörte aber nicht auf, seine Zettel vollzuschreiben. Erst nach einer Weile bemerkte er, dass sein Besucher nichts mitgebracht hatte, das er abladen konnte. Er schaute Simon lange an, dann legte er seine Schreibsachen weg.

Ob es vorbei sei, fragte er.

Simon nickte.

Der Fremde stand auf, kam auf ihn zu, legte seine Arme um ihn und drückte ihn fest an sich, bis Simon sich aus der ungewohnten Umarmung befreite. Dann erzählte er, was er wusste, und relativierte es, damit der Mann nicht einfach davonlaufen und denen in die Hände fallen würde, die noch das Sagen hatten und ihn vielleicht weiterhin jagten.

Die Einladung zum Mittagessen wollte er zuerst ablehnen, aber Simon schwärmte so von den Knödeln der Mutter, dass der Mann zu kauen begann, als würde er sie in Gedanken bereits verspeisen. Er verließ seine Höhle und begleitete Simon hinunter zum Hof.

Er begrüßte die Frauen mit einem Handkuss, die Männer mit einem herzlichen Händedruck. Seinen

Namen nannte er nicht. Annal und besonders Nikolai hatten die Stube mit Schnitzarbeiten verschönert, die der Mann anerkennend betrachtete. Uschi und Simon beeilten sich, der kochenden Waltraud die Geschichte von dem Höhlenbewohner zu gestehen. Waltraud schimpfte hustend, weil sie nicht eingeweiht war, und beäugte den Fremden argwöhnisch. Als er aber geschickte Komplimente zu den Stickereien machte, aus denen Vorhänge und Tischdecke gefertigt waren, vergaß sie ihr Misstrauen schnell und ließ sich von dem Fremden über die Schulter in die Kochtöpfe schauen.

Freundlich und wie selbstverständlich wechselte er mit ihr ein paar Worte, brachte sie gar zum Lachen. Er mag ein wenig verwirrt geklungen haben, aber sie alle erinnerten sich an sein schönes Deutsch und bedachten ihn trotz seiner heruntergekommenen Erscheinung mit einem ungewöhnlichen Respekt, siezten ihn gar umständlich, wie sie es sonst nur gegenüber dem Pfarrer, dem Lehrer (nur in der Schule) oder Offizieren taten.

Beim Essen ließ es sich niemand nehmen, die Speckknödel, die zu einer raren Delikatesse geworden waren, zu loben. Der Fremde tat dies in den blumigsten Worten, Nikolai brummte genüsslich. Waltraud stellte die Schnapsflasche auf den Tisch, Simon holte seine Ziehharmonika heraus. Obwohl es sonnig und warm war, verbrachten sie den Nachtmittag in der Stube, wo sie in ungewöhnlicher Ausgelassenheit tranken, spielten und lachten.

Dabei wurden sie von der Ankunft des Blockleiters überrumpelt, der hereinplatzte, hinter ihm zwei blutjunge Wehrmachtssoldaten und ein nur geringfügig älterer Offizier.

Der Blockleiter entdeckte den Fahnenflüchtigen auf der Stelle, aber er mied es, ihn länger anzusehen. Dieser starrte in sein Schnapsglas, das er zwischen seinen Fingern hielt und von dem er noch immer nicht getrunken hatte. Dann setzte der Blockleiter sich an den Tisch, zog sein Heft heraus und erklärte, die neuen Ertragsvorgaben für den Hof besprechen zu wollen.

Ob das jetzt üblich sei, am Sonntag, meinte Waltraud, aber ein Blick des Blockleiters genügte und sie setzte sich, um sich anzusehen, was gefordert wurde. Der Leutnant schaute dem Blockleiter stillschweigend über die Schulter. Die Bäuerin seufzte und versuchte, die Zahlen ein wenig nach unten zu handeln, aber der Blockleiter, sich immer wieder nach dem Leutnant umsehend, blieb hart. Als sie die Liste durchgegangen waren, steckte der Blockleiter sein Heft ein und wollte schon wieder aufstehen, doch der Offizier legte ihm die Hand auf die Schulter und fragte, wie viele Ostarbeiter am Hof seien. Der Blockleiter meinte, sie befänden sich alle hier in der Stube. Der Leutnant erklärte, dass es sich hierbei um eine illegale Zusammenkunft mit den Ostarbeitern handle.

Waltraud entgegnete, dass sie nur ausnahmsweise nach dem Essen zusammensaßen, und versprach, dass dies nicht wieder vorkommen werde.

Sie seien eindeutig Zeugen verbotenen Umgangs, beharrte der Leutnant. Während man hier oben offenbar in Saus und Braus lebe, würde der Rest des Reiches jedes Opfer bringen, um den Endsieg zu sichern.

Seit Wochen hätten sie nichts als Kartoffeln und Brei gegessen, rief Simon, das sei heute ein Feiertag, weil sie den Winter überstanden hatten.

Nichts sei überstanden, Jahreszeiten spielten keine Rolle. Sie stünden jetzt im Zentrum der Welt, in der Alpenfestung könne man kein wehrkraftzersetzendes Verhalten, keine Heimtückeverbrechen dulden, gerade hier, im Kern, müssten Reich und Volk gesund sein, rein, ohne Wenn und Aber. Er solle die Namen aller Anwesenden verlesen, befahl der Leutnant dem Blockleiter.

Der schlug sein Heft auf, erwähnte den abwesenden, weil für das Reich kämpfenden Simonbauern, dann kam er zu Waltraud, Simon Junior, Rosemarie, Annal, Uschi und Nikolai. Sie hoben ihre Hand, wenn sie aufgerufen wurden. Nachdem Nikolai an der Reihe war, blieb es still.

Da sei wohl einer überzählig, stellte der Leutnant fest, zog seine Pistole und zielte auf den Fremden.

Der stand langsam auf und sagte seinen Namen, den keiner der Anwesenden sich merken konnte, weil er so lange war. Der Offizier nickte und ließ den Fahnenflüchtigen von einem der Soldaten festnehmen. Der Leutnant steckte die Pistole in das Halfter zurück, zog sein eigenes Heftchen aus der Uniform und faltete ein Papier auf, das er überflog, zufrieden wieder zusammenlegte und einsteckte.

Er erkundigte sich beim Blockleiter nach Simons Alter. Er könne schon seine Vaterlandstreue unter Beweis stellen, beispielsweise als Flakhelfer.

Er sei hier der Bauer, meinte Simon, er müsse für den Hof sorgen.

Der Offizier gab dem zweiten Soldaten ein Zeichen, Simon durfte sich noch die Jacke nehmen und wurde mit nach draußen gedrängt. Dabei ließen Uschi und er sich nicht aus den Augen, als könnten sie einander mit ihren Blicken festhalten. Waltraud flehte den Leutnant an, aber der würdigte sie keines Blickes. Also rannte sie dem Blockleiter hinterher und flehte ihn um Gnade an, aber der erklärte sich kopfschüttelnd für nicht zuständig.

Draußen vor dem Hof standen sie hilflos beieinander und beobachteten, wie der Offizier den Soldaten den Befehl gab, den Fahnenflüchtigen an Ort und Stelle zu exekutieren. Erst als er den Befehl wiederholte, stellten die Soldaten den Mann ein Stück vom Hof entfernt auf, drehten ihn in die eine, dann in die andere Richtung und machten ein paar Schritte zurück. Sie taten das so langsam und umständlich, wie es ihnen möglich war, und diskutierten dabei flüsternd.

Was sie zu bereden hätten, unterbrach sie ihr Vorgesetzter.

Sie zögerten noch einen Moment, dann traten sie gemeinsam zu ihm hin und einer erklärte, sie wollten den Mann in der Wache im Dorf abliefern. Der andere nickte zustimmend. Der Leutnant überlegte nicht lange, zog seine Pistole und schoss an den Soldaten vorbei dem Fremden in den Kopf, der augenblicklich zu Boden sackte. Trotzdem schaffte er es, ihm noch eine Kugel in die Brust zu feuern, bevor der Körper leblos auf dem Boden aufschlug. Simon ertappte sich dabei, nicht nur geschockt, sondern einen Moment lang von dem Schützen beeindruckt zu sein.

Der Offizier schwenkte die Waffe zu seinen Untergebenen und zielte kurz auf den Soldaten, der es gewagt hatte, seinen Befehl anzuzweifeln. Er senkte die Waffe und sprach über die Strafe für Befehlsverweigerung. Da rammte Nikolai ihm von hinten die Mistgabel in den Rücken, dass die Zacken vorne aus der Brust traten und der Offizier leblos umfiel.

Die Soldaten griffen nach ihren Gewehren, machten aber keine Anstalten, diese zu benutzen.

Es dauerte lange, bis sich irgendwer rühren konnte, sie Rosemaries Schluchzen vernahmen, das sie in Waltrauds Schürze erstickte, und es dauerte noch länger, bis die beiden Soldaten sich aufmachten, um den Leutnant hinunterzutragen. Nicht einmal der Blockleiter getraute sich, das Fuhrwerk dafür zu beschlagnahmen, stattdessen half er mit und hielt die Beine des Toten auf ihrem Weg ins Tal.

Noch am selben Abend beschlossen sie, den toten Höhlenbewohner in seinem Versteck zu begraben. Anderntags mussten sie feststellen, dass in Abwesenheit des einzigen Bewohners der Höhle die Baumrinden verrutscht waren, die er als Regenrinnen benutzt hatte. So war Schmelzwasser eingedrungen. Simon fand die Aufzeichnungen des Mannes im knöcheltiefen Wasser schwimmend. Er hatte daran gedacht, diese Schriften zu lesen und sie vielleicht irgendwohin zu schicken, wenn er darin Hinweise auf Verwandte oder Freunde des Mannes finden würde. Doch jetzt, wo er sie in Händen hielt, waren sie aufgeweicht und die Schrift verschwommen, kaum noch ein Wort zu entziffern, in den Heften und auf einzelnen Blättern fand er nichts als verdünnte Farbe.

Im Wasser entdeckte er ein kleines, silbernes Döschen, das der Fremde früher für Tabak verwendet haben mochte. Simon nahm es an sich. Er tastete mit seinen Fingern über die feuchte, raue Oberfläche der Felswände, auf denen die Ornamente allmählich von dem eindringenden Wasser verwischt wurden. Dann verließ er die Höhle zum letzten Mal.

Sie begruben den Fahnenflüchtigen am Eingang der Höhle, Annal zimmerte ein Kreuz, Nikolai schnitzte eine Gedenktafel, die man dort noch Jahrzehnte später finden konnte, bis der Wald einer Skipiste weichen musste.

In den darauffolgenden Wochen mieden sie das Dorf und erhielten keinen Besuch. Sie lebten in Angst, vor einer Rückkehr des Blockleiters oder der Soldaten.

Eines Morgens war Nikolai samt seinen wenigen Habseligkeiten verschwunden. Niemand war in seine Pläne eingeweiht, selbst Annal war überrascht. Waltraud meinte, er hätte einen französischen Abgang gemacht. Annal erzählte, dass die Russen von einem polnischen Abgang sprachen, wenn einer grußlos verschwand. Daraufhin beschloss Uschi, dass dies von nun an ein russischer Abgang sei.

Erst als der Junge einer Nachbarbäuerin sie aufsuchte, erfuhren sie vom offiziellen Ende des Krieges.

Zur Sicherheit warteten sie noch ein paar Tage, bevor Simon, Uschi und Annal mit dem Wagen ins Dorf fuhren.

Amerikanische Truppen hatten ihr Kommando in dem Haus aufgeschlagen, wo vorher der Blockleiter sein Büro hatte. Über dessen Verbleib wusste niemand Bescheid. Auch in der Landeshauptstadt, wo er vor seiner Versetzung in die Berge gelebt hatte, fand sich keine Spur von ihm.

Der Grabstättnerbauer hatte den Ehrgeiz, ihn aufzuspüren. Trotz seiner fehlenden Gliedmaßen fuhr er fast jede Woche in die Landeshauptstadt, um dort herumzufragen, behördliche Akten einzusehen und in Archiven herumzustöbern. Dafür wurde er im Dorf bald als Spinner bezeichnet. Das hielt ihn nicht davon ab, weiterzusuchen und tatsächlich verkündete er irgendwann, Jahrzehnte später, er habe den Blockleiter gefunden. In Amerika, im südlichen Kalifornien habe er sich verschanzt. Und weil niemand ihm glaubte, reichte er im Wirtshaus einen Prospekt herum, eine Broschüre für ein nachgebautes Dorf aus den Alpen, dessen Geschäftsführer darauf posierte und der dem Blockleiter in der Tat ähnlich sah. Ob er es wirklich war, bezweifelten einige. Der Grabstättnerbauer sparte, um sich die Reise dorthin leisten zu können. Aber es kam nicht mehr dazu. Er verstarb zuvor und niemand sonst hatte mehr Interesse daran, dieser Sache nachzugehen.

Bevor sie den amerikanischen Posten betraten, redete Annal noch einmal in ihrer Muttersprache auf Uschi ein, wie er es an den Tagen zuvor schon öfter getan hatte. Sie reagierte nicht, also trat er alleine hinein, um sich zu melden. Die Amerikaner versprachen, sich um seine Rückreise nach Polen zu kümmern.

Während sie stumm auf ihn warteten, sahen Simon und Uschi zum ersten Mal in ihrem Leben Kaugummi, Orangen, Bananen und Schokolade, die von den Soldaten herumgereicht wurden. Als Annal zurückkam, diskutierte er wieder mit Uschi. Simon kam sich dabei hilflos vor. Erst auf der Heimfahrt ahnte er endlich, worum es ging. Er war ratlos. Natürlich wollte er, dass Uschi bei ihm blieb, versuchte sich aber auch vorzustellen, wie das sein musste, wenn einen der Krieg irgendwohin verschlug, weitab der Heimat, wo man für eine fremde Familie arbeiten musste. Nichts hätte ihn davon abgehalten heimzukehren, in sein Tal, das Dorf, auf seinen Hof.

Annal sprach ihn bei der Holzarbeit darauf an. Er meinte, Uschi solle zurück nach Polen. Simon widersprach ihm nicht, tat so, als wäre ihm das nicht so wichtig. Da packte Annal ihn am Arm und meinte, er müsse sie gehen lassen. Simon sah in seinem Blick, dass Annal alles wusste, ihm ihre Heimlichkeiten nicht verborgen geblieben waren.

Simon riss sich los und sie redeten nicht wieder davon. Er war verwirrt und wusste selbst nicht, was er in der Sache machen sollte. Auf keinen Fall wollte er sie zu irgendetwas drängen oder gar zwingen.

So wartete Uschi in den nächsten Wochen vergeblich darauf, dass er sie bitten würde, bei ihnen zu bleiben. Er war freundlich zu ihr, aber tat so, als wüsste er nicht, was vor sich ging, wartete heimlich, gespannt und feige auf ihre Entscheidung und verbat sich sogar die kleinen Zärtlichkeiten, die sie miteinander geteilt hatten.

Als es so weit war und Annal sich eines Morgens nach dem Frühstück verabschiedete, steckte Rosemarie Waltraud und schließlich auch Annal mit ihren Tränen an. Simon kam erst gar nicht dazu, sich mit dem Verlust des Mannes zu beschäftigen, der vom Zwangsarbeiter zum Arbeitskameraden und schließlich zum väterlichen Freund geworden war. Als er mit dem Wagen vorfuhr, um Annal ins Dorf hinunterzubringen, verabschiedete sich zur Überraschung aller auch Uschi tränenreich von Rosemarie und Waltraud und setzte sich auf den Wagen, um die Reise in Richtung polnischer Heimat mit anzutreten.

Simon wartete vor dem Posten der Amerikaner, wo Annal und Uschi sich erkundigten, ob sie ihn begleiten konnte. Er ging zu den GI's, die vor dem Eingang auf dem Boden saßen und Poker spielten. Auf der Schulter von einem der Männer saß ein kleines Äffchen, das er an einer dünnen Leine mit sich führte. Simon streckte seine Hand nach dem Tierchen aus, um es zu streicheln. Als es ihm mit einer blitzschnellen Bewegung in die Hand biss, kam das für Simon so überraschend, dass er im Schock auf den Boden sackte und das Bewusstsein verlor.

Er erwachte auf einer Liege in einem Stall, in dem amerikanische Sanitäter ein Lager eingerichtet hatten. Uschi saß bei ihm, hielt seine Hand und streichelte ihn. Er schlief erneut ein, bevor er ein Wort herausbrachte. Als er wieder aufwachte, war es bereits dunkel. Uschi saß immer noch bei ihm. Sie richtete ihm Grüße von Annal aus, der schon abgereist war.

Ob sie denn bleibe, fragte er schüchtern.

Sie erklärte ihm, dass sie keine Familie mehr habe, zu der sie hätte zurückkehren können, dass sie am Simonhof am ehesten so etwas wie eine Heimat gefunden habe, eine Familie.

Als Simon endlich seine Stimme wiederfand, gestanden sie einander tränenreich ihre Liebe.

Simon musste noch ein paar Tage liegen bleiben, weil er immer wieder stark fieberte – dem anfänglichen Schock war eine Infektion gefolgt. In einer Ecke thronte ein so großer Plattenspieler, dass er nicht begreifen konnte, dass sie ihn aus dem fernen Amerika bis hier herauf mit sich geschleppt hatten und doch kaum einmal benutzten. Er spielte ohne Unterbrechung die sieben Platten, die es gab. Besonders von *All of me*, interpretiert von Louis Armstrong, konnte er nicht genug bekommen. Er hörte das Lied so oft, dass er die Melodie sein Leben lang vor sich hin pfiff oder auf der Ziehharmonika nachspielte und sich später sogar einen Text in Mundart dazu überlegte.

Er war wieder auf den Beinen, als die Amerikaner ihren Aufbruch vorbereiteten, da sie von französischen Soldaten abgelöst werden sollten.

Als Uschi ihn mit dem Wagen abholte, fassten sie einander an den Händen, tauschten einen flüchtigen Kuss, aber ließen wieder voneinander, sobald sie sich dem Simonhof näherten.

Anders als die Amerikaner richteten sich die französischen Soldaten im Dorf für ein längeres Bleiben ein.

Sie sorgten für guten Umsatz im Wirtshaus und mischten sich unter die Leute. Nur wenige der Männer aus dem Dorf kehrten aus dem Krieg heim. So herrschte ein Überhang an Frauen und Mädchen.

Wenn sie anfangs auf die durchaus charmanten Avancen der Befreier auch verstört reagiert haben mochten, so beschwerten sie sich doch nicht darüber. Es war eine willkommene Abwechslung, sie konnten vergessen, woran sie Tag für Tag dachten, wen sie vermissten oder was sie erlitten hatten. Es war eine Rückkehr von Emotionen, die man sich schlichtweg abgewöhnt hatte – nach Jahren des vergeblichen Hoffens, der brutalen Schicksalsschläge und wiederkehrenden Enttäuschungen und den Versuchen, all das zu verdrängen und zu vergessen.

Anhand von aufbewahrten Briefen lässt sich feststellen, dass eine nicht unbeträchtliche Anzahl von Frauen Liebesbeziehungen mit den Soldaten einging. Heimlichkeiten, Gerüchte, Spekulationen und Eifersüchteleien sorgten für eine neue Lebendigkeit.

Das Bild vom Führer wurde erst mit mehrwöchiger Verspätung aus der Schulklasse entfernt, weil man es offenbar schlicht übersehen hatte, wie Rosemarie berichtete, die wieder zur Schule ging. Der Lehrer, der es sehr genau mit den deutschkundigen Fächern genommen hatte und bevorzugt aus dem Lesebuch *Ewiges Volk* vorgelesen hatte, musste sich wieder auf neue Lehrpläne und Bücher umstellen. Falls es ihm schwerfiel, ließ er es sich nicht anmerken. In den fünfzehn Jahren, die er nach dem Krieg bis zu seiner Pensionierung im Dorf unterrichtete, nahm er kein einziges Wort über den Zweiten

Weltkrieg und die NS-Herrschaft in den Mund, das er nicht auf Punkt und Komma aus den Lehrbüchern vorlas, die sich ihrerseits in fragwürdiger Art und Weise um das Thema herumdrückten.

Simon war in Uschi verliebt, aber selbst nach seinem Geständnis am Krankenbett schaffte er es nicht, ihr das offen zu zeigen, blieb bei seiner fürsorglichen, bestenfalls im Geheimen zärtlichen Art. Es gab einige Gelegenheiten, bei denen sie selbst versucht war, die Initiative zu ergreifen, um wirklich mit ihm zusammen zu sein, sodass alle es sahen und begriffen. In der Enge des Hofes, dem Dorfleben, das sich wieder offen und gestärkt um den Katholizismus drehte, und unter den vielen alleinstehenden Frauen und Mädchen fühlte sie sich allerdings unsicher. Als eine Außenseiterin, die kein Recht hatte, sich einen der wenigen Burschen zu nehmen, der dank seiner Jugend vom Krieg verschont geblieben und doch alt genug war, um als Mann durchzugehen.

Wenn man Simon auf der Fotografie betrachtet, die es von den beiden aus dieser Zeit gibt, aufgenommen von einem französischen Soldaten, dann fällt der ungeheure Ernst auf, mit dem sie in die Ferne, irgendwohin über die Kamera schauen. Keine Spur von Vertrautheit oder gar Zärtlichkeit. Ihre Gesichter waren durch frühe Verantwortung und verrohende Umstände zeitig gealtert. Uschi, fast zwei Jahre älter und einen halben Kopf größer als Simon, wirkt darauf wie eine Tante oder eine ältere Schwester des kräftigen Jungen. Als solche begann sie sich auch zu fühlen, nachdem Simons Absichten ihr immer schleierhafter erschienen.

Wenn sie gemeinsam ihre Geschäfte im Dorf erledigten, Waren bei den Franzosen oder im neu gegründeten Dorfladen eintauschten, vermied er jede Berührung oder Vertraulichkeit mit ihr. Er war freundlich, aber distanziert und reagierte gleichgültig, wenn Uschi sich etwa beim Beladen des Wagens von einem galanten Franzosen helfen ließ und den Soldaten sogar mit einem kurzen Lächeln belohnte. Er grübelte und verschloss sich immer weiter. Keine Heimlichkeiten, kein Händchenhalten mehr, schon gar keine Küsse, sogar ihrem Blick wich er zunehmend aus. Am Abend spielte er so lange und wild auf der Ziehharmonika, bis ihm die Finger schmerzten und es Schlafenszeit war.

Simon fühlte sich wie gelähmt. Er wusste, was er wollte, und es gab kein Hindernis, das ihm den Weg versperrte, niemanden, den er bekämpfen und überwinden musste. Je mehr er darüber nachgedacht hatte, ob er Uschi heiraten sollte, ob das richtig wäre und wie genau er das anstellen müsste, umso schwieriger erschien es ihm. Die ständigen Gedanken daran verkomplizierten die Sache. Er hätte jemanden um Rat fragen wollen, aber es fiel ihm niemand Brauchbares ein. Also dachte er weiter darüber nach und mehr und mehr mischten sich Zweifel und Unsicherheit in seine Pläne.

Kurzum: Er war zu jung.

Beim Dorffest musizierte er zusammen mit ein paar anderen jungen Burschen aus dem Ort. Ein paar Proben mussten reichen, damit sie ein halbes Dutzend bekannter Lieder stark vereinfacht und einigermaßen fehlerfrei aufführen konnten.

Das ganze Dorf war versammelt, selbst jene Kriegsversehrten, die es schlimm erwischt hatte und die sich kaum noch aus ihren Häusern bewegen konnten, wurden angekarrt. Alle anderen waren auf den Beinen, die wenigen Heimkehrer, die Witwen und Kinder, Pfarrer und Lehrer, der neue Gendarm und die französischen Soldaten, die dafür sorgten, dass nicht nur Bier und Schnaps, sondern auch Rotwein ausgeschenkt wurde. Alle tranken sie von dem Wein, selbst die Halbwüchsigen probierten davon. Angesichts der Wirkung des wenig bekannten Getränkes kann man ohne Übertreibung von einer kollektiven Berauschung sprechen, in die das Dorf verfiel. In lange vergessenem Überschwang fanden sich die ungewöhnlichsten Paare auf dem Tanzboden ein, bis nicht mehr nur zu zweit, sondern in wildem Durcheinander getanzt wurde. Die Musiker spielten ihre paar Nummern immer wieder von Neuem, die Wiederholung schien die Ausgelassenheit nur noch weiter zu steigern.

Simon versuchte, sich nichts anmerken zu lassen, als er sah, wie Uschi einem französischen Soldaten mehr als einen Tanz schenkte. Sie lachte, als der sie herumwirbelte, Wein und Anstrengung färbten ihre Backen rot.

Vom Wein beflügelt spielte Simon den nächsten Landler schneller an, wurde noch schneller, bis ihm die zweite Ziehharmonika nicht mehr folgen konnte. Er steigerte das Tempo weiter, bis auch die Blechbläser nicht mehr mithielten und ihn kopfschüttelnd anschauten. Nur der Trommler hatte sich nicht abschütteln lassen, als Simon das Lied so rasend schnell spielte, dass niemand mehr tanzen konnte. Alle schauten zu ihm hinauf, als er das

Stück endlich mit einem wilden Quietschen beendete. Dann schlüpfte er aus den Gurten, stellte sein Instrument ab und stieg langsam von der kleinen Bühne. Von vereinzelten Zurufen ließ er sich nicht stören, als er auf den Tanzboden stieg und auf Uschi zuging. Er hielt um ihre Hand an, die sie ihm bereitwillig entgegenstreckte. Er zog sie von dem Uniformierten weg, zu sich heran. Wie auf Kommando spielten die Musiker das Lied noch einmal ohne ihn, zurückhaltend und ganz langsam, damit Simon mit Uschi richtig tanzen und sie sich in die Augen schauen konnten.

Endlich ließ er sie nicht mehr los.

Erst zweieinhalb Jahre nach Kriegsende kehrte der alte Simonbauer heim. Er kletterte frühzeitig vom Wagen, um die letzten Meter zum Simonhof zu Fuß zu humpeln. Seine Augen leuchteten wässrig, als er seine Familie in die Arme schließen konnte. Aber diese Freude erlosch noch am selben Abend. Als hätte das Wiedersehen ihn enttäuscht, sprach er kaum. Mit einem inoperablen Granatsplitter im Rücken ertrug er regungslos auf der Ofenbank sitzend und seinen Tee trinkend die Schmerzen, Schnapsflasche und Büchse stets griffbereit neben sich.

Jeder Satz schien ihn anzustrengen und zu reuen, sobald er ausgesprochen war. Wenn er redete, spürte man eine tiefe Unzufriedenheit, als fühlte er sich prinzipiell unverstanden. Bald verständigte er sich nur noch mit einzelnen Worten, wenn er etwas brauchte. Wenn er zu viel getrunken hatte, saß er mit geschlossenen Augen da, flüsterte lautlos oder summte leise.

Nie erzählte er etwas über den Krieg oder über die langen Wege seiner Heimkehr. Wenn jemand anderes, selbst eine Stimme aus dem Radio auf den Krieg zu sprechen kam, liefen stumme Tränen über sein Gesicht.

Er lebte kein ganzes Jahr. Am Sterbebett teilte Simon ihm mit, dass Uschi ein Kind von ihm erwarte und er sie so bald wie möglich heiraten würde. Mehrmals wiederholte er es, aber der alte Simonbauer machte nicht mehr den Anschein, dass er es begriff.

Halb Europa lag in Schutt und Asche. Dem Dorf, im geografischen Zentrum der Vernichtung liegend, war kein äußerer Schaden zugefügt worden.

Der Simonhof schaute stolz ins Tal hinunter.

Das neue Leben, das in Uschi heranwuchs, motivierte Simon zusätzlich, weiterhin jeden Tag so hart wie möglich zu arbeiten, um seiner Familie in gewonnener Freiheit bescheidenen Wohlstand und Komfort zu bieten.

Es bedurfte keines Optimisten, um der Zukunft hoffnungsvoll entgegenzusehen.

Heiße Sommer, kaltes Wasser

Nach rund drei Jahrzehnten dauerhaften Friedens und politischer Stabilität hatten sich die wirtschaftlichen Verhältnisse für die meisten im Land wesentlich verbessert. Der Fortschritt war in fast allen Bereichen des Lebens spürbar. Die Arbeit auf den Bauernhöfen wurde durch den vermehrten Einsatz von Maschinen effizienter. In der gewonnenen Freizeit nutzten viele die neuen, insbesondere medialen Errungenschaften.

Am Simonhof liefen in Küche und Stube die Radios fast rund um die Uhr. Der Nachbarhof war nach dem Krieg in ihrem Besitz geblieben. Sie hatten ihn nach und nach verfallen lassen – es war zu umständlich, die zwei Dutzend Kühe, die paar Ziegen, Schweine, den Haflinger und die Hühner an zwei Standorten zu halten.

Im Kern unverändert war am Simonhof einiges modernisiert worden. Zusammen mit seinem Sohn Simon, die Namensgebung erfolgte der Tradition gemäß, baute der Simonbauer die Zimmer im ersten Stock aus, errichtete einen Balkon, tauschte sämtliche Fenster, erweiterte Stall und Scheune. Ein gefliestes Badezimmer mit einer großen, emaillierten Wanne, einem Boiler, Wasserspültoiletten und jede Menge Steckdosen zeugten von den Profis, die ihnen an Wochenenden pfuschend zu Hilfe gekommen waren. In der Küche gab es besonders viele Stromanschlüsse. Die wenigen modernen Haushaltsgeräte fanden aber kaum je Verwendung. Wenn Waltraud sich nicht so vehement dagegen gewehrt hätte, wäre Uschi nicht davor zurückgeschreckt, den alten Herd in der Küche gegen einen neuen, elektrischen zu tauschen.

Für die Arbeit auf den Feldern, im Wald, in Stall und Scheune verweigerte der Simonbauer jegliche technischen Anschaffungen. Dabei berichtete sein Sohn immer wieder von den Maschinen, die er bei anderen Bauern im Einsatz gesehen hatte, und schwärmte davon, wie diese sich rentierten und alles erleichterten.

Was sich an einer Maschine rentieren würde, wenn sie die Arbeit auch so schafften, fuhr der Vater ihn an, als er des Themas wieder einmal überdrüssig geworden war. Er packte seinen Sohn bei den Schultern. Ob die Arbeit ihm zu hart sei, ob es ihn zu sehr anstrenge, Bauer zu sein, fragte er ihn eindringlich und schüttelte ihn durch.

Gekränkt fing der Jungbauer nicht mehr davon an.

Der Simonbauer war bekanntermaßen stolz auf die harte Arbeit, die er leistete. Seine Familie tat es ihm gleich, niemand jammerte, wenn es auch oftmals schien, dass jeder Tag härter war als der vorangegangene. Dabei hätte der Bauer es sich leisten können, etwas kürzer zu treten. Doch er wollte mit gutem Beispiel vorangehen und fand selbst dann noch etwas zu tun, wenn augenscheinlich alles erledigt war – er stürzte sich geradezu darauf, seine Familie hinter ihm her. Insbesondere seinem Sohn wollte er ein Vorbild sein, der ihm für einen Jungbauern zu verwöhnt und verweichlicht erschien und den er immer wieder an andere Zeiten gemahnte, Zeiten des Krieges und der Not, für die es galt, gerüstet zu sein.

Gebäude, Tiere, Acker, Wiese, Wald – alles war in einem Zustand, der weit über das hinausging, was man als gepflegt bezeichnen würde. Der Simonhof war herausgeputzt, wie in ständiger Erwartung eines hohen Besuches.

Uschi hatte mit einigem Abstand zu Simon zwei Töchter zur Welt gebracht. Marianne war ein Jahr älter als Antonia, beide gingen mittlerweile in die Hauptschule. Ihre Tante Rosemarie war weggezogen, nachdem sie einen Bauern aus einem Nachbartal geheiratet hatte. Waltraud und Uschi sorgten für den Haushalt und die Hühner. Der Hof warf mehr als genügend ab, noch dazu gab es Unterstützungen und Förderungen von Bund und Land. Mit den Anträgen kannte sich der junge Simon bestens aus, er musste sich bloß jedes Mal die Mühe machen, seinem Vater wegen der Unterschriften hinterherzulaufen, bis der sich endlich und mit sichtbarem Widerwillen dazu überwand.

Es war längst an der Zeit, dass der Bauer den Hof seinem Sohn überschrieb. Etwas hielt ihn davon ab. Der Kampf gegen die bittere Armut mochte gewonnen sein, aber er hatte andere Sorgen, düstere Vorahnungen, die ihm den Schlaf raubten und ihm eine diffuse Angst vor der Zukunft bereiteten. Die Welt erschien ihm immer komplizierter, nichts hatte offenbar noch einen bleibenden Wert und war von Bestand. Die Leute im Dorf trugen jedes Jahr neue, modische Kleidung, gesunde Männer in den besten Jahren saßen scheinbar jeden Abend im Wirtshaus. Woher nahmen sie nur das Geld? Und warum scherte sich niemand darum, dass alles teurer wurde? Wenn er sich ein Bier im Gasthaus leistete, zuckte er jedes Mal zusammen, wenn er hörte, wie viel er dafür bezahlen musste, und dachte daran, wie viele Liter Milch er dafür verkaufen müsse. Er war froh, wenn er wieder auf dem Hof war, wenn er arbeiten konnte, einfach nur Bauer sein, wie er es gelernt hatte.

Sein Sohn schien ihm nicht der Richtige für diesen Beruf zu sein. Er hatte zu viele Flausen im Kopf. Die Musik, das Betteln um Förderungen, das technische Spielzeug, das einem ständig und überall angeboten wurde, um nur ja jede Anstrengung zu vermeiden. All das lenkte den Buben doch bloß davon ab, sich mit aller Kraft auf seine Arbeit zu konzentrieren, darauf, den Simonhof in seinem Sinne und dem seines Vaters weiterzuführen.

Der junge Simon war zu einem stattlichen Mann herangewachsen, der bereits auf die dreißig zuging. Er war mehrmals pro Woche unten im Dorf, um sich dort mit Freunden zu treffen, meistens musizierten sie miteinander oder fuhren in die Provinzstadt, wo es einen Plattenladen und ein Kino gab. Wenn sie eine Vorstellung verließen, waren sie aufgewühlt, verstört, fasziniert – in jedem Fall beeindruckt. Sie diskutierten und stritten über die Filme, bewunderten ihre Lieblingsschauspieler und träumten sich in die fernen Welten und Geschichten, in deren Bilder sie eingetaucht waren.

So kam es, dass Simon drei Jahre sparte, um sich ein klappriges Motorrad kaufen zu können, nachdem sie eine

Vorführung von *Der Wilde* besucht hatten. Die Maschine musste er immer wieder reparieren, und weil die Anschaffung von Ersatzteilen so langwierig war, stand sie mindestens so oft aufgebockt in der Scheune, als sie fahrtauglich war.

Wenn sie funktionierte, rollte er hinunter ins Dorf und bretterte hinaus aus dem Tal. Der Fahrtwind blies ihm die Backen auf, er spürte die Fliehkräfte im Bauch und fühlte sich wie der junge Marlon Brando.

Durch seine Freunde hatte er sich über Förderungen und Finanzierungen schlaugemacht und kam stets auf neue Ideen, um am Hof zu investieren. Er war längst bereit, Bauer zu werden, wusste aber, dass sein Vater ihm im Weg stand, wenn er den Simonhof modernisieren wollte. Es wurde zu einem jener Themen, die so allgegenwärtig waren, dass niemand sie mehr ansprach. Er vertröstete sich damit, dass er nur zu warten brauchte, früher oder später würde er selbst entscheiden können. Er arbeitete weiterhin hart, wollte jedoch nicht einsehen, dass der Simonhof der rückständigste Betrieb im Dorf bleiben sollte. So verlor er das Geduldspiel und zeigte dem Vater eines Tages einen Katalog mit jenem Traktor, den er anschaffen wollte.

Der Bauer wurde zornig, schimpfte auf die Technik, schließlich auf seinen Sohn, der sich besser auf die Arbeit mit den eigenen Händen und die Hilfe des Gauls als auf Maschinen verlassen sollte. Simon versuchte es mit weiteren Argumenten, aber sein Vater unterbrach und belehrte ihn. Ein Bauer würde sich durch seine Zähigkeit auszeichnen und nicht dadurch, sich laufend neues

Spielzeug anzuschaffen, noch dazu mit Geld, das ihm nicht gehörte. Was er denn machen wolle, wenn die Maschinen kaputtgingen, meinte er, voller Überzeugung, ein Totschlagargument gefunden zu haben.

Simon gab auf. Dafür versuchte Uschi ihrem Sohn beizustehen und mit ihrem Mann zu reden, doch er erklärte die Diskussion rasch und ein für alle Mal für beendet.

Als der alte Haflinger wieder einmal zu schwach und nicht zu gebrauchen war, nahm Simon die Sache schließlich selbst in die Hand. Da der Simonbauer auch mit Uschi nicht mehr sprach, konnte er seine Mutter dazu überreden, die nötige Unterschrift zu leisten und fuhr eines Tages mit einem gebrauchten Traktor vor.

Bis auf seinen Vater freuten sich alle. Der tat zuerst beleidigt, aber dann schaute er sich die Maschine doch an, wie er das Fahrzeug in einer Mischung aus Abschätzigkeit und Ehrfurcht nannte. Er wusste nicht so recht, was er mit dem Ungetüm anfangen sollte, wie es zu füttern und wie zu pflegen sei. Als alle ihn auslachten, weil er tatsächlich von füttern gesprochen hatte, war der Moment zum Greifen nahe, an dem sich das Thema in Wohlgefallen hätte auflösen können. Aber der Bauer war eingeschnappt und ging wieder auf Distanz zu dem Gefährt und den anderen.

Aus Prinzip setzte er sich zeitlebens kein einziges Mal ans Steuer und versuchte, den Traktor, so gut es ging, zu ignorieren. Wenn sein Sohn damit Holz lieferte, den Acker bearbeitete, die Wiesen mähte, das Heu wendete und einbrachte, kümmerte er sich nicht darum, suchte sich etwas anderes zu tun oder protestierte, indem er die

Arbeit einstellte und am helllichten Tag einfach rastete, was er sich bis dahin niemals geleistet hatte. Alleine das Anlassen des Motors schien ihn so zu stören, dass er seine manuellen Arbeiten unterbrach, um sich mit einer Bierflasche auf die schattige Bank hinter dem Haus oder auf seinen Platz beim Kachelofen in der hintersten Ecke der Stube zu verkriechen. Wenn er gerufen wurde, machte er keinen Mucks, und wenn man ihn dort fand, antwortete er abweisend und einsilbig.

Jahre zuvor hatte er die Jagdprüfung abgelegt. Jetzt erwarb er einen Jagdschein und begann, immer öfter und ausgedehnter auf die Pirsch zu gehen. So musste er sich weniger über die anderen, insbesondere über seinen Sohn, ärgern, die ohnedies machten, was sie wollten. Denn mit der einen Maschine war es bald nicht mehr getan. Der Jungbauer fand von Zeit zu Zeit nützliche Zusatzgeräte, die der Traktor über die Felder ziehen konnte.

Selbst Waltraud wurde zur Fürsprecherin des technischen Fortschritts, doch wenn sie den Bauern zu überzeugen versuchte, brachte er sie mit einem Brummen zum Schweigen. Uschi sprach ihn gar nicht mehr darauf an. Sie wusste, wie zwecklos es war. Zudem schienen die Dinge ohnedies endlich in Bewegung zu kommen: Ihr Sohn kümmerte sich in zunehmender Eigenständigkeit um den Hof und dass ihr Mann halbe Tage weg war, um zu jagen, ausgiebig rastete, anstatt sich bei der Arbeit zu verausgaben, sich überall einzumischen und alles bestimmen zu wollen, war ihr gerade recht.

Zu Hause saß der Bauer auf seinen Lieblingsplätzen und pflegte oft stundenlang die alte Büchse, zerlegte sie in alle Teile, putzte und ölte sie und baute sie wieder zusammen. Eine Wand in der Stube ist heute noch fast vollständig mit seinen Jagdtrophäen behangen, hauptsächlich von Rehböcken, aber auch von Hirschen, Gämsen, zwei ausgestopften Füchsen, einem Auerhahn und einem Murmeltier.

Je weniger er arbeitete, umso verschlossener wurde er, denn er hatte zumeist über die Arbeit gesprochen oder über früher, und niemand schien sich mehr dafür zu interessieren, weder für das eine noch für das andere. Es schien ihm, dass sie offenbar allesamt vergessen wollten, wer sie eigentlich waren, woher sie kamen.

Die Mädchen, Marianne und Antonia, hatten fast ein bisschen Angst vor ihrem Vater, wie er in seiner Ecke saß, mit seiner Büchse spielte, Bier oder Tee trank und hin und wieder leise und undeutlich mit sich selbst sprach, manchmal gestikulierend, oft den Kopf schüttelnd. Wenn er sie zu Hause sah, trug er ihnen stets eine Arbeit auf, irgendetwas fiel ihm immer ein. Sie gehorchten, aber entwickelten bald eine große Geschicklichkeit, um ihm aus dem Weg zu gehen.

Der Jungbauer saß fast ebenso gern auf dem Traktor wie auf seinem Motorrad. Es erschien ihm nicht als Mühsal, mit der Maschine zu fahren, ob mit Mist, Heu oder Holz beladen, und bald auch eine Mähmaschine oder einen Heuwender über die Felder hinter sich herzuziehen.

In seiner Freizeit spielte er auf der Ziehharmonika, die sein Vater nicht mehr angerührt hatte, seit der Sohn ihn darin überflügelte. Als Musiker war er schon seit

Kindheitstagen weitum bekannt. Seit einiger Zeit wurde aber auch aus anderen Gründen über ihn geredet. Er war einer der ältesten Jungbauern weit und breit und eine Jungbäuerin schien so wenig in Sicht wie die Hofübergabe. Für den alten wie für den jungen Simon war es schwierig, darüber zu sprechen.

Einmal stritten sie sich um die Anschaffung eines Heusammlers, bis es dem Bauern zu viel wurde. Er schlug mit der Faust auf den Tisch und meinte zu seinem Sohn, er solle sich zuerst einmal eine Frau anschaffen und nicht schon wieder eine Maschine, um sich bloß nicht anstrengen zu müssen. Obwohl er stets alles Nötige tat, keinen Aufwand scheute, niemals jammerte oder sich beschwerte, hatte Simon den Vorwurf, sich vor der Arbeit zu drücken, schon sein halbes Leben lang gehört. Es war eine Art fortlaufender Erziehungsmethode des Alten. Er wusste seit Langem, dass seine Eltern sich nichts so sehr wünschten wie eine Frau an seiner Seite. Seine Großmutter und Mutter hatten längst aufgehört, ihn danach zu fragen, weil sie begriffen hatten, dass sie es ihm dadurch nicht leichter machten. Es war das erste Mal, dass sein Vater ihn direkt darauf ansprach. Er klang dabei so enttäuscht, so verbittert, dass Simon kein Wort über die Lippen brachte und sie einfach wieder schwiegen – so explizit und konsequent, dass sie gar nicht mehr miteinander redeten. So wurde Uschi endgültig zur Botin der wichtigsten Informationen, die sie austauschen mussten, und sorgte dafür, dass die Mädchen nicht stumm am Tisch saßen, sondern sich unterhielten, während die beiden Männer wortlos ihre Mahlzeiten in sich hineinschaufelten.

In seinem Tagebuch erwähnte Simon kaum jemals Geschehnisse aus der Welt, außer der Musik, die ihn bewegte, oder den Filmen, die er gelegentlich zu sehen bekam. Er war offenbar völlig unpolitisch, umso überraschender erscheint es, dass es ihm einen Eintrag wert war, dass man Ulrike Meinhof erhängt in ihrer Zelle aufgefunden hatte. Er kommentierte den Eintrag mit den Worten *Gefängnisse gibt es überall.*

Es lag nicht in seiner Natur, noch stärker gegen den Vater aufzubegehren, in einem offenen Konflikt einzufordern, was ihm zustand. Einmal platzte ihm aber doch der Kragen, als Uschi ihm einen Zettel überreichte, auf dem der Vater aufgelistet hatte, was noch alles zu tun sei, was er nicht ordentlich gemacht oder gar vergessen habe. Er stürmte zum Vater, zu dessen Lieblingsplatz hinter dem Ofen. Er sei nicht sein Knecht, schrie er. Wenn er schon Bauer bleiben wolle, ein alter Bauer, ein sturer, geiziger und misstrauischer, dann solle er sich auch so benehmen und selbst alles erledigen. Er könne dann ja in die Stadt gehen, wo er für die harte Arbeit in der Fabrik gut bezahlt würde.

Uschi stand hinter ihm. Beunruhigt von dem Gedanken, ihren Sohn zu verlieren, redete sie beschwichtigend auf die beiden ein, das mit der Liste habe er doch nicht so gemeint, er habe doch nur helfen wollen, sie müssten wieder mehr miteinander reden und so weiter.

Der Bauer erschrak kein bisschen über Simons Drohung. Ganz ruhig brummte er, dass er doch gar nicht wisse, was harte Arbeit sei.

Simon schlug wütend auf den Tisch, dabei warf er die Teetasse um, die auf dem Boden zersprang. Es roch nach

Schnaps. Simon versuchte, sich zu beruhigen, meinte, der Hof brauche einen jungen Bauern, er habe Ideen, würde vieles verbessern, aber das mache alles keinen Sinn, wenn er nicht bestimmen könne.

Der Hof brauche tatsächlich einen Bauern, keinen Musikus, sondern einen richtigen Mann mitsamt einer Bäuerin. Warum er wohl keine abbekomme, fragte der Vater zu Uschi gewandt, dann schaute er Simon so lange in die Augen, bis es dem Jüngeren zu viel wurde und er aus der Stube lief. Die Tasse werde er ihm ersetzen müssen, rief er ihm noch hinterher.

Der Bauer sollte recht behalten, als er zu Uschi sagte, der Junge würde nicht in die Stadt gehen. Uschi versuchte noch ein paar Mal, ihren Mann davon zu überzeugen, dass es Zeit wäre, den Hof zu übergeben, aber dieser reagierte kaum noch darauf, tat so, als würde sie das nichts angehen.

Er schien sich nur noch für die Jagd begeistern zu können. Er verließ das Haus morgens vor der Dämmerung, kehrte am Vormittag zurück, rastete den Tag über und legte sich rechtzeitig vor der Abenddämmerung wieder irgendwo auf die Lauer, fernab der Menschen, inmitten der Natur. Als das anfängliche Jagdfieber nachließ und er nur noch selten ein Wild schoss, genügte ihm das Beobachten der Tiere, das Umherpirschen, das Alleinsein im Wald, Trophäen fielen seltener und beiläufig ab.

Anders im Winter – wenn für die anderen Tiere Schonzeit herrschte, legte er sich in eiskalten Nächten auf die Lauer, um Füchse zu jagen, die er im Mondlicht abpasste, wenn sie über ein Schneefeld liefen. Mit geradezu sportlichem Ehrgeiz und eiserner Disziplin betrieb er diese harte Pirsch und erlegte mehr Füchse als der Rest der Jägerschaft zusammen.

An Sonntagen ging er nach der Messe zum Frühschoppen und setzte sich beim Kirchenwirt an den Tisch der Jäger. Was die Bauern zu bereden hatten, interessierte ihn nicht mehr. Früher hatte er sich nie mehr als ein Bier geleistet, mittlerweile hatte er sich an die Preise gewöhnt und trank gerade so viel, dass er es noch ohne gröbere Schwierigkeiten nach Hause schaffte. Daheim ermahnte Uschi ihn gelegentlich wegen der Trinkerei, Dritten gegenüber war sie jedoch seine Komplizin und versorgte ihn unauffällig mit Alkohol.

Er hatte es sich längst zur Gewohnheit gemacht, an Uschi herumzunörgeln. Einmal schmeckte ihm das Essen nicht, ein anderes Mal war ihm die Stube nicht sauber genug oder er fand die Hemden nicht ordentlich gebügelt. Uschi überhörte diese Bemerkungen seit Jahren. Aber als sie ihm schon am Vormittag das Bier zu seinem Platz brachte und er sich beschwerte, weil es ihm zu lange gedauert hatte, reichte es ihr. Es war ihr egal, dass Waltraud und die Kinder es hören konnten, sie wurde laut, wie man es von ihr nicht gewohnt war. So könne es nicht weitergehen, rief sie. Wenn er nicht mehr arbeite, würde sie ihn auch nicht mehr bedienen. Er nickte, dann öffnete er die Flasche, trank einen ordentlichen Schluck und schaute wieder durchs Fenster hinaus, pfiff sein geliebtes *All of me* und wartete, bis es Uschi zu blöd wurde und sie wieder zurück in die Küche stapfte. Von da an holte er sich sein Bier selbst aus dem Keller.

Seit er sechzehn war, musizierte der junge Simon mit drei anderen Burschen aus dem Dorf und dem Nachbardorf. Als die *Wüdn Manda* wurden sie für Hochzeiten oder Dorffeste in der Gegend gebucht, waren beliebt, weil sie ihr Handwerk beherrschten und zunehmend auch moderne Stücke, nicht nur die klassische Volksmusik im Repertoire hatten. Eher zufällig traten sie einmal vor Urlaubsgästen auf und hinterließen ein begeistertes Publikum. Bald wurden sie für sogenannte Trachtenabende engagiert, wofür sie in der Hauptsaison mit teils großzügigem Handgeld entschädigt wurden.

Bei diesen Gelegenheiten hielt üblicherweise der jeweilige Bürgermeister eine Ansprache in bemühtem Hochdeutsch, in der er vor den vorwiegend deutschen, österreichischen und holländischen Urlaubern seine Heimat anpries. Danach traten die Schuhplattler auf die Bühne, um ihre Geschicklichkeit vorzuführen, bis schließlich die *Manda* zum Tanz aufspielten.

Neben der Gage und dem Freibier war es eine zusätzliche und nicht unwesentliche Motivation für die Musiker, mit den weiblichen Gästen in Kontakt zu kommen. Schon während des Spielens wurde taxiert und geflirtet, sodass sie danach oft schon an der Bar erwartet wurden. Manchmal dauerte es nicht länger als ein Getränk, bis der Erste von ihnen mit einer Urlauberin im Arm in Richtung ihres Gästezimmers verschwand.

Simon war der Einzige, den das nicht interessierte. Er absolvierte die Auftritte mit einer gewissen Professionalität, konzentrierte sich auf die Musik, trank zum Abschluss meist noch ein weiteres Bier, bis er nachts mit geschulteter Ziehharmonika hinaustorkelte, während seine Kollegen anbandelten.

Wenn das Wetter es zuließ und das Motorrad funktionierte, knatterte er auf der Maschine nach Hause. Ansonsten wurde er gelegentlich von einem Autofahrer mitgenommen, manchmal marschierte er die halbe Nacht, hing dabei seinen Gedanken nach und erreichte ausgenüchtert den Simonhof, wo er in sein Tagebuch schrieb oder sich noch in der Scheune ins Heu hockte und auf seinem Instrument improvisierte. So kam es vor, dass er am frühen Morgen, ohne geschlafen zu haben, zum Melken in den Stall ging.

Nach einer solchen Nacht, als er in die Küche trat, um sich mit einem Glas Milch für die Arbeit zu stärken, fand er Waltraud. Sie saß in der Stube, wo sie wieder einmal über ihren Stickereien eingeschlafen war. Als er sie ansprach, wusste er sofort, dass sie nicht mehr aufwachen würde. Ihm fiel nichts Besseres ein, als die Ziehharmonika zur Hand zu nehmen. Er spielte so lange, bis alle wach waren, schlaftrunken und verwundert in die Stube kamen. Sie standen noch lange so da, die Mädchen summten ein bisschen mit, bis der Simonbauer entschied, dass endlich Ruhe sein müsse.

Das ganze Dorf verabschiedete sich bei einem feierlichen Begräbnis von der Krämerstochter, der ersten Bäuerin am Simonhof.

Keine drei Wochen später wurde der alte Küchenherd durch einen elektrisch betriebenen ersetzt.

Im Frühjahr kämpfte sich ein schwerer Mercedes mit Kölner Nummerntafel über die vom Schmelzwasser ausgewaschenen Schlaglöcher der Schotterstraße hinauf zum Simonhof. Ein eleganter Herr im Anzug stieg aus und suchte vergeblich nach einer Klingel. Er getraute sich nicht einzutreten, also ging er zum Wagen zurück und hupte, bis Uschi und ihr Sohn aus dem Stall kamen. Uschi bat den Mann, der sich als Herr Peters vorstellte, in die Stube. Er schlug sich den Kopf an dem niedrigen Türstock an, Uschi wollte ihn schon mit der stets griffbereiten Arnikatinktur betupfen, weil es so gekracht hatte, aber während er noch nach der Beule tastete, lehnte er die Behandlung mit dem exotisch stinkenden Hausmittel ab.

Bei einem Glas Milch machte er den beiden rasch klar, warum er gekommen war. Er kannte den Simonhof von einer Skitour und wollte fragen, ob der Nachbarhof zu kaufen oder zu mieten sei. Das halb verfallene Gebäude diente nur noch dazu, um Baumaterialien in den trockenen Bereichen unterzustellen. Peters wollte das Gebäude instand setzen und ausbauen, um es als Ferienwohnung für sich und seine Familie zu nutzen. Er schwärmte von den Bergen und meinte gar, hier seine zweite Heimat gefunden zu haben, von der er so romantisch sprach, wie nur ein Flachländer es konnte.

Irgendwann war es Simon zu viel, er unterbrach den Mann und meinte, der Simonhof sei ein Bauernhof und keine Pension. Alles, was sie zu verkaufen hätten, wären Milchprodukte, Fleisch, Speck, Eier und ein paar Kartoffeln.

Herr Peters ließ sich nicht entmutigen und erklärte, dass er alles in Eigenregie ausbauen und sich einrichten würde, sie keinerlei Kosten oder Scherereien hätten und trotzdem gutes Geld verdienen könnten.

Simon wurde ungewöhnlich grob und fragte den Mann, ob er die Sprache seiner zweiten Heimat nicht verstehen würde und er Hochdeutsch sprechen müsse, um sich verständlich zu machen.

Da mischte Uschi sich ein und stellte klar, dass sie das nicht entscheiden konnten, solange der Bauer nicht da sei. Aufgebracht kehrte Simon zu seiner Arbeit zurück. Da begriff der Fremde, dass es nicht Simon war, den er überzeugen musste. Uschi setzte dem Mann ein Bier und eine Jause vor, über die er wieder in charmantes Schwärmen geriet.

Als der Simonbauer von der Jagd zurückkehrte, kam Uschi ihm am Eingang entgegen und erklärte ihm in knappen Worten, was der Besucher wollte. Er begrüßte den Gast höflich, setzte sich zu ihm und ließ sich von Uschi ebenfalls ein Bier bringen. Er schaute den Deutschen regungslos, aber nicht unfreundlich an, bis dieser zu reden begann. Der Bauer hatte die zweite Bierflasche schon fast geleert, als der Jungbauer wieder in die Stube trat und sich ans andere Tischende setzte. Der Simonbauer ließ den Fremden von seinen Skitouren erzählen und tat hin und wieder so, als interessierte ihn das, aß und trank und orderte bei Uschi schließlich den Schnaps. Endlich kam der Kölner wieder auf sein Anliegen zu sprechen. Simon war sich sicher, dass sein Vater den Fremden hinauswerfen würde, so wie er es gemacht hätte.

Nachdem der Simonbauer sich alles angehört hatte, füllte er erneut die Gläser und meinte, jetzt müsste nur noch über das Geld gesprochen werden. So saß der fast dreißigjährige Jungbauer wie erstarrt dabei, als sein Vater auf das Geschäft einging. Einmal noch mischte er sich ein, meinte, das sei illegal, der Bauer dürfe gar nicht an einen Zweitwohnbesitzer verkaufen. Ohne ihn eines Blickes zu würdigen, sagte sein Vater, er solle seine *Goschn* halten, wenn die Erwachsenen miteinander redeten.

Simon stürmte wutentbrannt aus der Stube. Erst dann meinte der Simonbauer zu dem Fremden, dass der Junge recht habe. So einigten sich die beiden auf einen Pachtvertrag über dreißig Jahre, in denen der Kölner das Gebäude nach seinen Wünschen ausbauen und benutzen könne. Als die beiden handelseinig waren, schüttelten sie einander die Hände und tranken noch einige Schnäpse, um ihr Geschäft zu besiegeln.

Am Abend versuchte Simon, mit seinem Vater zu streiten. Der zeigte sich ungerührt, als sein Sohn ihm vorwarf, zu verscherbeln, was der Großvater geschaffen hatte, zu verraten, wofür der Simonhof stand.

Der Simonbauer ließ sich nicht dabei stören, seine Waffe zu zerlegen, sie zu putzen, zu ölen und wieder zusammenzubauen.

Als Simon sah, dass sein Vater ihn belächelte, konnte er es nicht mehr ertragen, ballte die Faust und stürmte wieder einmal hinaus, schrieb in sein Tagebuch und spielte auf der Ziehharmonika.

Gegen Ende des Sommers holten seine Musikerkollegen Simon mit einem Kleinbus ab, den einer von ihnen sich angeschafft hatte. Voller Stolz führte er das Autoradio vor, und auf dem Weg zu einem Auftritt im nächstgelegenen Städtchen stritten sie sich unablässig darum, welchen der beiden Radiosender sie hören wollten, die sie in mangelhafter Qualität empfangen konnten. Das geriet wieder einmal zu einer Diskussion darüber, ob die Beatles oder Elvis besser seien – von beiden hatten sie Coverversionen einstudiert. Der Streit wurde schließlich von der Meldung unterbrochen, Elvis Presley sei auf seinem Anwesen in Memphis verstorben. Als der Fahrer die Meldung begriff, stoppte er den Bus mit einer Notbremsung. Eine Weile lang waren sie still, dann einigten sie sich darauf, dass Elvis besser sei, der Größte von allen.

An dem Abend spielten sie für ein paar übrig gebliebene, betagte Sommergäste in einem Musikpavillon. Da es zu regnen anfing, war es noch früh, als sie die letzte Nummer zu Ehren ihres Idols beendeten. Sie verstauten die Instrumente im Bus und wollten in eine Diskothek. Simon ging nur widerwillig mit, aber es blieb ihm keine andere Wahl, wenn er nicht im Regen autostoppen wollte. So lehnte er mit einem Getränk in der Hand an der Bar und sah den anderen dabei zu, wie sie ausschwärmten, Mädchen ansprachen, mit ihnen tanzten, sie zu Cola-Rum einluden und versuchten, sie zu überreden, mit in ihren Bus zu kommen. Sie hatten nämlich eine Wette laufen, bei der es darum ging, wer es als Erster schaffen würde, den Bus mit einem Mädchen einzuweihen. Simon war das Balzverhalten seiner

Kollegen peinlich, aber er ignorierte es – dafür ersparten sie ihm blöde Bemerkungen, wenn er sich als Einziger zurückhielt.

Elisabeth getraute sich Simon anzusprechen, weil sie ihn schon seit Langem vom Sehen kannte. Sie war sieben Jahre jünger, aus demselben Dorf, Tochter des Hofstätterbauers. Auch sie hatte ihre Mühe mit den in der Diskothek üblichen Ritualen. Sie fühlten sich gleichermaßen unwohl in der ungewohnten Umgebung mit den glitzernden Lichtern und der lauten Musik. Obwohl die beiden schon einiges getrunken hatten, ließen sie sich nicht gehen, die Ausgelassenheit der anderen steckte sie nicht an, wirkte befremdlich auf sie. Sie zogen sich in eine ruhigere Ecke zurück, um sich miteinander zu unterhalten.

Während um die beiden herum getrunken, getanzt, geküsst und gegrapscht wurde, plauderten sie die halbe Nacht lang über Elvis, Musik und Filme. Sie überraschte ihn ein ums andere Mal, weil sie so viel darüber wusste, alle Filme kannte, die er je gesehen oder von denen er auch nur gehört hatte. Sie hatte eine Hauswirtschaftsschule in der Stadt besucht und war dort regelmäßig ins Kino gegangen. Je hemmungsloser ihre Freunde wurden, umso mehr genossen sie die Zurückhaltung, mit der sie das Treiben beobachteten und gelegentlich ironisch kommentierten.

Die anderen Musiker waren zu betrunken, also steuerte Simon den Bus zurück ins Dorf. Zwischen den Instrumenten tummelten sich seine Kollegen mit den Mädchen, die sie abgeschleppt hatten. Elisabeth saß vorne bei

Simon, die beiden unterhielten sich fortwährend, bis alle anderen zu Hause abgeliefert waren. Simon ließ den Bus im Dorf stehen. Als sie sich verabschiedeten, nahm Elisabeth all ihren Mut zusammen und drückte ihm einen Kuss auf die Lippen, bevor sie nach Hause lief. Sie drehte sich noch einmal nach ihm um, aber er war bereits verschwunden.

Bald darauf fuhr der Mercedes mit der Kölner Nummer wieder vor, gefolgt vom Wagen eines Bauunternehmens. Herr Peters begrüßte Uschi und den Simonbauern wie alte Freunde und stellte ihnen den für den Umbau Beauftragten vor. Simon war damit beschäftigt, Strohballen von einem Anhänger abzuladen und in der Scheune aufzustapeln, schaute unauffällig zu den Ankömmlingen, tat aber so, als ließe er sich nicht stören.

Peters kehrte noch einmal zu seinem Wagen zurück, öffnete die Hintertür, beugte sich hinein und warf dann, zornig, wie es schien, die Tür wieder zu. Dann geleitete er den Baumeister zu Fuß zum Nachbarhof, um dessen Zustand zu begutachten und die anstehenden Umbauarbeiten zu besprechen. Als er Simon entdeckte, winkte er ihm zu. Simon tat, als hätte er ihn nicht bemerkt, und arbeitete mit wütender Kraft weiter.

Ein schlanker Mann von Mitte zwanzig stieg aus dem Mercedes. Peters' Sohn war ganz in Schwarz gekleidet, trug T-Shirt, Jeans, Cowboystiefel, Lederjacke und Sonnenbrille. Seine Haare waren platinblond gefärbt, er versuchte damals auszusehen wie Andy Warhol. Im Dorf war man sich nicht einig, ob er einem berühmten

Schauspieler aus Amerika glich oder es sich schlichtweg um einen Verrückten handelte.

Simon bemerkte ihn erst, als er nur noch ein paar Schritte von ihm entfernt war. Er ließ sich sein Erstaunen nicht anmerken und arbeitete stur weiter. Der Fremde zündete sich eine Zigarette an und ließ Simon nicht aus den Augen, bis der verschwitzt und keuchend bei ihm stehen blieb.

Jens stellte sich vor, höflich, lässig und doch ein bisschen nervös, wie Simon bemerkte, als er ihm in die Augen schaute. Sie schüttelten einander die Hände. Simon rauchte nur gelegentlich, vor allem, wenn er trank, aber er nahm von Jens eine Zigarette. Sie setzten sich auf die Strohballen und unterhielten sich zögerlich. Simon versuchte so verkrampft Hochdeutsch zu sprechen, dass Jens bei jedem zweiten Wort nachfragen musste, um ihn zu verstehen. Fast gleichzeitig begriffen sie die absurde Komik ihrer Unterhaltung. Von da an funktionierte die Verständigung um einiges leichter. Simon erzählte von der Gegend, für welche sich Jens tatsächlich zu interessieren schien, für die Namen der Berggipfel, die Grenzen des Simonhofs, die Nachbardörfer, die man unten im Tal sehen konnte, und das Schwimmbad, das dort gerade fertiggebaut wurde.

Jens erklärte, dass er nur seinem Vater zuliebe mitgekommen sei, weil diesem die Alpen so viel bedeuteten und er meinte, sie würden auch ihm guttun. Bislang waren ihm die Berge vollkommen egal gewesen. Wenn sein Vater ihn auf einen Gipfel mitschleppte, fand er das mühsam, wenn der dabei ständig über die

Landschaft redete, klang es albern, als hätte er keinen blassen Schimmer. Aus dem Munde eines echten Einheimischen sei das etwas vollkommen anderes. Ob er nicht zufällig auch Bergführer sei, wollte er wissen.

Ein echter Einheimischer. Ein Bergführer. Simon versuchte zu verbergen, wie lächerlich er das fand. Es erinnerte ihn an die Begeisterung der Gäste für die Schuhplattler, wenn die gegen gutes Geld ihre Verrenkungen vorführten. Echt und original. Ja, sicher. Nein, er sei kein Bergführer, schüttelte er den Kopf. Um das Thema zu wechseln, fragte er Jens, was er denn so mache.

Er überlege, vielleicht in die Firma seines Vaters einzusteigen. Zumindest wäre das der Wunsch seines alten Herrn. Obwohl er sich das nie hatte vorstellen können, schien darin seine Zukunft zu liegen. Momentan studiere er aber noch. Überhaupt würde er sich eher für Kunst interessieren als für Geld. Bloß wisse er nicht, was er mit dieser Leidenschaft anfangen solle. Er suche immer noch nach einem Weg, sich auszudrücken, habe aber keinen blassen Schimmer, ob er irgendein verdammtes Talent habe.

Noch nie hatte Simon jemanden so offen über seine eigenen Unzulänglichkeiten reden gehört. Jens wirkte dabei gar nicht niedergeschlagen, es klang nicht, als würde er jammern, wie es in Simons Familie so verpönt war. Er sprach anders, als Simon es kannte, ungeniert über sich selbst, ohne jede Scham. Für Simon hörte es sich an wie die Worte eines Mannes, der auf geradezu unglaubliche Weise frei war.

Wie großartig es doch sein müsse, einfach Bauer zu sein, ohne daran zu zweifeln, ohne ständig alles zu hinterfragen, meinte Jens.

Simon hätte einiges dazu sagen wollen, aber er fühlte sich gehemmt, weil er eben kein Bauer war, bloß wie einer arbeitete.

Sie plauderten noch über Belangloses wie die hohen Temperaturen, was Simon auf den Bergsee brachte, der immer für eine Abkühlung gut war, so heiß könne es gar nicht werden.

Peters hupte ungeduldig, als er Jens nicht finden konnte. Dieser steckte sich in aller Ruhe eine Zigarette an und das Päckchen ein.

Das mit dem Bergsee sei eine gute Idee. Viel besser als ein Schwimmbad.

Simon zuckte mit den Schultern, dann verabschiedete Jens sich mit einem lässigen Nicken von Simon und sprang über die Strohballen nach draußen.

Schon am nächsten Tag begannen die Umbauarbeiten am Nebenhof. Herr Peters brachte Geschenke in die Stube des Simonhofs. Uschi freute sich sehr über die Küchengeräte, obwohl es noch Monate dauern sollte, bis sie eines nach dem anderen ausprobierte und skeptisch prüfte, ob sie taugten, wozu sie gedacht waren. Für Marianne und Antonia hatte er Tretroller mitgebracht, mit denen sie über die Holzböden im Haus bretterten, weil es draußen keine glatte Fläche gab, auf der die kleinen Räder sich drehten. Dem Jungbauern überreichte er eine recht wertvolle Mundharmonika.

Was er mit einem *Fotzhobel* solle, wenn er doch eine *Zugin* spielen könne, kommentierte Simon und rührte das Geschenk nicht an. Peters verstand kein Wort.

Der Simonbauer meinte, die Geschenke seien unangemessen und unnötig, bis Peters das fabrikneue Gewehr aus dem Wagen holte und es ihm in die Hand drückte. Der Bauer konnte nicht anders, als einmal durch die moderne Zieloptik zu blicken. Daraufhin holte er höchstpersönlich Bier und Schnaps aus dem Keller. Die beiden verbrachten den ganzen Tag in der Stube, aßen und tranken. Der alte Simon saß gern mit dem alten Peters zusammen, weil er dabei nicht viel reden musste. Peters fühlte sich wohl beim Simonbauer, weil er meinte, der könne so gut zuhören, was eine ganz seltene Qualität bei reiferen Männern sei.

Als Simon zurück zu seiner Arbeit gegangen war, im Schatten hinter dem Hof Holz hackte, kam Jens zu ihm, wieder ganz in Schwarz, in Leinenhose und T-Shirt. Simon entdeckte den Ansatz einer Tätowierung unter einem Ärmel. Er solle sich nichts daraus machen, sprach Jens ihn an. Das sei die Art seines Vaters, jemandem seine Zuneigung zu zeigen. Er würde jeden beschenken, den er mochte.

Er müsse das ja wissen, meinte Simon zornig und hackte weiter.

Allerdings, das wisse er wirklich verdammt gut, lächelte Jens. Da entspannte sich Simon ein wenig und machte eine Pause. Bei einer Zigarette fragte Jens ihn nach dem Weg zum Bergsee. Simon zeigte ihm den Findling mit der Buche, wo der Holzweg in den Wald hinein-, steil bis zum Geröllfeld und weiter zum See hinaufführte.

Jens hörte gar nicht so genau hin, fragte, ob er nicht Lust habe, mitzukommen, um mit ihm schwimmen zu gehen.

Schwimmen!, wiederholte Simon lachend. Nein, das sei nicht möglich, er hätte zu arbeiten. Ja, auch bei dem schwülen Wetter. Ein Bauer ginge nicht baden, sagte er und ärgerte sich im selben Moment, weil er sich genau wie sein Vater anhörte.

Jens schien etwas enttäuscht, meinte, er sei doch gar nicht der Bauer.

Simon drehte sich weg und hackte stumm weiter, also ging Jens alleine los.

Simon hielt erst wieder inne, als er aus den Augenwinkeln sah, dass Jens schon im Wald verschwunden war. Dann arbeitete er weiter, noch schneller, fast manisch, bis er so kräftig auf den Hackstock drosch, dass er beim Versuch, die Axt herauszuziehen, erschöpft auf den Boden sackte.

Schweißgebadet nahm er eine Abkürzung und gelangte in das steile Gelände oberhalb des Bergsees. Dort pirschte er sich durch die Latschen von oben heran, bis er den kleinen See überblicken konnte und Jens entdeckte, der am gegenüberliegenden Ufer auf einem flachen Felsen in der Sonne saß. Er steckte einen Fuß ins Wasser und zog ihn so schnell wieder heraus, dass Simon schmunzeln musste.

Als Simon sich hinsetzte, löste sich ein Stein, der bis ins Wasser hinunterkullerte. Er duckte sich, als Jens in seine Richtung sah. Dann begann Jens sich ganz langsam auszuziehen, Simon sah die großflächige, abstrakte Tätowierung, die sich über die Schulter und einen Teil des Rückens erstreckte. Splitternackt legte er sich auf den Stein. Er schien kaum Muskeln zu haben, war nicht einmal sehnig wie andere Männer aus der Gegend. Er hatte kein Gramm überflüssiges Fett an den Hüften, war einfach nur schlank und wirkte trotz der unheimlichen Bemalung geradezu unschuldig auf Simon. Er beobachtete ihn noch eine Weile, bis er sich losriss und zu seiner Arbeit zurückkehrte.

Der Mercedes fuhr am übernächsten Tag vor und Herr Peters verabschiedete sich. Jens blieb im Wagen und schoss durch das heruntergekurbelte Fenster Fotos. Als Simon ihn bemerkte, verkroch er sich im Stall. Ein Bild, das knapp davor gemacht wurde, zeigt ihn, wie er sich mit geschulterter Mistgabel zornig nach der Kamera umdreht.

Den restlichen Sommer und über den Herbst liefen die Umbauarbeiten am Nachbarhof auf Hochtouren. Weder Herr Peters noch sein Sohn besuchten in dieser Zeit die Gegend.

Wenn sie keinen Auftritt hatten, traf Simon sich mit seinen Musikerkollegen donnerstags im Keller des Wirtshauses, um zu proben. Danach spielten sie üblicherweise noch ein wenig Karten. Simon hielt sich meist nicht lange auf und ging spätestens nach dem zweiten Bier nach Hause. Einmal aber stürmte es draußen so sehr, der erste Schneeregen prasselte lautstark an die Fensterscheiben, dass Simon sich dazu überreden ließ, noch ein wenig zu bleiben und abzuwarten, bis der Sturm sich legen würde. Sie tranken und karteten weiter, bis der Gitarrist wieder Lust verspürte, zu musizieren.

Der Wirt schlug vor, dass sie in der Stube spielen könnten. Als sie zögerten, stellte er klar, dass die Getränke aufs Haus gingen. Während die vier ihre Instrumente aus dem Keller holten, schickte der Wirt seine beiden Söhne hinaus in das Sauwetter, damit sie ein paar Leute zusammentrommelten.

Die *Wüdn Manda* waren längst bis über das Tal hinaus bekannt. Sie spielten Volksmusik und Schlager, die sie zeitgemäß interpretierten – dafür bekamen die modernen Stücke in ihrem Repertoire, alleine durch die Instrumente, einen ländlichen Anstrich. Ihr besonderer Kniff war es, bei populären Liedern Teile der Melodie zu wiederholen, mit kleinen Variationen, insbesondere was das Tempo betraf. So erkannte man die gängigsten Hits nicht auf Anhieb, und selbst abgedroschene Nummern erschienen in einem frischen Gewand. Die Tempowechsel fielen Simon meist recht spontan ein, seine Kollegen vermochten ihm aber mit kleinen Verzögerungen zu folgen, was zu ihrem unverwechselbaren Stil und Markenzeichen wurde.

Manche Liebhaber der alten Lieder fanden die Interpretationen respekt- und geschmacklos. Anderen gefiel das ganz besonders – beinahe jeder hatte eine Meinung zur Musik der *Manda*.

Bei dem Wetter ließen sich keine drei Dutzend Zuhörer, darunter Elisabeth und zwei ihrer Freundinnen, von den Kachelöfen der nächstgelegenen Höfe weglocken. Wer kam, wurde vom Wirt mit Zirbenschnaps begrüßt und erlebte einen außergewöhnlichen Abend. Das mag am Wetter gelegen haben und am Alkohol, aber das wirklich Besondere und Bemerkenswerte war die musikalische Wandlung, die sich im Laufe des Abends vollzog.

Die *Manda* hatten ihr Repertoire für ihre Auftritte schon längst beisammen und ausreichend erweitert. So hatten sie begonnen, bei den Proben andere Lieder zu spielen, rare Melodien aus dem Radio oder von den Platten, die zwei von ihnen sich gelegentlich in der Stadt besorgten. Bald übertrumpften sie sich darin, Ausgefalleneres zu finden und die anderen damit zu missionieren. Das fing bei leichten Rock 'n' Roll-Nummern an und setzte sich allmählich in Richtung Hardrock und Jazz fort. Im Probekeller machten sie sich einen Spaß daraus, Stile, Rhythmen und Melodien zu vermischen und sich an kleinen Improvisationen zu versuchen. Gerade in den Momenten, in denen alles aus dem Ruder lief, die Freiheit zum Chaos geriet und ein Stück darin implodierte, entwickelten sie sich weiter, erkannten ihre Grenzen und verschoben diese. Auf den Hochzeiten, Feiern runder Geburtstage, den Heimatabenden oder den Dorffesten war davon nichts zu hören. Sie spielten die erprobten Stücke und hielten sich an Simon, der bestimmte, wann und wie sie Tempo und Rhythmus wechselten. Er hatte eine sichere Hand dafür, wie viel davon dem jeweiligen Publikum zuzumuten war.

An diesem Abend allerdings, vor der kleinen Gruppe vom Wind zusammengewehter Nachbarn, getrauten sie sich weiterzugehen, sie spielten konzentriert, wie bei einem Auftritt, aber mutig und experimentierfreudig wie bei ihren Proben. Mit jedem Lied lösten sie sich von ihrem Standard, mit jedem Bier wurden sie gewagter, ihre Zuhörer ließen sich mit jedem Schnaps in bessere Stimmung versetzen. Elisabeth, die eigentlich als zurückhaltendes Mädchen galt, tanzte zusammen mit ihren Freundinnen wild vorne weg und steckte einige der älteren Semester an. Alle begannen sich zu bewegen, wer nicht tanzte, wackelte und zuckte auf seinem Sitzplatz herum. Niemand tanzte paarweise, ein jeder für sich, mit der Musik, im Geiste vielleicht mit den Musikern, und niemand wurde blöd angeschaut angesichts der ungewöhnlichen Verrenkungen, zu denen sich so manche hinreißen ließen. Bloß der Wirt wunderte sich darüber und dachte, dass der Zirbenschnaps, den er laufend nachgoss, vielleicht nicht in Ordnung sei.

Wenn die Musiker eine Pause machten, um bei einem Schluck Bier zu verschnaufen, sahen Simon und Elisabeth sich an, aufgewühlt und verschwitzt, als hätten sie gerade einen intimen Moment miteinander geteilt.

Die *Manda* spielten über drei Stunden lang, bauten aus kleinen Melodien ausgewachsene Stücke und brauchten nicht einmal ihr halbes Repertoire auszuschöpfen, um sich von allen musikalischen Ketten zu befreien, wie sie es selbst nicht für möglich gehalten hatten. Sie spielten bis zur körperlichen und emotionalen Erschöpfung.

Als der Wirt das Licht aufdrehte, das Radio einschaltete und die altbekannte Volksmusik zu hören war, gingen die meisten verwirrt, wie aus einer Trance erwacht nach Hause.

Elisabeth fragte Simon, ob er mit ihr noch irgendwo hingehen wolle. Es gab keine Bar, keine Diskothek in dem Dorf, und während Simon noch überlegte, meinte sie, sie könne einfach noch nicht schlafen gehen. Ihm ging es genauso, also nickte er.

Elisabeth wartete vor dem Wirtshaus auf ihn, aber die *Manda* ließen sich Zeit, um ihre Instrumente in den Keller zu räumen, wo sie sich noch über den Abend unterhielten, über die unerhörte Wirkung der Lieder, von der sie immer noch durchdrungen und euphorisiert waren. Das dauerte Elisabeth zu lange, irgendwann war es ihr zu dumm und sie lief heim.

So stapfte Simon spätnachts alleine durch den ersten Schnee nach Hause. Er fühlte sich gar nicht betrunken, sondern immer noch beschwingt vom besten Konzert seines Lebens, dessen Melodien in ihm nachhallten und ihn noch wachhielten, als er längst im Bett lag, wo er diesen Abend in seinem Tagebuch als den schönsten seines Lebens festhielt.

Bis zum Winter waren die gröbsten Umbauarbeiten beendet, der vordere Teil des Nebenhofes war außen saniert, innen modernisiert und erwartete die deutschen Pächter zum Skiurlaub.

Pünktlich zu Weihnachten fuhr der Mercedes vor, voll beladen mit Skiausrüstungen und dem Nötigsten für das gerade fertiggestellte Appartement. Jens war nicht in dem Wagen. Stattdessen half Herr Peters einer jungen

Frau heraus, die in Pelzmantel und auf Stöckelschuhen durch den Schnee bis in die Stube des Simonhofs stakste. Sie überreichte Uschi einen Sack voller kleiner Weihnachtsgeschenke. Uschi war so beeindruckt von der Aufmachung der Dame, dass sie bei der Begrüßung einen Knicks machte und sich mehrfach und umständlich bei der vermeintlichen Frau Peters für die Geschenke bedankte. Peters verbrachte die Ferien mit seiner Begleitung vor dem offenen Kamin und den davor drapierten Fellen. Sie bekamen die beiden erst bei der Abreise wieder zu Gesicht.

In diesem Winter rutschten gelegentlich Skifahrer durch den Tiefschnee am Simonhof vorbei, weil auf der anderen Seite des Berges ein Lift den Betrieb aufgenommen hatte. Einmal verlangte ein deutscher Skifahrer nach einer Stärkung, als der junge Simon gerade aus dem Stall kam. Simon tat so, als würde er ihn nicht bemerken, auch dann noch, als der Mann mit ein paar Deutschen Mark direkt vor seiner Nase herumwedelte.

Was für ein störrisches, primitives Bergvolk sie doch seien, meinte der erschöpfte Mann, bevor er weiterfuhr.

Peters tauchte in diesem Winter noch ein paar Mal auf, der Mercedes war stets vollgepackt mit weiteren Einrichtungsgegenständen für das Appartement und jedes Mal stieg eine andere hübsche, junge Dame aus, wenn er galant die Beifahrertür öffnete. Uschi schüttelte darüber den Kopf und ärgerte sich flüsternd über den Lebenswandel des Gastes. Dem Simonbauern fiel dazu etwas Anzügliches ein, was die beiden Mädchen zum Kichern brachte, ohne dass sie es wirklich verstanden. Simon waren die Gewohnheiten des Pächters egal. Nach dessen Ankunft schaute er unauffällig zum Wagen, aber erwartete Jens längst nicht mehr.

Einmal, beim Abendessen, brummte der Vater zu Simon, er könne sich eine Scheibe abschneiden von Peters. So ginge man mit Frauen um, man halte ihnen die Tür auf, schon würden sie liebend gerne ein- und aussteigen. Dass auf seinem Moped keine Dame Platz nehme, wundere ihn nicht.

Simon machte keinen Mucks, Uschi versuchte, den Bauern mit einem eindringlichen Blick zum Schweigen zu bringen, aber der Vater fuhr fort, er meine es ja nur gut mit ihm. Er wisse auch nicht, warum aus ihm kein richtiger Mann …

Weiter kam er nicht, denn Simon stand vom Tisch auf, ohne das Messer aus seiner Hand zu geben. Er schaute den Vater an und wartete, was er als Nächstes von sich geben würde. Uschi drückte die Hand ihres Mannes, um ihn vom Weiterreden abzuhalten, bis Simon endlich das Messer fallen ließ und hinausging. Danach mieden Vater und Sohn einander noch konsequenter.

Im Frühjahr versammelte sich die Gemeinde im großen Saal des Wirtshauses, der sonst nur für Hochzeiten oder nach Begräbnissen geöffnet war. Auf einem Podium stand der Bürgermeister vor dem Mikrofon, hinter ihm saß der Chef einer Liftbaufirma.

Die Einladung an die Dorfbewohner war mit *Fortschritt – zur Zukunft unseres schönen Dorfes* betitelt. Es erschienen fast nur Männer, bloß eine Handvoll Frauen saß gemeinsam an einem Tisch am Rand des Saales. In einer hinteren Ecke stand auf einem Stativ eine Filmkamera, die von einem Mitarbeiter des Liftunternehmers bedient wurde.

So lässt sich vielleicht erklären, warum der Bürgermeister in einem sonderbaren Hin und Her aus Dialekt und brüchigem Hochdeutsch sprach und immer wieder nervös in die Kamera schaute. Mehrfach bedankte er sich bei dem Initiator der Zusammenkunft für dessen Kommen und insbesondere für das gespendete Freibier. Jedes Mal, wenn dieses Wort fiel, wurden im ganzen Saal die Bierkrüge zum Dank gehoben. Dazwischen stellte der Bürgermeister die Pläne zum Bau eines Sesselliftes und zweier Schlepplifte vor. Nachdem der Gemeinderat zu keinem Beschluss gekommen war, warb er auf dieser Bühne für die Zustimmung des Dorfes.

Dem Freibier zum Trotz waren sich die Versammelten uneins. Es entbrannte eine erbitterte Diskussion. Sie wussten längst von dem Vorhaben und dem geplanten Verlauf der Lifttrassen und Pisten und hatten sich schon an ihren Stammtischen auf der einen oder der anderen Seite positioniert. Es gab einige, die für die Investitionen waren, aber die Gegner argumentierten vehementer. Die einen wollten ihre Felder nicht verbauen, ihre Wälder nicht schlägern lassen, andere waren dagegen, weil ihre Gründe eben nicht betroffen, sie ohne Aussicht auf die Pachtzinsen waren und hofften, dass die Pläne so geändert würden, dass sie selbst profitierten.

Die möglichen Erträge erschienen auf den ersten Blick bescheiden. Aber es handelte sich um Zusatzeinnahmen, für die man keinen Finger zu rühren brauchte, so versteht sich, dass dies Begehrlichkeiten wecken konnte. Die wenigen, die keine Bauern waren und doch etwas zu sagen hatten, wie der Schmied, der Zimmermann, der Krämer und der Wirt, waren durchwegs für den Bau der Lifte, weil sie sich einen wirtschaftlichen Aufschwung für das gesamte Dorf erhofften.

Simon saß als Vertreter des Simonhofs alleine unter den Bauern, weil sein Vater die Fuchsjagd auf den letzten verbliebenen Schneefeldern in dieser Vollmondnacht der Versammlung vorgezogen hatte. Der Jungbauer hielt sich aus der Debatte heraus und hörte sich die Argumente der anderen an. Die Zwischenrufe mehrten sich, immer wieder sprang jemand auf, um einen anderen zu unterbrechen oder gar zu beschimpfen, bis das Ganze zu einem wilden Durcheinander geriet, in dem keiner mehr einen anderen verstehen konnte.

Erst der Bürgermeister vermochte die Gemüter mithilfe seiner Stimmgewalt und des Mikrofons zu besänftigen. Als es endlich ruhig war, übergab er das Wort an den Chef der Liftbaufirma. Dieser berichtete von den positiven Entwicklungen, die andere Dörfer genommen hätten, nachdem sie in die entsprechende Infrastruktur investiert und es zu einem Wohlstand gebracht hätten, der ohne den Skitourismus niemals möglich gewesen wäre. Dann erklärte er die Pachtverträge im Detail, betonte, es handle sich um geschenktes Geld für die im Winter ungenützten Wiesen. Aber alle, nicht nur die Bauern, würden von den Fremden profitieren, jeder Handwerker, der Wirt, der Krämer, jeder, der ein Zimmer zu vermieten hätte, alle könnten sich etwas dazuverdienen. Es würden neue Arbeitsplätze geschaffen werden für die Jungen, die nicht weggehen müssten, um woanders eine Anstellung zu finden. Seine Firma würde sich nicht nur an den Bergbahnen beteiligen, die mehrheitlich im Besitz der Gemeinde blieben, sondern auch den Bau eines Hotels mitfinanzieren. Die Fremden würden ihr Geld in das Dorf tragen, man brauche nur die Voraussetzungen dafür schaffen und sie als Gäste willkommen heißen. Noch einmal schwärmte er von den Erfolgsgeschichten anderer Orte und forderte die Versammelten dazu auf, an die nächsten Generationen, an die Kinder zu denken, an deren Zukunft und Wohlstand.

Kaum hatte er die Rednerbühne verlassen, flammte die Diskussion erneut auf. Die Anzahl der Gegner war geschrumpft, dafür stritten die verbliebenen Opponenten umso erbitterter, wiederholten die Namen der touristischen Orte und meinten, die anderen sollten doch dorthin ziehen, wenn sie unbedingt mit dem Lift auf den Berg fahren wollten.

Schließlich fragte einer der Bauern Simon um seine Meinung. Auch ein anderer forderte ihn auf, Stellung zu beziehen, immerhin war der Simonhof einer der am stärksten betroffenen Landwirtschaftsbetriebe. Laut den Plänen würde ein Sessellift durch seinen Wald geführt werden und unterhalb des Hofes enden, einer der beiden Schlepplifte und die dazugehörige Abfahrtspiste würden die Gründe des Hofes am anderen Ende streifen.

Simon saß noch immer bei seinem ersten Freibier. Er antwortete nicht sofort, stand nicht auf, als es ruhiger wurde, bis tatsächlich alle hören wollten, was er zu sagen hatte.

Endlich räusperte er sich und meinte, er sei Bauer. Er sei kein Zimmervermieter, kein Liftbetreiber, kein Wirt, sondern nur ein Bauer und strikt dagegen, dass auf dem Grund und Boden des Simonhofs Liftanlagen errichtet würden.

Es mag einen schon erstaunen, dass Simon sich gegen den Bau der Lifte stellte, wo er doch am Hof für den technischen Fortschritt eintrat. Vielleicht lag es am jahrelangen Hinhalten, dass er dem Bauer-Sein eine geradezu existenzielle, wohl auch romantische Bedeutung beimaß.

Die Auseinandersetzung entbrannte wieder in wildem Durcheinander, bis der Bürgermeister so laut ins Mikrofon brüllte, dass ein unerträglicher Pfeifton alle verstummen ließ.

Abseits des Mikrofons, aber laut genug, dass die meisten es hören konnten, machte er eine Bemerkung darüber, dass er gehört habe, dass man am Simonhof nicht ganz abgeneigt war, das eine oder andere Zimmer zu vermieten.

Dann sprach er wieder ins Mikrofon, meinte, Simon habe gar kein Recht, für den Simonhof zu sprechen. Nur der rechtmäßige Bauer könne das tun. Mit dem habe er schon vorab die Pläne diskutiert und er stehe der Sache äußerst positiv gegenüber.

Ob der Simonbauer sich aus wirtschaftlicher Weitsicht für den Bau der Liftanlagen ausgesprochen hatte oder bloß, um seinen Sohn zu düpieren, ließ sich nicht restlos klären.

Simon fühlte sich verraten, verloren, fand keine Worte und lief rot an, als einige ihn auslachten, bis sie sich alle wieder in den Streit stürzten. Kreuz und quer redeten sie aufeinander ein, beschuldigten sich gegenseitig, den Fortschritt zu bremsen oder sich an ihn zu verkaufen. Auf dem Schmalspurfilm lässt sich nicht mehr viel erkennen, zu viele waren von ihren Sitzen aufgesprungen und gestikulierten wild durch die Luft.

Der Bürgermeister versuchte erneut, die Aufmerksamkeit an sich zu reißen. Erst als er das Licht mehrmals aus- und wieder einschaltete, konnte er sich Gehör verschaffen. Er schlug vor, die Debatte auf einen anderen Termin zu verschieben und zum Höhepunkt des Abends zu kommen: der auf den Einladungen versprochenen Filmvorführung. Einige schimpften noch zu Ende, andere murrten, aber den Film wollten sie alle sehen, also kehrte allmählich Ruhe ein, als das Licht ausging.

Wie der Seilbahnunternehmer an den recht aktuellen, oscarprämierten Film gekommen war, ließ sich nicht mehr recherchieren, aber vermutlich spielte der Zufall dabei eine bedeutende Rolle. Auf den ersten Blick war *Rocky* nicht der ideale Streifen, um im Publikum für geeinte Zustimmung zu seinem Vorhaben zu sorgen. Vielleicht aber hatte er sich ganz genau überlegt, ausgerechnet diesen Film zu zeigen, und einkalkuliert, was passieren würde.

Zu Beginn herrschte Ruhe im Publikum, alle starrten auf die riesigen Lettern, die an die weiße Wand projiziert wurden. Sobald die ersten Kampfszenen auf der Leinwand zu sehen waren, feuerten Einzelne die Boxer lauthals an, andere ermahnten sie, still zu sein. Bald danach fingen einige an, sich zu langweilen und forderten mehr Bier, es gab erheiternde Zwischenrufe, vereinzelt wurde halblaut wieder über den Bau der Skilifte diskutiert. Dann begann Rocky mit seinem Training für den großen Kampf und alle warteten gespannt auf den Showdown. Als endlich der Gong zur ersten Runde ertönte, feuerten sie Rocky an, es dauerte nur ein paar Fausthiebe und die ersten Männer sprangen von ihren Sitzen auf, andere beschwerten sich, nichts zu sehen, und so kam es bald zu ersten Handgreiflichkeiten, wenig später wurde die erste Ohrfeige verteilt, dann ging es schnell, bis im Saal die Fäuste flogen.

Es ist zu schade, dass es keine Filmaufnahmen davon gibt, wie die Männer, vom Film inspiriert, übereinander herfielen, während der Projektor die Bilder des Faustkampfes auf ihre Körper warf und sich an den Wänden eine martialische Mischung aus Film und Schattenspiel entfaltete.

Der Seilbahnunternehmer suchte als Erster das Weite, dahinter seine Helfer, die Kamera und Projektor in Sicherheit brachten. Frauen und Kinder folgten ihnen nach draußen, während Bürgermeister und Wirt versuchten, die Raufbolde zu trennen, aber sie mussten bald einsehen, dass es sinnlos war – sie wurden selbst in den Kampf verstrickt, denn wer nicht attackierte, war damit beschäftigt, sich zu verteidigen.

Simon war mittendrin, hatte einige Schläge abbekommen und angefangen, sich zu wehren, als ein Ellenbogen ihn im Gesicht traf, er benommen und blutend auf dem Boden landete und sich in eine Ecke verkroch.

Er hatte sie den ganzen Abend nicht gesehen, aber plötzlich war Elisabeth bei ihm und wischte ihm mit einem Taschentuch das Blut aus dem Mundwinkel. Sie beugte sich zu ihm. Sie küssten sich lange und intensiv und bekamen nichts mehr mit von dem Radau, der sich um sie abspielte.

Eine Rauferei war selten und anstrengend, selbst die stärksten Männer hielten nicht lange durch, gingen an den Tresen, um etwas zu trinken, oder nach Hause. Elisabeth und Simon waren unter den letzten Gästen. Wer es noch mitbekam, staunte, als die beiden aus ihrer Ecke herauskrochen und Hand in Hand nach draußen schritten.

Simon begleitete Elisabeth nach Hause, zum stattlichen Hof ihrer Eltern. Sie küssten sich noch einmal lange, streichelten sich dabei. Nachdem sie sich aus seinem Arm gelöst hatte, wartete er noch, bis ein Licht in einem der Zimmer anging, sich das Fenster öffnete und sie ihn noch einmal anlächelte, damit er sicher wusste, wo sie schlief.

Am Nachmittag des übernächsten Tages war die Neuigkeit zu Uschi durchgedrungen. Unweigerlich trug sie die ganze Zeit ein Lächeln auf den Lippen, wenn sie Simon sah. Überhaupt war sie bestens gelaunt, summte ständig Melodien, war gesprächig und schimpfte nicht mit den Mädchen, wenn sie irgendeinen Blödsinn trieben, sondern lachte darüber oder machte einfach mit.

Als der Simonbauer endlich von der Jagd zurückkam, sie sich zum Abendessen hinsetzten, beteten und zu essen begannen, hielt sie es nicht mehr aus. Was er denn mit der Tochter vom Hofstätterbauern vorhabe, fragte sie Simon. Die Mädchen begannen zu kichern, der Vater blickte aus seinem Suppenteller hoch, zuerst zu Uschi, dann zu Simon. Er schaute ihn so lange an, wie er es seit Jahren nicht mehr getan hatte. Die Hofstätterin, das sei eine gute Partie, brummte er schließlich. Respekt! Die könne er ruhig nehmen. Es sei ja höchst an der Zeit. Bloß nicht vermasseln solle er es. Zu früh gefreut hätten sich schon viele. Er wollte seinen Sohn beglückwünschen, aber es fiel ihm nichts Besseres ein, als noch ein paar Mal, während er weiteraß, Respekt! zu murmeln und ihn kurz aus den Augenwinkeln anzusehen.

So verwirrt Simon in diesen Tagen war, es tat ihm gut, inmitten seiner Familie zu sitzen, die Mutter so fröhlich zu erleben, den Vater zumindest ansatzweise stolz. Uschi fragte ihn noch einmal verschmitzt lächelnd, was es mit der Tochter des Hofstätterbauern auf sich habe. Da wurde es ihm zu viel. Er ging hinaus, nicht flüchtend, mit Bedacht, aber ohne sich zu erklären.

In der Dunkelheit lief er in den Wald, in weitem Bogen ins Tal, umrundete den Ort, dann wandelte er durch die menschenleere Straße hinein ins Dorf und fand sich vor dem Hofstätterhof wieder. Er schlich um das Gebäude, fand eine Leiter und trug sie zu dem Fenster, wo er Elisabeths Schlafzimmer wusste. Simon richtete sie auf, doch er zögerte, sie an die Hauswand zu lehnen. So stand er eine Weile da, bis die Leiter umkippte. Er konnte sie gerade noch abfangen, bevor sie um ein Haar durch das Fenster gekracht wäre. Dann stellte er sie zurück hinter den Hof und ging grübelnd nach Hause.

Das erste Heu war eingefahren. Simon zerbrach sich nicht mehr den Kopf darüber, wann er endlich Bauer würde. Er dachte oft an Elisabeth, komponierte für sie ein Lied, eine kleine Melodie ohne Text, an der er herumfeilte und die er ihr bald vorspielen wollte. An den warmen Nachmittagen saß er mit seiner Ziehharmonika in der Scheune, wo er stundenlang spielte, wenn die Arbeit es zuließ. So bemerkte er den vorfahrenden Mercedes nicht.

Herr Peters fand den Simonbauern auf seinem sommerlichen Lieblingsplatz hinter dem Haus beim Putzen seiner Büchse. Das Wiedersehen war den beiden ein willkommener Anlass, um sich ein paar Schnäpse zu genehmigen.

Jens folgte den Klängen der Musik in die Scheune. Durch die Ritzen der Bretterwand fiel das Sonnenlicht in Streifen auf Simon, der mit seinem Instrument im Heu saß. Der Staub von Heu und Stroh schwebte und wirbelte im Licht, als würde Simon die feinen Teilchen mit seiner Musik zum Tanzen bringen. Jens lehnte sich an die Eingangstür, sah Simon beim Spielen zu und wäre dort im Schatten noch lange unentdeckt geblieben, wenn er nicht hätte niesen müssen und die Musik so jäh zum Verstummen brachte. Simon fragte, wer da sei. Als er keine Antwort erhielt, legte er die Ziehharmonika jaulend beiseite und ging zum Eingang, entdeckte Jens aber erst, als er nur mehr zwei Schritte von ihm entfernt war.

Ob er Lust hätte, mit ihm an den Eissee zum Schwimmen zu gehen, fragte Jens lächelnd.

Simon schüttelte den Kopf, nein, er habe weder Lust noch Zeit dazu. Er deutete in Richtung des Nachbarhofes und meinte, dort sei die Ferienwohnung, aber hier, am Simonhof, habe er nichts verloren. Dann ging er zurück und ließ sich wieder ins Heu neben sein Instrument fallen, wo er angespannt wartete, bis Jens sich endlich umdrehte und wegging.

Inzwischen gab Peters ein paar abenteuerliche Jagdgeschichten aus Kanada und Afrika zum Besten, bis der Simonbauer, vom Alkohol befeuert, ungewöhnlich wortreich über die Jagd hier in seiner Heimat ins Schwärmen geriet.

Er begeisterte seinen Gast so sehr, dass dieser ihm ein Geschäft vorschlug. Der Bauer solle ihn zu den besten Pirschplätzen führen. Für eine stattliche Summe vereinbarten sie, dass Peters einen Rehbock, gegen Aufpreis auch einen Hirsch erlegen dürfe. Peters besaß keine Jagdlizenz, daher handelte es sich um eine vertrauliche Abmachung unter Freunden.

Am folgenden Nachmittag kam Jens erneut zum Hof und fragte nach Simon, aber die Mädchen wussten, dass er mit dem Motorrad weggefahren war.

Als er anderntags abermals vorbeischaute, war Simon wieder nicht aufzufinden, weil er sich in der Scheune verkrochen hatte. Von dort konnte er Jens dabei beobachten, wie er eine Weile mit seinen Schwestern Federball spielte und sich schließlich alleine zum Bergsee aufmachte, nachdem auch die Mädchen nicht mitkommen wollten.

Jens legte sich mit hochgekrempelter Hose und nacktem Oberkörper auf den Felsen am Seeufer. Nach einer Weile hörte er herabstürzende Steine auf der anderen Seite des Wassers und sah, wie Simon zwischen den Latschen auftauchte und über das Geröllfeld zu ihm heruntersrutschte.

Ob er seine Badehose vergessen hätte, fragte Simon, als er bei Jens am Felsen ankam.

Er würde lieber nackt schwimmen, entgegnete er. Hier würde ihn ja niemand sehen.

Simon beugte sich über den Felsen und tauchte eine Hand ins Wasser, das vielleicht zehn Grad warm war.

Jens spürte, dass auch Simon sich freute, ihn wiederzusehen, aber der getraute sich kaum, ihm in die Augen zu blicken. Simon setzte sich neben ihn auf den Felsen und warf kleine Steine ins Wasser. Jens redete über die Schönheit des in Blau und Türkis schimmernden Sees, der so verlockend sei, so einladend und gleichzeitig so abweisend kalt. Dann erzählte er von dem Appartement, das sein Vater angeblich so scheußlich eingerichtet hätte. Als er auch noch auf das Wetter zu sprechen kam, unterbrach Simon ihn.

Warum er so lange nicht mehr gekommen sei, fragte er und sah ihn dabei immer noch nicht an. Er warf weiter Steine, bis Jens ihn am Armgelenk packte und festhielt. Simon hätte sich leicht aus dem Griff befreien können, aber er setzte sich nicht zur Wehr, schaute Jens endlich an. Der rückte näher zu ihm und streichelte ihm mit der freien Hand über seinen Nacken, dann zog er Simons Kopf ganz langsam zu sich, bis er ihn küssen konnte, zuerst ganz sanft, dann intensiv, heftig, bis Simon ihn abrupt von sich stieß und aufsprang. Er griff nach einem Stein von der Größe eines Fußballs und hob ihn hoch, direkt über Jens. Wütend schaute er auf ihn herab, so lange, bis er unter der Last des Steines zu zittern begann. Instinktiv nahm Jens eine Hand vor sein Gesicht, da ließ Simon den Brocken ins Wasser fallen. Einmal noch schaute Simon auf Jens hinunter, der ihm gar nicht so ängstlich erschien, obwohl er ihn um ein Haar erschlagen hätte. Ohne ein weiteres Wort lief Simon weg.

Die beiden Jäger trafen sich fast täglich frühmorgens, im ersten Licht der Dämmerung am Waldrand. Der Simonbauer suchte nur Plätze aus, bei denen er einigermaßen sicher sein konnte, auf keinen anderen Waidmann zu treffen. Er wählte meist nahe gelegene Waldlichtungen, denn Peters war zwar körperlich fit, aber ungeschickt, was das Pirschen betraf. Er schaffte es keine zehn Schritte, ohne dass ein Ast unter seinen Füßen knackte, er über eine Wurzel stolperte oder mit seinem Rucksack an einem Gestrüpp, Ast oder Baumstamm hängen blieb. Wenn sie sich am Rande einer Lichtung auf die Lauer legten, mussten sie erst einmal geduldig warten, bis die Geräusche ihrer Ankunft von den Waldbewohnern vergessen waren. Bald verfluchte der Simonbauer seinen Jagdgast im Stillen und bereute, dass er der illegalen Vereinbarung zugestimmt hatte. Einen so unerfahrenen Jäger an seiner Seite zu haben, verleidete ihm den Jagdgenuss. Dabei hatte Peters bei den Erzählungen von seinen Abenteuern in den exotischen Ländern den

Eindruck gemacht, ein erfahrener Experte zu sein, für den die Jagd auf die wenig gefährlichen Tiere des heimischen Waldes nichts Besonderes sein konnte.

Es dauerte fast eine Woche, bis endlich ein Ende dieser Tortur in Aussicht war, in Form eines prächtigen Rehbocks, den der Bauer für seinen Jagdgast erspäht hatte. Er legte das Gewehr auf einem gefällten Baumstamm bereit, damit dieser nur noch anvisieren und abzudrücken brauchte. Den Finger am Abzug zielte Peters, er zielte und zielte, obwohl der Rehbock nur gelegentlich äste und sich nicht von der Stelle rührte. Der Simonbauer hätte ihm am liebsten einen Klaps, nein, einen kräftigen Schlag auf den Rücken gegeben, damit der Schuss sich endlich löste. Da nahm Peters sein Auge vom Zielfernrohr, schaute zu seinem Begleiter und meinte leise flüsternd, er wolle eigentlich doch lieber einen Hirsch erlegen, wenn das möglich sei.

Als er in das Gesicht des Simonbauers blickte, wurde ihm augenblicklich klar, dass dies der falsche Moment war, um es sich anders zu überlegen. Er sah erneut durch das Zielfernrohr und zog kurz darauf den Abzug. Ob das Tier aufgeschreckt und schon in Bewegung war, als der Schuss es traf, oder Peters nicht gut genug zielte, war nicht eindeutig festzustellen. In jedem Fall flüchtete der Bock in den Wald zurück. Der Simonbauer entriss seinem Gast die Büchse und suchte durch das Zielfernrohr nach dem Tier, aber es war verschwunden.

An der Stelle, wo der Bock geäst hatte, fand er Blutspuren. Er sprach kein Wort mit seinem Jagdgast, als er der Fährte in den Wald folgte, Peters trottete ihm enttäuscht hinterher. Als er einmal zu oft einen Ast unter seinen Füßen zum Knacken brachte, blieb der Simonbauer stehen, drehte sich nach ihm um und meinte, er solle sich schleichen. Verpissen solle er sich, stellte er klar, als Peters nicht sofort begriff.

Ein Fehlschuss könne bei der Jagd schon einmal passieren, meinte Peters, der nicht verstand, warum der Bauer so aggressiv war.

Er habe noch nie ein Tier angeschossen und keinen Suchhund, mit dem er die Fährte des verwundeten Rehbocks aufnehmen könnte, zischte der Bauer ihn an. Er könne keinen unfähigen Flachländer gebrauchen, wenn er das hier zu Ende bringen wollte. Für die Nachsuche brauche es einen Ehrenmann. Damit ließ er Peters zurück.

Der Simonbauer benötigte den ganzen Tag, um das angeschossene Wild schließlich in einem Dickicht aufzustöbern, den Fangschuss anzusetzen, es auszunehmen und ins Tal zu schaffen. Er blieb ein paar Tage daheim, an denen er das Tier hinter dem Hof verarbeitete, das Haupt auskochte und präparierte. Dann brachte er die Trophäe Peters persönlich in dessen Appartement. Er ließ sich nicht dazu überreden, einen Whisky mit ihm zu trinken, obwohl es ihn schon interessiert hätte, wie der schmeckte. Nicht einmal hinsetzen wollte er sich, sondern die versprochene Prämie für den Abschuss kassieren.

Peters begutachtete die Trophäe nur kurz und wenig begeistert. Er habe den Rehbock ja nicht erlegt, meinte er schließlich kühl. Der Simonbauer ballte die Faust in seinem Hosensack, vermochte sich aber zu beherrschen.

Es habe ihn all seine Kraft gekostet, das Tier von dem Leiden zu befreien, das er ihm angetan hatte. Eine Schande sei es, ein Tier zu verwunden.

Peters gab ihm die Trophäe zurück. Der Simonbauer legte das Geweih mit den gebleichten Schädelknochen auf einer Vitrine ab, dann streckte er Peters die offene Hand entgegen. Der schüttelte den Kopf und meinte, das Geld habe er nicht in bar bei sich. Der Bauer wirkte bedrohlich, also vertröstete er ihn und versprach, es bei nächster Gelegenheit von der Bank zu besorgen und ihm vorbeizubringen. Endlich ließ der Simonbauer ihn in Ruhe und ging zurück zum Hof, ohne Trophäe, ohne Geld und ohne Verabschiedung.

Gegen Ende dieser Woche spielte Simon mit den *Wüdn Manda* auf einer Bauernhochzeit im Ort. Fast das ganze Dorf hatte sich herausgeputzt und feierte auf dem und um den eigens gezimmerten Tanzboden. Es gab sogar eine zweite Musikgruppe, mit der die *Manda* sich abwechselten.

Die Auswahl der zu dieser Zeit bei einem solchen Anlass beliebten Volksmusik, Schlager und volkstümlichen Lieder überließ Simon dieses Mal ganz seinen Kollegen. Er spielte ohne Fehler, aber lustlos und uninspiriert, überraschende Variationen der Stücke blieben aus. Er trank unüblich viel.

In einer Spielpause stellte sich Simon an die Schnapsbar und trank weiter, bis Elisabeth ihn unvermittelt mit auf die Tanzfläche zog, wo sie wild herumwirbelten und sie ihn erst drei Stücke später wieder losließ. Sie flüsterte ihm ins Ohr, dass er sie in dieser Nacht in ihrem Zimmer aufsuchen solle.

Das halbe Dorf sah sie tanzen und wie sie sich danach küssten. Die Bäuerin vom Hofstätterhof nickte Uschi freundlich zu. Die Mütter zeigten sich gleichermaßen zufrieden, dass ihre Kinder, die es beide mit dem anderen Geschlecht nicht sonderlich eilig hatten, einander versprochen waren.

Nach der letzten Nummer verstaute Simon die Ziehharmonika im Keller des Wirtshauses und ging geradewegs zum Hofstätterbauern, nahm die Leiter zur Hand und stieg hinauf zu Elisabeths Zimmer.

Diese erschrak, als er durchs Fenster hereinstieg. Er kam sich einigermaßen blöd vor, als sie ihm erklärte, dass er die Treppe hätte nehmen können, weil diese praktisch nur von ihr benutzt wurde.

So kam es, dass Simon, etwas umständlicher als nötig, gut eine Woche vor seinem dreißigsten Geburtstag die erste Nacht bei Elisabeth verbrachte.

Sie habe nicht gewusst, dass er so ein guter Tänzer sei, meinte Uschi am nächsten Tag beim Mittagessen, gut gelaunt, gelöst, strahlend, weil das halbe Dorf sie darauf angesprochen hatte, was für ein schönes Paar die junge Hofstätterbäuerin und ihr Sohn doch abgaben und endlich etwas vorwärtsging in der Sache, an der sie schon wieder zu zweifeln begonnen hatte.

Der Simonbauer freute sich bestimmt auch darüber, aber ihn beschäftigte eine andere Sache. Es nagte an ihm, dass er so grob zu seinem Jagdgast gewesen war, wo der sich doch immer anständig, ja großzügig verhalten hatte. Er bereute, so sehr auf der Bezahlung des Abschusses bestanden zu haben. Es hatte ihm selbst nichts gekostet, denn die Jagdpacht entrichtete er ohnedies pauschal, und was konnte der Flachländer schon dafür, dass er kein brauchbarer Waidmann war.

Er gab sich einen Ruck und stattete seinem Pächter einen Besuch ab. Er überreichte ihm eine Flasche Schnaps und stellte klar, für den Rehbock kein Geld annehmen zu wollen. Die beiden versöhnten, ja verbrüderten sich in transnationaler Einigkeit. Ein paar Getränke später ließ Peters es sich nicht nehmen, den Rehbock doch wie vereinbart zu bezahlen. Sie kosteten sich durch die Whiskysammlung, betranken sich so gründlich, dass sie nebeneinander auf den Fellen einschliefen.

Als Simon in der Hitze des nächsten Tages zum Heuwenden mit dem Traktor über die Felder hinter dem Haus fuhr, war er so in Gedanken versunken, dass er gerade noch rechtzeitig anhalten konnte, als Jens sich ihm in den Weg stellte. Der rührte sich nicht, also ließ er den Motor ein paar Mal aufheulen. Dabei sahen sie einander in die Augen, bis Jens sich mit einem Lächeln umdrehte und in demonstrativer Gemächlichkeit in den Wald ging, hinauf in Richtung des Bergsees.

Simon wartete wie versteinert. Erst eine Weile nachdem Jens außer Sicht war, setzte er den Traktor wieder in Bewegung und zog weiter seine Bahnen durch das geschnittene Gras, zu schnell und ungewohnt schlampig.

Der Simonbauer kannte das perfekte Rezept gegen einen schweren Kater. Er frühstückte deftig, legte sich danach noch einmal aufs Ohr und ging am Nachmittag auf die Jagd. In der kühlen Waldluft ging es ihm bald besser. Gerade an solchen Tagen stieg er oft noch höher hinauf als gewöhnlich, zur anstrengenden Gamspirsch, denn wenn er sich auf seinen üblichen Plätzen weiter unten bequem auf die Lauer gelegt hätte, wäre er vom Schlaf übermannt worden.

Im felsigen Hochgebirge weit über sich erspähte er zwei Gämse. Er ärgerte sich, dass er das Fernglas zu Hause vergessen hatte, beobachtete die Tiere durch das Zielfernrohr der Büchse und erkannte einen zum Abschuss tauglichen, prächtigen Bock. Er hatte seit Jahren keine Gams mehr erlegt. Er versuchte, schnell und lautlos auf Höhe der Tiere in Schussdistanz zu gelangen. Nachdem er es mühsam über einen Felsen geschafft hatte, waren sie plötzlich verschwunden. Sie hatten ihn offenbar gewittert.

Außer Atem und erschöpft, aber ohne Enttäuschung, vielmehr angesteckt von einem Jagdfieber, das er seit Langem nicht mehr verspürt hatte, machte er sich an den Abstieg. Er war noch weit oberhalb des Bergsees, als er sich zu einer letzten Rast hinsetzte, den Rest seines Proviants verzehrte und dabei zwei Gestalten am Ufer des Sees entdeckte. Um auszumachen, wer sich dort bei dem Felsen herumtrieb, nahm er das Gewehr zur Hand und spähte durch das Zielfernrohr.

Was er im Fadenkreuz sehen musste, ließ ihn zittern, immer stärker, bis er nichts mehr erkennen konnte. Er legte die Büchse weg, dann nahm er sie wieder zur Hand und schaute noch einmal ungläubig hinunter, lange, genau. Als das Zittern wiederkehrte, zog er den Hahn und das leise Klicken der ungeladenen Waffe ließ ihn aufschrecken.

Schweißgebadet gelangte er am späten Nachmittag zum Simonhof und verkroch sich in voller Montur samt Waffe und einer Flasche Schnaps in die Ecke hinter dem Ofen und drehte das Radio an.

Niemand hatte ihn kommen gehört, die Mädchen erschraken, als sie ihn in der dunklen Ecke vorfanden und in sein düsteres, regungsloses Gesicht blickten. Uschi schickte sie hinaus und fragte ihn, was los sei. Aus dem Radio ertönte ein Bericht über das Finalspiel der Fußballweltmeisterschaft in Argentinien.

Obwohl er sich kein bisschen dafür interessierte, schien es, als wäre er in die Worte des Sprechers versunken. Uschi wusste, dass etwas Schlimmes geschehen sein musste. Sie schaltete das Radio aus und nahm seine Hand.

Er schaffte es nur einen Moment lang, sie anzusehen. Als sie ihn abermals danach fragte, was passiert war, versuchte er, etwas zu sagen, aber seine Stimme versagte, statt Worten entwich seinem Mund nur ein Hauch, begleitet von einer Schnapsfahne. Dann nahm er einen Schluck, direkt aus der Flasche, obwohl er wusste, dass Uschi das nicht gerne sah, schüttelte den Kopf und murmelte Simon, Simon, Simon. Noch einmal wiederholte er den Namen seines Sohnes, schüttelte erneut den Kopf und sackte in sich zusammen.

Was denn los sei mit dem Buben, versuchte Uschi es weiter und strich sanft über seine Finger, wie über die

Zitzen einer Kuh, die keine Milch gab. Es brauchte noch einige Streicheleinheiten, viel Geduld und ein paar tiefe Züge aus der Flasche, bis er wieder anfing, ein Wort auszusprechen, zuerst wieder nur ein Hauch, dann ein langes, fast staunendes *Ohhmm*. Immer wieder fing er von Neuem an. Als Uschi schon ahnte, was er sagen wollte, schaffte er es, das Wort *homosexuell* zu flüstern, beinahe vollständig, erst vor der letzten Silbe brach ihm die Stimme endgültig, Tränen kullerten über sein faltiges, ledernes Gesicht.

Uschi, die schon seit Langem so etwas geahnt, sich aber stets gegen den Gedanken gewehrt hatte, ließ sich nichts anmerken, streichelte ihn weiter und trank zum ersten und letzten Mal in ihrem Leben direkt aus der Schnapsflasche.

Jens und Simon sprachen danach kein Wort. Sie blieben auf dem Felsen liegen, der sie noch wärmte, als die Sonne längst hinter den steilen Felswänden verschwunden war. Sie berührten einander immer wieder, beiläufig, aber forschend und zogen sich erst an, als es schon beinahe dunkel war und Jens zu frösteln begann. Erst da brach dieser das Schweigen, meinte, er würde schon am übernächsten Tag mit seinem Vater nach Köln zurückfahren. Stadtluft mache frei, rief er, Simon müsse ihn unbedingt besuchen kommen. Simon wollte es ihm nicht versprechen, erwiderte nichts darauf, grübelte den ganzen Weg nach unten oder war einfach nur sprachlos. Bevor sie aus dem Wald auf die Wiese traten, zog er Jens zu sich heran, fuhr ungestüm, fast grob durch sein Haar, drückte ihn an einen Baum und küsste ihn lange und innig. Dann ließ er ihn stehen und lief zum Simonhof, ging aber nicht in die Stube zu seiner Familie, sondern verkroch sich in der Scheune.

Spät am Abend besuchte er Elisabeth ein letztes Mal, die den Grund seiner Verzweiflung nicht ahnte, als sie ihn tröstete.

Am nächsten Tag kam Peters nach dem Mittagessen zum Hof, um sich gebührend, also mit einem kleinen Umtrunk vom Simonbauern zu verabschieden. Erst witzelte er mit den Mädchen, wechselte ein paar Worte mit Uschi, bis die ihm zögerlich mitteilte, dass der Bauer hinter dem Hof auf seiner Bank sitze.

Er nahm mit einer mitgebrachten Flasche Whisky neben ihm Platz und begann wieder einmal eine romantische Rede über die Schönheit der hiesigen Bergwelt zu halten. Er bemerkte gar nicht, wie abweisend sich der gute Zuhörer verhielt. Als der Bauer leise brummte, er solle sein Appartement leer räumen, überhörte er es und redete weiter.

Der Simonbauer sah ihn feindselig an, bis sein Gast endlich verstummte.

Wenn er nicht innerhalb einer Woche mitsamt seinem Krempel fort sei, würde er den Nebenhof abbrennen.

Peters glaubte an einen Scherz, lachte kurz auf. Was denn passiert sei, fragte er vorsichtshalber.

Da griff der Bauer nach dem Speckmesser und hielt es ihm an die Brust.

Aus der Stadt sei noch nie etwas Gutes gekommen, fuhr er ihn an. Wenn er sich weigere zu verschwinden, dann würde er ihn auf der Stelle abstechen.

Peters sprang auf und wich ein paar Schritte zurück. Was mit dem Pachtvertrag sei, wollte er wissen, er habe schließlich das Appartement auf eigene Kosten ausgebaut.

Der Bauer rammte das Messer in die Bank. Mit geballten Fäusten baute er sich vor Peters auf. Er wisse nichts von einem Vertrag, meinte er.

Es gab nichts Schriftliches zwischen den beiden, aber Peters war fest entschlossen, auf der mündlichen Vereinbarung zu beharren, als er sich verstört zurückzog.

Er fuhr direkt ins Dorf, um mit seinem Anwalt zu telefonieren. Doch je länger er sich mit ihm austauschte, umso sinnloser erschien ihm sein Vorhaben. Nein, da oben, bei diesem verrückten Säufer würde er keine Ferien mehr verbringen.

Er rief seine Sekretärin an, die dafür sorgte, dass eine Umzugsfirma damit begann, die Wohnung leer zu räumen, noch ehe er und Jens in Köln angekommen waren.

An den nächsten Tagen wurde am Simonhof kaum geredet, weil auch Uschi und selbst die Mädchen sich von der demonstrativen Stummheit der Männer anstecken ließen.

Ausgerechnet der Bauer brach das Schweigen, als er verkündete, mit dem Hofstätterbauern gesprochen und vereinbart zu haben, dass die Hochzeit noch vor Ende des Sommers stattfinden solle. Simon saß regungslos über seinem Teller. Es sei Zeit, Nägel mit Köpfen zu machen, meinte der Vater. Er sagte es so einfühlsam, wie er nur konnte, weil er zu dem Entschluss gekommen war, dass sein Sohn von einer Krankheit befallen war und man dementsprechend mit ihm umgehen müsse, rücksichtsvoll und geduldig, bis er wieder gesund war.

Das sei ja wohl seine Sache, sogar ein Knecht könne selbst entscheiden, wann und wen er heiraten wolle, zischte Simon trotzig.

Da warf der Bauer seine Vorsätze über den Haufen, packte ihn am Kragen und holte zu einer Ohrfeige aus. Er zögerte, lange genug, dass Uschi seinen Arm nehmen konnte, den er langsam senkte. Als eines der Mädchen zu wimmern begann, ließ er Simon los und sackte auf seinen Stuhl zurück. Simon stand vom Tisch auf und ging ganz langsam zur Tür.

Ob er mit der Hofstätterin nur gespielt habe oder sie nun endlich heiraten würde, fragte der Vater und es lag eine verzweifelte Dringlichkeit in seiner Stimme.

Simon blieb für einen Moment an der Türschwelle stehen, nickte, ohne sich umzudrehen, und zog im Hinausgehen die Tür hinter sich zu.

Dann würde er ihm auch den Hof überschreiben, rief der Vater ihm nach.

Die Erleichterung war ihm anzumerken und Uschi nahm seine Hand, drückte sie und sie schauten sich in die Augen wie sonst nur selten, nickten, um einander zu versichern, dass alles sich zum Guten wenden würde.

Da freuten sich auch die Mädchen, weil es doch etwas mit der Hochzeit würde, für die sie schon ihre Kleider zu nähen begonnen hatten.

Mit vom Stolz gestärkten Muskeln stieg der Simonbauer ein paar Wochen später mit einem Gamsbock am Rücken aus dem Hochgebirge herab. Nachdem er ihm mehrmals knapp entwischt war, hatte er nicht aufgegeben, war dem Tier immer wieder beharrlich gefolgt und hatte es schließlich mit einem Blattschuss zur Strecke gebracht.

Oberhalb des Bergsees ließ er sich auf seinem üblichen Platz nieder, um eine letzte Rast mit einer kleinen Stärkung einzulegen. Er war im Reinen mit sich und der Welt, ließ seinen Blick hinunter über den See schweifen, zu seinem Hof, den man zwischen Baumwipfeln erkennen konnte, dann weiter ins Tal.

Es dauerte eine Weile, bis er einen dunklen Fleck auf der anderen Seite des Bergsees wahrnahm, am schmalen Seeufer, im Schatten der überhängenden Felswand. Er erwartete den Kadaver eines abgestürzten Tieres zu sehen, als er mithilfe des Fernglases genauer hinsah und das Unfassbare entdeckte.

Er ließ Gams, Gewehr und Rucksack zurück, sprang über das Geröllfeld zum See hinunter und lief am Ufer entlang.

Simon lag mit dem Bauch auf den Steinen, die Hand nur Zentimeter vom kalten, klaren Wasser entfernt, als würde er sich danach strecken. Der zerschmetterte Körper war zu einer so unnatürlichen Verrenkung verdreht – sein Tod stand außer Frage.

Der Bauer schaffte es, seinen Sohn ein Stück weit hinunterzuschleppen, bis seine Beine ihn nicht mehr trugen. Noch einmal raffte er sich auf und zog den Körper weiter, bis er einen Wegrand erreichte. Dort setzte er sich ins Gras, streichelte den Kopf seines leblosen Buben, wie er es seit dessen früher Kindheit nicht mehr getan hatte. Leise summte er die Melodie von *All of me*.

So fand ein Bauer die beiden, als er auf seinem Traktor den Weg entlangkam.

Es war ein großes Begräbnis, zu dem das ganze Dorf und viele aus den Nachbarorten des Tales zusammenkamen, um sich von dem bekannten Musiker zu verabschieden. Tragisch, seufzten viele und meinten damit sein Ende, aber auch sein Leben.

Als Uschi nach dem Leichenschmaus heimgehen wollte, rannte Elisabeth ihr nach. Sie hatte ihr Geheimnis seit ein paar Tagen mit sich herumgetragen und als sie sah, wie Uschi an der Trauer um ihren Sohn verzweifelte, entschied sie, ihr als Erste zu erzählen, dass sie von Simon ein Kind erwartete. Uschi konnte es kaum glauben, sie drückte Elisabeth fest und lange an sich und freute sich in diesen schrecklichsten Tagen ihres Lebens doch noch ein wenig.

Der Nachbarhof brannte im Herbst vollständig ab, noch bevor die Feuerwehr am Simonhof eintraf. Es ließ sich nicht feststellen, was den Brand verursacht hatte. Man vermutete, dass die elektrische Heizung, die der ehemalige Pächter eingebaut hatte, für einen Kurzschluss verantwortlich war. Das Gebäude war nicht versichert, also gab es niemanden, der die Brandursache genauer untersuchte.

Zum Ende ihrer Schwangerschaft zog Elisabeth gegen den Willen ihrer Eltern hinauf zum Simonhof. Am Tag der Nationalratswahl 1979 lag sie dort in den Wehen. Bis heute kann sie sich mit einem Lachen daran erinnern, dass der Bürgermeister persönlich an ihr Bett kam, damit sie, den Wehen trotzend, ihr Kreuz an der richtigen Stelle auf dem Wahlzettel machen konnte, bevor er sie in Ruhe ihr Kind auf die Welt bringen ließ.

Als Uschi den an Simon adressierten Brief von Jens in den Händen hielt, schaffte sie es nicht, ihn zu öffnen, aber ebenso wenig, ihn wegzuwerfen.

Es ist rührend zu lesen, wie sehr Jens in Simon verliebt war und wie er ihn geradezu anflehte, ihn in Köln zu besuchen. Von Simons Tod erfuhr Jens wohl nie. Weder er noch sein Vater wurden im Dorf je wieder gesehen.

Der Simonhof überragte als einziges Gebäude die Fläche der ehemaligen Kälberalm. Unterstützt von Marianne und Antonia sorgten Uschi und Elisabeth, die alte und die junge Bäuerin, dafür, dass der Hof über und über mit Blumen und Sträuchern geschmückt war und in den warmen Monaten fast in einem Meer aus bunten Blüten verschwand.

Die Lifte wurden verspätet, aber wie geplant errichtet. So konnten sich die Urlauber an dem prächtigen Anblick des gepflegten Hofes erfreuen.

Der Simonbauer weigerte sich weiterhin, Traktor und Mäher zu benutzen, weshalb Uschi und Elisabeth die Geräte bedienten. Aber auch er half wieder mit. Nachdem er sich aus purem Trotz einige Jahre zurückgehalten hatte, arbeitete er wieder mit zäher Ausdauer, um den Hof für seinen Enkelsohn zu bewahren.

Er hatte nicht die geringste Vorstellung von den Ideen, die sich der Kleine dereinst für den Simonhof einfallen ließe.

Schnee und Geld

Ein Bauer wollte Simon niemals werden. Er wuchs bei seinem Großvater, seiner Großmutter Uschi, seiner Mutter Elisabeth und den Tanten Marianne und Antonia auf. Sie alle behandelten ihn mit großer Fürsorge und einer ganz besonderen Liebe, mit der sie wohl auch seines vor seiner Geburt verstorbenen Vaters gedachten.

Antonia heiratete einen Bauern aus einem Nachbarort. Marianne fand eine Stelle als Rezeptionistin in einem renommierten Hotel eines über die Landesgrenzen hinaus bekannten Skiortes, zwanzig Autominuten vom Simonhof entfernt.

Die Pachtzinsen für die Skipiste, die am Rande der Felder des Hofes vorbeiführte, brachten ein kleines Zusatzeinkommen. Mithilfe von Förderungen hatte Elisabeth einige weitere technische Hilfsmittel angeschafft, die das Melken, Ausmisten und Füttern erleichterten. So schaffte sie es, den Hof zu bewirtschaften, ohne dass Uschi (die bevorzugt auf dem Traktor arbeitete) oder der Altbauer (beim Ausmisten) sich überanstrengten.

Simon half gelegentlich aus, war aber von den täglichen Aufgaben entbunden. Er war der Erste in seiner Familie, der nicht musste, wenn er nicht wollte.

Einer seiner besten Freunde wollte eine Schule für Tourismus in der Landeshauptstadt besuchen. Also überzeugte auch Simon seine Mutter, nach den Pflichtschuljahren noch weiter die Schulbank drücken zu dürfen und während der Woche in dem der Schule angeschlossenen Schülerwohnheim zu schlafen. Dort fand er rasch weitere Freunde, mit denen er seine Abende und halbe Nächte in den Lokalen der Stadt verbrachte. Das Geld dafür verdiente er sich in den Winterferien, in denen er als Skilehrer arbeitete und sich danach hinter den Tresen einer Après-Ski-Bar im Dorf stellte, wo er in einer guten Woche mehr verdiente, als sie am Simonhof in drei Monaten für die verkaufte Milch und den Käse erhielten.

Im Sommer ließ Simon sich am Hof nur blicken, wenn die Heuernte anstand, ansonsten blieb er in der Stadt, jobbte gelegentlich hinter der Bar in einem Nachtclub und lebte in einer für sein Alter und als Jungbauer bemerkenswerten Unabhängigkeit.

Zu Streitigkeiten kam es am ehesten mit dem Großvater. Wenn er zu viel oder zu wenig Alkohol im Blut hatte, sah er eine düstere Zukunft des Hofes voraus. Dann verschaffte er seinem Unmut über den Lebenswandel des Enkelsohnes Luft und forderte ihn auf, sich mehr um die Landwirtschaft zu kümmern. Simon nahm seine Sorgen und Ermahnungen nicht ernst. Der Altbauer liebte ihn zu sehr, war zu vergesslich und (selbst für die Jagd) zu schwach, um sich durchzusetzen. Zudem hatte er durch die Beziehung zu seinem Sohn gelernt, dass Druck nicht unbedingt zum gewünschten Ergebnis führte.

Obwohl Simon sich nicht für die Landwirtschaft interessierte, gab es keinen Plan B, was die Hofübergabe betraf. Sie hofften alle, dass er, wenn er erst einmal erwachsen geworden war, schon noch seine Wurzeln schätzen und heimkehren würde, um mit Freude Bauer zu werden und den Hof in das neue Jahrtausend zu führen. Dabei hatte er längst entschieden, dass frühes Aufstehen und der Verzicht auf Urlaube Ausschlusskriterien für seine Berufswahl waren.

Mit neunzehn bestand er die Matura ohne gröbere Schwierigkeiten. Elisabeth und Uschi waren so stolz, dass sie ihn kaum noch zu fragen wagten, wenn sie bei der Arbeit Hilfe benötigten. Selbst der Großvater brummte nicht, als er nach der Reifeprüfung zwar heim ins Dorf kam, aber offenbar nur, um sich nächtelang mit Freunden herumzutreiben und erst gegen Mittag aus den Federn zu kriechen, sich verköstigen zu lassen und wieder zu verschwinden.

Für Simon war es ein sonderbarer Sommer, der ihm unendlich lang erschien, aber mit dem sich aus irgendeinem Grund nichts Brauchbares anfangen ließ. Simon kartete mit seinen Freunden im Wirtshaus und wenn sie es einmal ins Schwimmbad schafften, zückten sie auch dort ihre Spielkarten und tranken ihr Bier.

Es gelang ihm nicht, irgendwelche Pläne für seine Zukunft zu schmieden. Er wusste, dass er nicht studieren wollte, aber auch die Vorstellung, sich um eine Anstellung in einem Hotel, einer Bank oder bei den Bergbahnen zu bemühen und dort womöglich die nächsten Jahrzehnte zu bleiben, erschien ihm trostlos, wenn nicht beängstigend. Als der Sommer fast vorüber war, rückte er ein, um seinen Militärdienst anzutreten.

Nach ein paar Wochen Grundausbildung saß er über ein halbes Jahr lang in einer Schreibstube, verbuchte die Lebensmitteleinkäufe der Küche so langsam wie möglich in einem Heft, hörte ohne Protest den bevorzugten Radiosender seines Vorgesetzten und wartete, bis dieser sich erbarmte, einen Blick in das Heft warf, und Simon sich abmelden durfte, um sich bis zum Zapfenstreich im Soldatenheim mit seinen Kameraden zu betrinken, immer noch besser, als sich den Kopf über seine Zukunft zu zerbrechen.

Als er zu Beginn des nächsten Sommers abrüstete, war er träge, übergewichtig und aufgedunsen. Alle freuten sich, als er den Sommer über am Simonhof blieb und bei der Heuernte ordentlich mithalf. Elisabeth hoffte, dass er dabei auf Ideen käme, den Hof touristisch zu nutzen. Von anderen Bäuerinnen wusste sie, dass damit leichter und weit mehr Geld zu machen war als mit der Landwirtschaft.

Um sich inspirieren zu lassen, stattete sie Marianne einen Besuch bei ihrer Arbeit in dem noblen Hotel ab. Es erschien ihr wie die Reise in eine andere Welt – keine zwanzig Kilometer entfernt, aber doch so exotisch, vornehm und voller sonderbarer, fast unwirklicher Menschen. Wie im Fernsehen. Sie fühlte sich unwohl in ihrer Kleidung und redete bemühtes Hochdeutsch mit dem Kellner. Als Marianne sich bald entschuldigte, weil sie zurück zur Arbeit musste, schlich Elisabeth erleichtert aus dem Hotel und beeilte sich nach Hause. Sie entspannte sich erst wieder, als sie im Simonhof am Herd stand und in ihren nassen Händen Käseknödel formte. Erst dabei konnte sie sich, wie es so ihre Art war, über sich selber lustig machen.

Ihre Träume für den Simonhof beschränkten sich wieder auf ein paar Fremdenzimmer. Die Initiative dafür musste aber vom Jungbauern kommen. Nur dann würde er den Hof auch in die Zukunft führen.

Simon aber hatte anderes im Sinn. Am Ende des Sommers informierte er die Familie, dass er sich mit zwei Freunden aufmachen würde, um die Welt zu sehen. Der Hof laufe ihm ja nicht weg. Dagegen fiel auch dem Großvater kein brauchbares Argument ein.

Die Reise sollte so weit führen und so lange dauern, wie es sein Erspartes zuließ. Es war einiges zusammengekommen in den Jahren bei seinen Jobs, sodass die paar Geldscheine, die seine Mutter ihm bei der Abreise in die Hand drückte, fast lächerlich wirkten.

Die drei jungen Männer flogen nach Mexiko und ließen sich neun Wochen lang herumtreiben, dann reisten sie nach Kuba weiter, wo sie es fast zwei Monate lang aushielten. Dank Urlaubsfotos aus Wegwerfkameras ist belegt, dass sie einen Tauchkurs in Mexiko absolvierten, im Golf von Mexiko auf einem Fischerboot Haie fingen, auf Kuba Esel ritten und in den Karneval von Santiago eintauchten. Auf all ihren Stationen lernten sie immer wieder Mädchen kennen, meistens Touristinnen, mit denen sie ein paar Tage oder auch nur eine Nacht verbrachten.

Von Havanna aus wollten sie nach Toronto fliegen, weil es keine Möglichkeit gab, direkt in die USA einzureisen. Nachdem sie eine Stunde im Flieger festgesessen waren und zwei weitere im Flughafengebäude gewartet hatten, wurden sie informiert, dass die Maschine repariert werden musste. Also wurden die Reisenden des halb vollen Fliegers mit dem Bus in das Hotel Nacional verfrachtet. Nach anfänglichem Missmut und Beschwerden stiegen die verhinderten Fluggäste, vornehmlich Kanadier, Amerikaner und ein paar Rucksacktouristen aus Europa, gut gelaunt in dem überdimensionierten, geschichtsträchtigen Hotel ab.

Es mag daran gelegen haben, dass es in keinem der Zimmer Warmwasser gab und die Räume teilweise schon länger leer standen und sich Staub angelegt hatte. Jedenfalls verkroch sich kaum einer der Reisenden, sie trafen sich ohne Verabredung in der Lobby, wo sie zusammensaßen, tranken, gruppenweise in den zum Hotel gehörenden Restaurants verschwanden, um später an einer der Bars oder in einer der Sitzecken wieder aufzutauchen.

Das erste Bild, auf dem meine Mutter mit Simon zu sehen ist, wurde an einer Bar in diesem Hotel aufgenommen. Ungehemmt, frei, beinahe wild wirken die beiden. Man kann das Lachen fast hören, wenn sie darauf ihre Wangen aneinanderdrücken und ihre Zungen in Richtung der Kamera herausstrecken. Meine Mutter war mit einer Freundin unterwegs, auch sie befanden sich auf einer kleinen Weltreise. So erscheint es nur logisch, dass die beiden Hamburgerinnen sich an dem Abend mit den dreien zusammentaten, teilten sie doch die gleiche Muttersprache.

Wer dabei wen ansprach, worüber sie sich unterhielten und warum sie sich so rasch und offenbar gut verstanden, konnte niemand erklären. Meine Mutter und Simon waren sich jedoch einig, dass es eine magische Nacht war, in der sie einfach nicht müde wurden. Unabhängig voneinander erinnerten sie sich an das Gefühl, es hätte ihre letzte Nacht sein können, womit sie, was das Gemeinsame betraf, recht behielten.

Am nächsten Morgen saßen sie nebeneinander in Bus und Flieger. Auf dem ersten Bild sehen sie verschlafen aus, auf dem zweiten albern sie übermütig herum. Als sie sich in Toronto am Flughafen verabschiedeten, ließen sie sich auf einer letzten gemeinsamen Fotografie verewigen. Darauf lässt nichts mehr auf die Ausgelassenheit der Nacht schließen. Simon wendet sich schon ab, redet mit einem seiner Freunde. Meine Mutter wirkt erschöpft oder sogar ein wenig traurig.

Anhand der restlichen Schnappschüsse von der Reise kann man beim besten Willen nicht feststellen, dass diese eine Nacht im Hotel Nacional in Simon eine Veränderung bewirkt hätte. Es ging dabei immer um Sehenswürdigkeiten und Mädchen, den zwei Arten von Trophäen, mit denen sich die drei jungen Männer weiterhin ablichten ließen.

Sie setzten ihre Reise in Kalifornien fort, fuhren von Los Angeles nach San Diego und Las Vegas, zelteten im Death Valley, bevor es Richtung Norden weiterging.

Im Laufe der Reise versuchte Simon, sich einmal pro Woche telefonisch zu Hause zu melden. Als er aus San Francisco anrief, erfuhr er von Uschis fatalem Unfall. Sie war mit dem Traktor zu weit in einen Graben hineingefahren, auf dem lehmigen Hang ins Rutschen geraten, abgestürzt und unter dem Fahrzeug zu liegen gekommen. Großvater erzählte ihm präzise und sachlich von dem Unfallhergang, dann begann er, über die Maschine zu schimpfen, der er ja immer schon misstraut hatte.

Simon brach die Reise ab, nahm den nächsten Flug nach München und kehrte an den Simonhof zurück, ohne sein gesamtes Erspartes durchgebracht zu haben.

Vielleicht lag es an Uschis Tod oder irgendeiner unbekannten Begebenheit während der Reise. Auf jeden Fall sah Simon seine Zukunft plötzlich klar vor sich.

Er verbrachte seine Tage vor dem Computer und erarbeitete einen Businessplan, wie er es in der Schule gelernt hatte. Darin skizzierte er, was er aus dem Simonhof machen wollte und welche Veränderungen dafür vorgenommen werden mussten. Er schätzte Kosten und Erlöse und errechnete, wie viel Kapital er für sein Vorhaben benötigte.

Ein Schulfreund vermittelte ihm einen jungen Architekten (der unmittelbar vor dem Abschluss seines Studiums stand), den er für zwei Tage an den Simonhof einlud. Außer Elisabeth wusste niemand darüber Bescheid, warum dieser sich am Hof und auf den umliegenden Grundstücken so genau umschaute. Die Pläne waren rasch und gegen ein kleines Honorar gezeichnet. Der Bürgermeister verschaffte ihm die nötigen Umwidmungen. Im Gegenzug versprach Simon seine Zustimmung zum Bau einer neuen Lifttrasse durch seinen Wald und zu einer neuen Talabfahrt, die direkt am Simonhof vorbeiführen würde. Der Bürgermeister wusste, dass Letzteres eine große Chance für Simon darstellte. Also rang er ihm auch noch das Zufahrtsrecht zum Bergsee ab, der nur über die Gründe des Simonhofs erreichbar war. Er sollte als Wasserreservoir genutzt werden, da man plante, Schneekanonen zur Erzeugung von Kunstschnee anzuschaffen. Dafür wiederum würde die Gemeinde die Asphaltierung der Straße bis hinauf zum Simonhof übernehmen. Die Hände wuschen einander in vertraulicher Gründlichkeit.

Obwohl sein Großvater offiziell noch immer als Simonbauer galt, mischte sich dieser kaum noch ein, wenn es nicht um die Anschaffung von Alkohol oder die Kritik am aufgetischten Essen ging. Elisabeth hatte am Simonhof seit Jahren das Sagen, teilte die Arbeit ein, beantragte Förderungen, unterzeichnete Verträge, modernisierte, kontrollierte Einnahmen und Ausgaben und führte über alles Buch. Nachdem sie Simon zu einer Besprechung mit dem Bürgermeister und dem Bergbahnchef begleitet hatte und ihrem Sohn nicht ein einziges Mal widersprach, als er seine Pläne vorstellte, galt sein Handschlag und sein Wort für den Simonhof, die schriftlichen Details wurden im Anschluss mit seiner Mutter erledigt – per E-Mail, wie sie es ausdrücklich und nicht ohne Stolz gewünscht hatte.

Einer seiner Kumpel verschaffte Simon einen Termin bei dessen Onkel, einem hohen Tier in einer Bank der Landeshauptstadt. Simon brauchte viel Kapital, selbst wenn er die Kosten, die der Architekt veranschlagt hatte, etwas nach unten korrigierte, erschien es ihm geradezu unverfroren, als er zum ersten Mal in der Bank nervös seine Pläne präsentierte und schließlich die benötigte Kreditsumme nannte. Doch zu jener Zeit waren die Banken wenig zimperlich, wenn es darum ging, durch Grund und Boden gesichertes Kapital zu verleihen. Simon erhielt die Kreditzusage. Schon auf der Heimfahrt im Zug spürte er seine Träume wahr werden.

Die Summe, die bald auf seinem Konto landen würde, war ein Vielfaches von dem, was alle seine Vorfahren zusammen je besessen hatten.

Er trank ein Bier im Speisewagen und während die Berge an ihm vorbeizogen, fühlte er sich in seiner Heimat zum ersten Mal wie auf seiner Reise: wie ein Mann, der die Freiheit besaß, seine Zukunft selbst zu gestalten.

Jeden ersten Sonntag im Monat traf sich die Familie mittags am Simonhof. Simon nutzte eines dieser Essen, um allen seine Entwürfe zu zeigen. Er breitete die Zeichnungen des Architekten auf dem Tisch aus und erklärte in rasendem Tempo, dem sie kaum folgen konnten, die Bauvorhaben und ihre Funktion. Noch bevor ihnen passende Fragen dazu einfielen, war Simon bereits am Ende seines kleinen Vortrages angelangt und verkündete die Summe, die er mit der Bank als Kredit ausgehandelt hatte. Dem Altbauern blieb der Mund erst offen stehen, als Simon erläuterte, wie viele Millionen Schilling das seien, obwohl sie seit etlichen Jahren mit Euro bezahlten.

Antonia bekam wässrige Augen, drückte fortwährend Simons Hände. Marianne hörte nicht auf, Simon zu umarmen. Der Altbauer holte Schnaps und nahm schon ein, zwei Schluck aus der Flasche, während er die Gläser auf den Tisch stellte. Komplimente oder Freundlichkeiten entwichen ihm nicht öfter als früher. Ein tüchtiger Bursche sei er, raunte er und wiederholte es mehrfach, weil ihm nichts anderes einfiel. Aber er solle sich ja vor den Banken in Acht nehmen. Die Banken, die hätten noch jedes Mal den längeren Atem gehabt, wenn etwas schiefginge. Gegen die Banken habe noch kein Bauer gewonnen. Schließlich schaute er zu Elisabeth und fragte, ob sie denn nichts dazu zu sagen habe. Ihre Meinung war die entscheidende, sie hatte am Simonhof das Sagen.

Woher er so viel von den Banken verstehe, wo er doch sein Leben lang kein Bankkonto besessen hätte, meinte sie zum Altbauern. Instinktiv war sie ihrem Sohn zur Seite gesprungen, dann vertiefte sie sich wieder in das Studium der Pläne. Marianne erinnerte ihren Vater zischend an das Geld, indem sie ihm nochmals buchstabierte, um wie viele Millionen Schilling es sich handelte. Er wiederholte den Betrag flüsternd.

Er habe ja nicht gesagt, dass er dagegen sei, raunte er und klopfte seinem Enkelsohn anerkennend auf die Schulter.

Trotz der technischen Hilfsmittel war die bäuerliche Arbeit für Elisabeth beschwerlich geworden, seit Marianne und Antonia aus dem Haus waren und Uschi nicht mehr lebte. Sie konnte sich gut vorstellen, nicht mehr täglich in den Stall zu gehen, sondern sich stattdessen um Küche, Fremdenzimmer und Buchhaltung zu kümmern. Sie hatte sich bislang nicht eingemischt, Simons Vorhaben uneingeschränkt unterstützt, ohne die Details zu kennen, weil es sie glücklich machte, dass er sich überhaupt für die Zukunft des Hofes interessierte. Je länger sie sich aber die Pläne auf dem Küchentisch anschaute, umso übertriebener erschien ihr das Ganze und sie begann unweigerlich, den Kopf zu schütteln, bis alle still wurden. Ob sie schon ahnte, in welches Schlamassel ihr Sohn sich bringen würde, oder einfach nur Angst vor der eigenen Courage hatte?

Simon wollte wissen, was los sei, sie aber schaute ihn bloß aus großen Augen an. Sie verkniff sich jedes kritische Wort und ging nach draußen. Simon wollte ihr folgen, aber sein Großvater hielt ihn zurück, meinte, die Weiber seien eben nicht flexibel genug, wenn es um neue Ideen ginge. Er hob sein Glas und sie stießen zu viert an.

Erst als sie sich auf den Weg zurück zu Mann und Hof machte, wurde Antonia wehmütig. Ihr Zuhause lag in einem Seitental, wo die Hänge zu steil waren, um dort jemals Skilifte zu bauen. Es wurde ihr bewusst, dass sie ein Leben lang hart arbeitende Bäuerin bliebe, während ihre Verwandten zu reichen Hoteliers würden. Sie selbst wollte niemals etwas anderes als Bäuerin sein. Aber in jenem Moment fühlte sie sich beengt und unfrei. Noch am selben Tag begann sie einen Streit mit ihrem Mann, der sich in wechselnder Intensität über Monate hinzog, bis ihre Schwangerschaft diesen Spannungen ein Ende setzte, ihre Unzufriedenheit verflog. Sie wurden wieder zu dem glücklichen Paar, als das man sie bis heute kennt.

Pünktlich zum Start der Skisaison eröffnete Simon hinter dem Hof eine Schneebar. Mit der Hilfe eines

Freundes zimmerte er den Tresen selbst zusammen. Hocker, Sonnenstühle und Schirm erhielt er vom Bierlieferanten. Der kleine Ausschank wurde rasch zum beliebten Treffpunkt der Skifahrer. Durch Erfahrungen aus seinen Ferialjobs hatte Simon eine Ahnung von den üblichen Umsätzen im Gastgewerbe. Das Geschäft an seiner Schneebar, wo er den Service organisierte und als DJ für Musik und stimmungsvolle Durchsagen sorgte, übertraf seine Erwartungen jedoch bei Weitem. Das bestärkte ihn. Mit Hochdruck trieb er die Umsetzung seiner Pläne voran, sodass mit dem Aushub der Baugruben schon begonnen wurde, als noch die letzten Skifahrer der Saison am Hof vorbeirutschten.

Nach gut eineinhalb Jahren intensiver Arbeit, etlicher baulicher Fehlleistungen, unzähliger Streitereien, Planänderungen, Nachzahlungen und Kompromissen war Simon – gerade rechtzeitig vor der nächsten Skisaison – erschöpfter, aber stolzer Hotelier.

Der alte Bauernhof war unangetastet geblieben. Erst auf Höhe der Scheune stand das vorderste Gebäude des Hotels, mit Restaurant, Bar, den Zimmern für die Angestellten und den Büros. Der geräumige Speisesaal war unter dem Motto *urig* gestaltet worden, wofür so gut wie alles herhalten musste, was sie auf dem Dachboden oder sonst am Simonhof fanden und keinem Zweck mehr diente wie altes Werkzeug, Abwurfstangen, Wurzeln, Schnitzereien. Das Restaurant war nur durch eine Glasscheibe vom Stall getrennt, wodurch die Gäste den paar verbliebenen Kühen beim Stoffwechsel zusehen konnten, während sie ein saftiges Steak genossen. Über dieses

Naturerlebnis zeigte sich die Kundschaft fast einhellig begeistert.

Hinter dem Haupthaus gab es drei Wohnhäuser, in denen insgesamt fünfundvierzig Gästezimmer untergebracht waren. Der Trakt mit dem weitläufigen Spa- und Wellnessbereich war Simons größter Stolz, er wollte dabei keine Kompromisse eingehen und sorgte dafür, dass Schwimm- und Dampfbad, dreierlei Arten Sauna, Infrarotkabine, Fitnessraum, Massage- und Kosmetikbereich bestmöglich ausgestattet waren.

Alle fünf mit überdachten Gängen verbundenen Neubauten wurden im Stil von Almhütten errichtet, die sie als Chalets bezeichneten und nach Bergblumen benannten. Einen Teil des Holzes bezogen sie von alten Bauernhöfen und Almen, um den modernen Hütten die gewünscht rustikale Wirkung zu verleihen.

Die Schneebar hatte perfekt als Werbeträger funktioniert, so war das Hotel schon im ersten Jahr über die Silvestertage und zwei Wochen im Februar annähernd ausgebucht.

Authentizität. Das war eines der Lieblingsworte, wenn Simon das Hotel bewarb, im Kontakt mit den Gästen, in Katalogen, auf Tourismusmessen oder im Fremdenverkehrsbüro. Eigentlich sagte er nur *authentisch*, weil er sich beim Aussprechen des Substantivs zu oft verhaspelte. Insbesondere wenn er etwas getrunken hatte, konnte Simon ausführlich über Naturbelassenheit, Ursprung und Tradition referieren, pries an, wie authentisch sie all das am Simonhof vereint hatten, bis es im Dorf keiner mehr hören wollte, den er nicht gerade auf ein Getränk eingeladen hatte. Wenn er betrunken war, konnte er schon ein wenig lästig werden, aber sein offensichtlicher geschäftlicher Erfolg verschaffte ihm den Respekt der meisten im Ort.

Als er begann, sich in kürzeren Abständen immer exklusivere Autos anzuschaffen, wurde aus dem Respekt entweder Bewunderung oder Neid. Nur wenige blieben gänzlich unbeeindruckt, wenn er mit einem Schneehasen im Geländewagen oder später im Sportwagen, bei geöffnetem Dach, seine Runden durchs Tal fuhr oder im Spätherbst braun gebrannt das Wirtshaus betrat und die Geschichten von den exotischen Plätzen erzählte, an denen er geurlaubt hatte – um sich neue Inspirationen zu holen, wie er betonte.

Marianne hatte ihre Anstellung gekündigt und die operative Leitung des Hotels übernommen. Mit ihrer Erfahrung organisierte sie sämtliche Abläufe, von Reservierungen über Rezeption und Küche, zudem sorgte sie sich um Rekrutierung und Verwaltung des Personals. Elisabeth machte die Buchhaltung und organisierte die Reinigung der Gebäude. Sie stand immer noch jeden Tag im Stall, weil sonst keiner Zeit hatte und der Altbauer nur mehr an den seltener werdenden guten Tagen eine Hilfe war.

Simon kümmerte sich um die Skibar, zeigte sich gelegentlich im Hotel und traf sich regelmäßig mit dem Obmann des Tourismusverbandes, dem Bürgermeister oder nahm Banktermine wahr.

Nach einigen Jahren waren die Kreditzinsen (und obendrauf auch die Nebenkosten und Gebühren) stark angestiegen, was Simon nicht einkalkuliert hatte und nicht einmal wahrnahm, bis Elisabeth ihn darauf aufmerksam machte, dass die Raten das Geschäftskonto des Öfteren ins Minus zogen. Simon behauptete, dass er bei den Verhandlungen mit der Bank niemals darauf hingewiesen worden war, dass der Zinssatz sich in jede Richtung verändern könne. Dass er den Vertrag inklusive dieser Klausel unterschrieben hatte, konnte er nicht abstreiten, quittierte es aber mit der Bemerkung, er sei eben kein Mann fürs Kleingedruckte.

Schleichend, aber stetig stiegen die Kosten des Fremdkapitals weiter an. Wenn die Lohnzahlungen anstanden, wurde es immer wieder knapp. Zudem trieb das Wellness-Chalet selbst in der Nebensaison die Stromrechnungen in schwindelerregende Höhen, wobei sämtliche Verbrauchsangaben der Firmen, mit denen Simon kalkuliert hatte, mehr als deutlich überschritten wurden.

Gemeinsam mit einem Steuerberater optimierte Elisabeth, was buchhalterisch möglich war. Wenn die Sommersaison einigermaßen lief, wurstelten sie sich durch. Elisabeth warf schon früh im Jahr einen bangen Blick in den Kalender, um zu sehen, wie die Feiertage am Jahresende fielen. Wenn diese günstig lagen und die Ferien der Urlauber verlängerten, bedeutete das einige umsatzstarke Tage mehr im Jahr. Im Dezember blieb ihnen nur noch, auf reichlich Schnee zu hoffen, für den nicht wenige im Ort beteten, weil so viel, für manche die gesamte Existenz, davon abhing.

Die Hauptsaison war kurz, bestand aus den Tagen zwischen Weihnachten und Dreikönig und einigen

Wochen im Februar. Die Kassen gingen vor Umsatz über und sie brauchten alle Hände, um möglichst viel davon festzuhalten. Denn kaum war die Skisaison zu Ende, begann das Leben vom Ersparten, das Hoffen auf ein paar Sommerfrischler, gefolgt vom langen, gebannten Warten auf den nächsten, schneereichen Winter.

Unter geänderten Vorzeichen blieb der Wohlstand des Dorfes an die höheren Mächte von Wetter und Klima gekoppelt, die einst nur die Ernte auf den Feldern, nun auch die Einnahmen der Tourismusbetriebe beeinflussten.

Zum Glück waren die Hypotheken nicht mit der Dorfbank, sondern mit jener in der Landeshauptstadt abgeschlossen. So erfuhr nicht gleich das ganze Dorf von den wiederkehrenden finanziellen Engpässen des Simonhofs.

Für die Bankgeschäfte half Elisabeth Simon bei der Vorbereitung, aber zu den Terminen trat er stets persönlich und alleine aufs Parkett. Er vereinbarte ein Treffen, um die Kreditverträge neu zu verhandeln.

Simon gewährte den Mitarbeitern der Bank volle Einsicht in alle offiziellen Geschäftsunterlagen. Die Zahlen interessierten ihn nicht im Detail, er konnte bestenfalls so tun, als würde er eine Bilanz verstehen. Er war froh, dass die Experten ihm keine Fragen über seinen Betrieb stellten, als sie die Unterlagen überflogen. Simon war davon überzeugt, sie würden sich intensiv Gedanken darüber machen, wie sein Betrieb zu optimieren, wirtschaftlicher zu führen sei. Sie erschienen ihm dafür prädestiniert, kannten sie doch viele Firmen, wussten von deren Problemen und erfolgreichen Strategien, um diese zu bewältigen. Es lag schließlich im Interesse aller, den Simonhof finanziell zu stabilisieren.

Bei einem nächsten Termin wurde Simon der Lösungsvorschlag unterbreitet. Er müsste nichts weiter tun, als einen zusätzlichen Kredit in Schweizer Franken aufzunehmen. Mit einer Unterschrift wären die Liquiditätsprobleme beseitigt. Wenn der Simonhof die laut Finanzplan prognostizierte Auslastung erreichen würde, konnte schon in zwei Jahren damit begonnen werden, die Fremdkapitalquote zu reduzieren.

Auf den Abschluss des Kreditvertrages und diese rosigen Aussichten stieß man gebührend mit Champagner an. Simon war gerade in bester Feierlaune, als die Banker sich verabschiedeten. Keiner wollte mit ihm um die Häuser ziehen, also raste er zurück und feierte in der Kleinstadt, wo er immer auf jemanden traf, mit dem er sich eine Nacht um die Ohren schlagen konnte.

Elisabeth war anfangs nicht begeistert von den zusätzlichen Schulden, aber es klang logisch, als Simon meinte, die Bank glaube an das Hotel – sonst hätte sie wohl kaum noch mehr Geld lockergemacht.

Nach einigen weiteren Saisonen entschied Simon auf Vorschlag von Elisabeth, das Hotel im September und November geschlossen zu halten. So konnten sie sich alle etwas erholen, Simon seine Urlaube ausdehnen, um sich neu inspirieren zu lassen. Auf seinen Reisen gab er sich ungehemmt den Lastern hin, von denen ihn daheim die

Arbeit ablenkte. Er war offenbar darauf aus, möglichst viele Frauen und Mädchen kennenzulernen, wie damalige Freunde berichteten, die ihn anfangs begleiteten. Bald fand Simon niemanden mehr, der mit ihm fahren wollte. Seine alten Kumpels waren ihren Familien verpflichtet oder es fehlte ihnen aus anderen Gründen an Geld, Zeit oder Lust.

Jedes Jahr baute er die Schneebar weiter aus. Der riesige Schirm und die Tanzfläche, die nur mit Skischuhen betreten werden durfte, waren bald legendär. Die *Mausefalle,* wie Simon die Bar nannte, war weit über die Landesgrenzen hinaus bekannt. Er bezeichnete sie als größte ihrer Art in den Alpen, was nichts als eine dreiste Behauptung war, aber den Bekanntheitsgrad weiter steigerte. In der Hauptsaison lief Simon zur Hochform auf. Mit Durchsagen in Deutsch, Englisch und Holländisch sorgte er persönlich dafür, dass die Stimmung an jedem frühen Abend überkochte. Dazwischen hatte er ständig ein Auge darauf, dass es den Skilehrern, die mit ihren Gruppen gekommen waren, an nichts fehlte.

Um die paar Stunden Après-Ski voll auszunutzen, hatte er einen zweiten Tresen installiert und das Abfüllen und den Verkauf der Getränke mit einem eingespielten Service-Team perfektioniert, sodass er in der Zeit zwischen drei Uhr nachmittags und halb neun abends ungefähr den dreifachen Umsatz des ausgebuchten Hotels erzielen konnte, bei einem Bruchteil der Kosten.

Während der Saison gab es keinen Tag, an dem er nicht selbst herumeilte, um sicherzustellen, dass alles funktionierte. So schlimm konnte der Kater vom Vortag gar nicht sein, dass er nicht zur Stelle war, wenn um zwei Uhr die Musik bis knapp über die maximal zulässige Lautstärke aufgedreht wurde, um die ersten Skifahrer von der Piste in die Mausefalle zu locken.

Die Happy Hour dauerte von zwei bis drei Uhr, ihr Ende wurde vom Bimmeln einer mächtigen Glocke eingeleitet. Eigens dafür hatte er zum ersten Mal den Glockenstuhl bestückt, den der erste Simonbauer unsinnigerweise gebaut hatte, um die Arbeiter vom Feld zu rufen.

Das Après-Ski war täglich um neun Uhr zu Ende. Bis dahin stand Simon unter Strom. Wenn es Momente gab, in denen er nichts zu tun hatte, feierte er kurz mit seinen Gästen mit, wie um die Stimmungslage zu messen.

Er hatte ein sehr gutes Gefühl dafür, wie viel in den Kassen am Tresen war, wenn die letzten Lieder des Abends liefen und die übrig gebliebenen Gäste ihre Skier fanden und versuchten, in die Bindung zu steigen, um ins Tal abzufahren.

Danach zog Simon gelegentlich in eine Diskothek im Städtchen weiter, aber meist ließ er die Abende nicht zu spät in Begleitung einer kleinen Entourage, bestehend aus Stammgästen oder Skilehrern, an der Hotelbar ausklingen.

Die Türme an Bargeld, die sie jeden Abend in der Hochsaison in den Tresor stapelten, beeindruckten Simon bald nicht mehr, denn es wäre immer noch etwas mehr drin gewesen, wenn alles noch besser geklappt hätte. Nur ein Rekordumsatz konnte ihn wirklich zufriedenstellen. Der Tresor war bald nicht mehr groß genug, so musste Simon in der Hauptsaison immer wieder zur

Dorfbank, um die Umsätze einzuzahlen und auf das Firmenkonto in der Stadt transferieren zu lassen.

Bei Bareinnahmen in dieser Größenordnung ließ sich eine ganze Menge an Schwarzgeld anhäufen. Seit der Tourismusschule wusste er, mit welchem Umsatz das Finanzamt für die jeweils eingekauften Waren rechnete, wie viel er sich erlauben konnte, unverbucht zu kassieren. Auch Elisabeth hatte kein Problem damit, wenn er nebenbei Waren bezog und verkaufte, die in der Buchhaltung nicht auftauchten. Steuern zahlten sie auch so schon zuhauf, da waren sie sich einig.

Nach Ostern fuhr er in die Schweiz, um dort anonym auf einem Konto zu deponieren, was sie von dem Schwarzgeld nicht hatten anbringen können. Dieses Geld war als Sicherheit für Notzeiten bestimmt, neben ihm waren Elisabeth und Marianne die Einzigen, die von dem Konto wussten.

Wenn die letzten Pisten ausaperten und unter Elisabeths Leitung der große Frühjahrsputz vor der Tür stand, fuhr Simon mit seinem Sportwagen durch halb Europa, um einige seiner favorisierten Gäste zu besuchen. Bei ihnen füllte er die Leere, bekämpfte die dumpfe Müdigkeit, die einkehrte, wenn der Schnee, mit ihm die Urlauber, die hektische Betriebsamkeit und das schnelle, pralle Leben, an das er sich so gewöhnt hatte, verschwanden. Er war in Amsterdam, Berlin, Brüssel, München oder irgendwo dazwischen und versuchte, auf den Partys dort die Entzugserscheinungen der Saison zu lindern. Die Menschen waren freilich in einer anderen Stimmung als in den

Ferien. Nach ein oder zwei durchfeierten Nächten sprachen sie von Verpflichtungen, von Arbeit und Morgen, was Simon dazu veranlasste, sich zu verabschieden und zur nächsten Adresse in seinem Notizbuch aufzubrechen.

Zurück am Simonhof fiel es ihm schwer, sich für die anstehende Sommersaison zu motivieren. Er führte die Geschäfte bald mit einer gewissen Routine. Simon wusste, worauf es ankam, wann er sich erholen und wann er vollen Einsatz bringen musste. Aber Routine war nicht sein Ding. Routine langweilte ihn.

Anstatt zufrieden zu sein, gärten diffuse Einfälle in ihm, lange bevor er an konkreten Plänen zu arbeiten begann. Vielleicht hätte er sich mit den Ideen begnügt, und sie wären zu Träumereien geworden, nie ganz vergessen, aber in beruhigender Entfernung, um sich keine Gedanken über die Realisierung zu machen. Doch dann kam dieser sonderbare Winter, der alles ins Rollen brachte.

Schon früh im Dezember fiel reichlich Schnee und es stiegen mehr Urlauber als zu dieser Zeit üblich im Simonhof ab. Simon ging mit einer Zuversicht in die Saison, die er sich gewöhnlich bis Ende Februar verkniff, wenn er sicher sein konnte, dass der Winter erfolgreich verlaufen war.

Ein Stammgast suchte Simon am Tag seiner Abreise in dessen Büro auf. Wie üblich bot Simon dem Gast einen Schnaps zum Abschied an, wollte ein paar belanglose, gut gelaunte Sätze wechseln und den Mann hinauskomplimentieren. Doch dieser hatte etwas anderes im Sinn. Er packte einen Sack aus, gefüllt mit weißem Pulver, so viel, wie Simon in seinem Leben noch nicht gesehen hatte. Obwohl es noch früh am Tag war, zeigte er sich bereit, dem Gast auch dabei Gesellschaft zu leisten, wenn er es wünschte. Erst als der Mann seine missliche Situation erklärte, begriff Simon, dass er mit dem Inhalt des Beutels seine Rechnung begleichen wollte. Simon lehnte höflich dankend ab. Sein Gast nannte ihm den Wert der Ware, Simon kam ins Grübeln. Er wusste, wie mühsam es war, ausstehende Beträge einzutreiben, zumal von einem Stammkunden, den man nicht vergraulen wollte. Zudem versprach der Mann, das Pulver ehestmöglich gegen Bargeld auszulösen. Es war also nichts weiter als ein Pfand, das er entgegennahm.

Als er wieder alleine war, betrachtete Simon den Sack und überlegte, was er damit anfangen sollte. Aber nicht einmal die Schweizer würden das für ihn aufbewahren. Er verwarf den Gedanken, es selbst an die ausreichend vorhandenen Kunden unter seinen Gästen zu verkaufen. Schließlich probierte er es – es hätte sich ja auch um Backpulver handeln können. Das war definitiv nicht der Fall. Er fand ein altes, silbernes Döschen in der Vitrine in der Stube, in dessen Innerem *O5* eingraviert war, was ihm nichts sagte. Er befüllte es mit etwas Pulver und versperrte den Rest davon im Tresor.

Das kleine Behältnis wurde zu seinem ständigen Begleiter. Er fand es erstaunlich, wie sehr das Pulver ihm dabei half, seine Arbeit noch besser, nein, geradezu überragend zu machen. Simon war immer schon viel redseliger als seine Vorfahren gewesen, zudem ein aufgekratzter

Typ, hektisch, fast zappelig. So fiel es niemandem auf, dass er noch eine Spur überdrehter war. Oftmals redete er so schnell, dass man ihn nicht verstand. Häufig war er ungeduldig oder misstrauisch den Mitarbeitern gegenüber, sodass es wiederholt zum Streit kam. In diesem Winter vergraulte er einige Angestellte, die ihm zur falschen Zeit über den Weg liefen. Das weiße Pulver tat seinen Dienst, aber nur, solange er nicht damit aufhörte, die Dinge entsprechend seinen Erwartungen liefen und alle prompt und präzise machten, was er verlangte.

Eine weitere Besonderheit dieser Wintersaison waren Schneeprobleme der anderen Art. Vor Weihnachten wurde es ungewöhnlich warm und föhnig, man konnte dem früh gefallenen weißen Gold beim Schmelzen zusehen. In der Weihnachtswoche gingen die meisten Urlauber etwas verloren in dem ausgebuchten Dorf spazieren, anstatt auf dem letzten verbliebenen Streifen aus Kunstschnee herumzurutschen.

Schon in den Wintern zuvor war Schnee zum kostbaren Gut geworden. Der Ausbau der Beschneiungsanlagen war so weit vorangetrieben worden, dass der Bergsee gerade noch als Reservoir ausreichte, um die Schneekanonen zu munitionieren. Hinter vorgehaltener Hand wurde eine Rationierung des Trinkwasserverbrauchs diskutiert, denn eine Studie belegte, dass es sich in einem schnee- und niederschlagsarmen Winter mit der Wasserversorgung spießen könnte.

Aber zu diesem Zeitpunkt war jede Diskussion darüber müßig. Bei über acht Grad plus in der Nacht war an Beschneiung nicht zu denken.

Im Vergleich zu anderen Skiregionen war das Gebiet relativ niedrig gelegen. Die Bergbahnen-Gesellschaft, die mittlerweile ein Dutzend Orte mit Liften verbunden hatte, sah sich gezwungen, die enormen Investitionskosten Jahr für Jahr fortzuschreiben und weiter zu erhöhen, um mit modernsten Bahnen und Liften und garantierter Schneesicherheit konkurrenzfähig zu bleiben. Die industrielle Produktion des Kunstschnees war zu einer Grundvoraussetzung geworden, ohne die der Ort in seiner momentanen Ausrichtung wirtschaftlich nicht mehr hätte überleben können. Jeder hing am Tropf des Fremdenverkehrs, selbst die abgelegensten Bauern, weit abseits einer Piste, arbeiteten zumindest im Winter für die Bergbahnen oder vermieteten ein paar Zimmer, die Handwerker hatten gut zu tun, solange ein jeder ausbaute, um ein paar Betten anzubieten, Schüler und Studenten verdienten sich in den Bars oder als Skilehrer ihr Taschengeld, Handel und Gastronomie brummten in der Saison. Die Bank war überdimensioniert, weil sie insbesondere den Hotelbetrieben enorme Kredite einräumte und die Urlaubsgäste ihren Aufenthalt damit verbanden, ihr schwer und schwarz Verdientes zu bunkern. Selbst die Anstellungen von Lehrern und Pfarrer wären gefährdet, wenn die Menschen wegziehen müssten, um andernorts Arbeit zu finden. Aller Wohlstand hing vom Schnee ab.

So oft hatte man von der Klimaerwärmung gehört, doch allen Schwarzmalern zum Trotz waren schneereiche, zumindest akzeptable Winter gefolgt. Gerade in den letzten Jahren erschien es aber nicht wenigen, dass an den schlimmen Prognosen doch etwas dran sein könnte.

So ein Trend würde sich bestimmt auch wieder umkehren, hielten andere dagegen. Wer sprach schließlich noch vom Waldsterben?

Da es an echten Alternativen fehlte, gab es offensichtlich nur einen Weg: Man kaufte zusätzliche Schneekanonen und baute weitere Lifte.

Dann kam dieser Winter. Im Dorf herrschte eine sonderbare Stimmung. Man versuchte, Gelassenheit zu demonstrieren, wenn möglich gute Laune zu verbreiten. Zumindest vor den Gästen ließ sich niemand den fortgeschrittenen Grad an Verzweiflung anmerken. Alle warteten auf den erlösenden Wetterumschwung und bekamen doch immer wieder bloß Nebel, Regen oder Sonne prognostiziert, die ohne Schnee rein gar keinen Wert hatte. Übrige Schneereste wurden aus Depots gekratzt und mit Lkws angekarrt, um Engstellen auf der letzten verbliebenen Kunstschneepiste auszubessern. Den tristen Anblick der vereinzelten Spuren des künstlichen Weiß auf den anderen, grün-braunen Skipisten verglichen Zyniker aus der Entfernung wahlweise mit den Exkrementen von Vögeln oder krankheitsbedingtem Hautausschlag.

Ausgerechnet in diesen angespannten Tagen fiel eine Gruppe von Umweltaktivisten im Dorf ein, um zu demonstrieren. Nebst anderen ökologischen Folgen des Massentourismus prangerten sie die angeblichen langfristigen Folgen der künstlichen Beschneiung plakativ an. Man konnte die Demonstrierenden an drei Händen abzählen. Wenn man sie einfach gelassen und gewartet hätte, bis sie wieder abgezogen wären, hätte kaum jemand davon Wind bekommen, denn die Polizei war längst auf dem Weg, um die unangemeldete Kundgebung rasch aufzulösen.

Es war vollkommen unnötig, auf die Demonstranten loszugehen, aber einige kräftige Einheimische entluden ihren Zorn über das Wetter an ihnen und warfen sie handgreiflich aus dem Dorf. Es dauerte keine zwei Tage, bis die Bilder von den Kameras der Protestierenden via Internet, Fernsehen und Zeitungen auf das Dorf zurückfielen und alle Offiziellen in Erklärungsnotstand versetzten, angesichts der rohen Gewalt, mit der die Einheimischen vorgegangen waren.

Nachdem man sich über Jahre bemüht hatte, Vertreter der Medien in den Ort zu lotsen, kamen diese plötzlich von alleine in das *Dorf der Raufbolde,* wie sie es bald nannten. Das Krisenmanagement des Fremdenverkehrsobmanns und des Bürgermeisters funktionierte. Niemand außer den beiden sprach mit der Presse über den Vorfall, man entschuldigte sich für eine unglückliche Situation und betonte, dass die Kundgebung nicht angemeldet war. Der Wirbel war rasch wieder vorbei. Zur Freude der Aktivisten wurden in manchen Medien die Folgen der künstlichen Beschneiung diskutiert. Selbst der Landeshauptmann fühlte sich bemüßigt, einen Kommentar zu dem Thema abzugeben und zitierte aus einer (von ihm selbst in Auftrag gegebenen) Studie, welche die Unbedenklichkeit der Tourismusindustrie unter besonderer Berücksichtigung der technischen Schneeerzeugung untermauerte, und behauptete, dass der Tourismus der sicherste Garant für die intakte Natur im Land sei.

In der Silvesternacht wurden elf Grad plus gemessen. Erst zu Dreikönig versprachen die Meteorologen einen Kälteeinbruch. Einen Tag davor sanken die Temperaturen weit genug, dass die Schneekanonen in Betrieb genommen werden konnten. Anderntags fiel der Schnee dann auch vom Himmel. Einige schickten ihren Dank dafür zurück nach oben, denn bald war klar, dass es ein ergiebiger Schneefall war, der zusammen mit dem Kunstschnee ausreichen würde, um den Rest der Saison, bis über die Faschingswochen hinaus, zu retten. Der erste Teil der Hauptsaison war ein Desaster, aber die Zimmer waren schon vorher verkauft. Man war mit einem blauen Auge davongekommen.

Simon beschloss zu handeln, um in Zukunft nicht wieder so hilflos den äußeren Umständen ausgeliefert zu sein. Fieberhaft überlegte er, was er gegen die Abhängigkeit von Klima und Wetter machen könnte. Mithilfe des weißen Pulvers konnte er halbe Nächte durcharbeiten. Ideen kamen ihm zuhauf, er verfeinerte sie, verwarf viele und kombinierte andere, bis er schließlich ein umfangreiches Dokument mit dem Titel *Gesamtkonzept Simonhof – die Zukunft ist JETZT* fertigstellte.

Er traf sich mit dem befreundeten Architekten (dessen Studienabschluss nur noch eine Formalität war). Dieser hatte einige Fragen und Einwände, merkte aber bald, dass Simon nicht daran gelegen war, seine Vision kritisieren zu lassen oder den enormen Aufwand zu hinterfragen, der nötig war, um alles umzusetzen. Was sein Auftraggeber verlangte, waren Pläne und Modelle. Diese entwickelte der Architekt rasch am Computer, überzog die groben Formen mit Texturen und diskutierte sie mit Simon, bevor er mit der Erzeugung der dreidimensionalen Entwürfe begann, angetrieben von seinem wankelmütigen, rastlosen und ungeduldigen Ideengeber.

Simons Büro wurde zum Landeplatz für die Modelle. So nahmen in nur wenigen Wochen seine Visionen für das Areal des Simonhofs Gestalt an – größer, konsequenter und weitreichender als irgendein anderes touristisches Bauvorhaben in den Alpen.

Ein sogenannter Wasserpark, verpackt in einen leuchtenden Glaskubus, in der Dimension großer Thermalbäder stand in der Mitte des Projektes, eingebettet in Skipisten, die an den Golfplatz grenzten, dessen Achtzehn-Loch-Runde um einen künstlich angelegten Badesee startete, über den zu rodenden Wald und in den Berg gesprengte Terrassen hinauf bis zum Bergsee führte und hinter dem Simonhof endete. Die untersten neun Löcher sollten im Winter beheizbar und somit ganzjährig bespielbar bleiben. Im Winter würde der neue See als zusätzliches Reservoir für die Beschneiungsanlagen dienen, im Sommer könnte er mithilfe von Sonnenkollektoren auf eine angenehme Badetemperatur erwärmt werden. An seinem hinteren Ufer würde jeden Winter ein Eishotel errichtet werden. Eine Eis-Bar an der Skipiste und eine weitere im Dorf würden dafür als Aushängeschilder dienen.

Der Bauernhof sollte um eine Pferdezucht samt Reitstall erweitert werden. Bald nach Anschaffung des ersten Traktors hatte man den letzten Haflinger einschläfern lassen, jetzt plante Simon aber nicht mit irgendwelchen Arbeitsgäulen – Arabische Vollblüter sollten gezüchtet, bestaunt und beritten werden. Das Flachdach des Reitstalles wollte er mit zwei Tennis-Rasenplätzen krönen. Auf dem Feld hinter dem früheren Nachbarhof würde ein Polofeld errichtet werden, auf dem ganzjährig Turniere stattfinden könnten. Dahinter war gerade noch genügend Platz für den Hubschrauberlandeplatz. Über dem Bergsee würde ein Klettergarten entstehen, der gesamte Bergrücken mit einem Netz ausgebauter Mountainbike-Trails überzogen werden. Die Pläne sahen eine Erweiterung des Hotels um drei weitere Chalets mit Hotelzimmern vor und ein halbes Dutzend kleinerer Chalets, die als Luxusappartements vermietet werden sollten.

Zusätzlich würden Konzerte, sportliche Wettkämpfe und andere Veranstaltungen samt prominenten Gästen insbesondere in der Nebensaison dafür sorgen, dass der Ort medial präsent blieb und somit als ganzjährige Tourismus-Destination wahrgenommen würde.

Simon war erfahren genug, um zu wissen, dass er für ein Projekt dieser Dimension viel Überzeugungsarbeit leisten und strategisch vorgehen musste. Er übernahm die vagen Kostenschätzungen des Architekten in die Finanzplanung und errechnete so den Kapitalbedarf. Die enorme Summe verunsicherte ihn kein bisschen. Gegen Ende der Saison traf er sich mit dem Chef der Bergbahnen. Es war ein Leichtes, den Mann zu überzeugen, der zu seinen Stammgästen gehörte und mit dem er mindestens einmal pro Woche an der eigenen

Hotelbar saß, um ihm gegen kleinere Gefälligkeiten ein paar Gläser Whisky zu spendieren, die dieser so gerne verkostete.

Die Erinnerungen an den schneearmen Start in die Hochsaison waren noch frisch. Wenn alles auch einigermaßen glimpflich ausgegangen war, konnte jede Verbesserung der Infrastruktur nur in seinem Sinne und dem der Bergbahnen sein, stimmte er zu. Im Angesicht der Pläne und Modelle in Simons Büro stellte der Geschäftsführer spontan eine Beteiligung der Bergbahnen an dem Projekt in Aussicht. Er gelobte, nichts von dem Vorhaben weiterzuerzählen, aber Simon wusste, dass er sich bald verplappern würde.

Es galt rasch zu handeln, um auch den Gemeinderat auf seine Seite zu bringen, bevor sich der Widerstand derjenigen formieren konnte, die sich übergangen fühlten – oder einfach nur Querulanten waren, wie Simon damals prinzipiell alle bezeichnete, die seinen Visionen kritisch gegenüberstanden. Wenn er den Bürgermeister und Fraktionsführer der einzig relevanten Partei überzeugen könnte, würde der Gemeinderat sein Vorhaben zweifelsohne unterstützen. Simon hatte mit dem Mann nicht das allerbeste Verhältnis, weil dieser sich wenig flexibel zeigte, wenn es um das Betreiben der Gastronomie, insbesondere um die Ausweitung der Schanköffnungszeiten am Simonhof ging. Er besorgte sich einen Termin. Die Sekretärin versicherte ihm, dass es die letzte Verpflichtung des Bürgermeisters an dem Tag wäre.

Simon bat ihn, neben ihm im Sportwagen Platz zu nehmen, und brauste ohne weitere Erklärung mit geöffnetem Dach in die Landeshauptstadt. Eine kräftige Portion Fahrtwind hatte erfahrungsgemäß schon so manchen Sturschädel durchgelüftet und weichgekocht.

Erst als sie an einem diskreten Tisch in einem gediegenen Restaurant das Abendessen einnahmen, erzählte Simon von seinem Vorhaben. Der Bürgermeister verstand rasch, dass ein Projekt dieser Größenordnung die wirtschaftliche Zukunft des Dorfes sicherstellen könnte, aber er schien noch nicht vollends überzeugt. Die bekannteste Stärke des Bürgermeisters lag in seiner Trinkfestigkeit. Simon konnte nicht mit ihm mithalten, blieb nur dank einiger Toilettenbesuche, bei denen er sich kaltes Wasser ins Gesicht schüttete und ein wenig weißes Pulver schniefte, einigermaßen klar im Kopf, aber anstatt seine Argumente zu untermauern, war ihm das Gespräch entglitten und sie waren wieder bei den Themen Schnee, Skisport und Fußball gelandet.

Erst auf dem Weg zurück zum Wagen, als sie direkt vor dem Etablissement mit dem roten Licht vorbeiwankten, kam Simon spontan auf die Idee. Es brauchte nicht viel, keine Worte, nur ein zögerliches Stehenbleiben, ein verschmitztes Lächeln, schon schritt sein Begleiter wie selbstverständlich voran durch die Tür. Es dauerte gerade einmal zwei Kaffees, die Simon trank, bis sein Gast wieder aus einem der Zimmer auftauchte, bereit, ins Dorf zurückzufahren. Der Abend kostete Simon eine ordentliche Stange an Bargeld, aber wozu hatte er das Schwarzgeld zur Seite gebracht, wenn nicht für solche Gelegenheiten.

Ohne dass sie weiter darüber sprechen mussten, war klar, dass der Bürgermeister auf seiner Seite stand. Wenn ein Familienvater sich ungeniert im Puff vergnügte, dann war das in einem Dorf ein erstklassiger Vertrauensbeweis für jeden Mitwisser.

Erst als Simon vor seinem Haus anhielt, kam der Bürgermeister noch einmal auf das Thema zu sprechen. Der Grüne sei das Problem, meinte er. Bei der letzten Wahl hatte erstmals ein Kandidat der grünen Partei, ein Lehrer, den Einzug in den Gemeinderat geschafft. Der sei unberechenbar und eine Gefährdung seines Projekts.

Simon lachte darüber, eine Stimme gegen vierzehn könne doch nichts ausrichten.

Aber dem Bürgermeister war es ernst, er erklärte, dass der Lehrer Kontakte zu Zeitungen in der Landeshauptstadt habe. Sobald ihm etwas gegen den Strich ginge, würde darüber etwas in der Zeitung erscheinen. Für den Aufmarsch der Protestierenden gegen die künstliche Beschneiung sei er vermutlich auch verantwortlich gewesen. Es herrsche eine Art Stillstand im Dorf, niemand wage sich mehr an größere Bauprojekte, weil alle fürchten müssten, am medialen Pranger zu stehen. Gegen den Willen des Grünen könne so ein Projekt nicht durchgezogen werden. Wehmütig erinnerte er sich an frühere Zeiten, in denen noch etwas vorwärtsging, als man Visionen hatte und nicht auf die Bremser hören musste, mit den Bremsern sei man früher anders umgesprungen, nämlich abgefahren.

Simon kannte den Grünen vom grußlosen Sehen. Im Dorf wurde er der Professor genannt, von manchen ironisch, andere meinten das ganz ernsthaft und betitelten prinzipiell jeden Lehrer so, zumindest, wenn er an höheren Schulen unterrichtete. Er lehrte Chemie und Physik an einem Gymnasium in der Kleinstadt und war kein Einheimischer, erst im Zuge seiner Anstellung war er in die Gegend gezogen. Warum er sich ausgerechnet ihr Dorf ausgesucht hatte, war niemandem klar, zumal ihm doch immer wieder etwas nicht zu passen schien. Er lebte alleine, hatte damit begonnen, einen kleinen, aufgelassenen Bergbauernhof auf der anderen Seite des Tales zu bewirtschaften.

Simon fiel nichts Besseres ein, als den Lehrer an der Bushaltestation abzupassen, wo er jeden Tag ausstieg, wenn er von seiner Arbeit zurückkehrte. Zu Simons Verwunderung lehnte der Mann die Einladung auf ein Bier, selbst auf einen Kaffee freundlich, aber bestimmt ab und machte sich auf den Heimweg. Simon sah sich gezwungen, den Mann zu Fuß zu begleiten.

Er durfte nicht lockerlassen, ihn aber auch nicht überrumpeln. Er musste ihn kennenlernen, um ihn anschließend für sich zu gewinnen. Das war nicht so einfach, denn der Lehrer gab sich wenig gesprächig, schien mit den Gedanken woanders zu sein, während sie die steilen Serpentinen auf der schattigeren Seite des Tales hinaufschritten. Also erzählte Simon vom Simonhof. Mit Bedacht holte er weit aus und redete von der Geschichte des Hofes, von seinen Vorfahren. Er gab sich Mühe, aber seine Begeisterung wirkte gespielt, seine Herkunft hatte ihn noch nie sonderlich interessiert.

Verschwitzt, längst wortlos keuchend gelangte Simon hinter dem Lehrer zu den von ihm angelegten Gärten vor dessen Hof. Aus Gastfreundschaft, vielleicht auch bloß aus Mitleid mit seinem erschöpften Begleiter, bat der Lehrer Simon, auf der Terrasse Platz zu nehmen. Er ging ins Haus, um Jause und Bier für seinen ungebetenen Besucher zu holen. Während Simon sich vom Aufstieg erholte und rasch ein bisschen weißes Pulver zu sich nahm, sah er, wie viel Arbeit der Mann in seine Gemüse- und Kräuterbeete steckte.

Als er seinen Gastgeber beim Essen danach fragte, taute dieser endlich auf und redete über experimentelle Anbaumethoden, mit denen er sich beschäftigte. Während Simon mit gelegentlichen Nachfragen das Referat seines Gegenübers am Laufen hielt, kam ihm der zündende Einfall. Er informierte ihn über seine angeblichen Pläne, beim Bergsee einen alpinen Naturwanderpark zu errichten. Ein Lehrpfad sollte Kindern wie Erwachsenen auf spielerische Art die Tier- und Pflanzenwelt der Alpen näherbringen. Auf diesem Wege solle das Bewusstsein geschärft werden, um die Artenvielfalt zu erhalten und mit den natürlichen Ressourcen sorgsam umzugehen. So spontan ihm die Idee gekommen war, so perfekt war seine kleine Ansprache.

Als ihm die schwärmerischen Worte ausgingen, legte er eine dramatische Pause ein, um danach seine Pointe anzubringen: Genau ihn, den Herrn Professor (und er sagte das ohne jegliche Ironie) wolle er dafür gewinnen, diesen Naturwanderpark zu gestalten. Zudem sei in weiterer Folge geplant, die Pflege und Weiterentwicklung dieser Einrichtung und der Bewahrung der Natur des gesamten Ortes in eine eigene Gesellschaft auszulagern. Diese Gesellschaft benötige wiederum einen Geschäftsführer.

Eine Tätigkeit, die sich sehr gut mit den Verpflichtungen eines Lehrers vereinbaren ließe. Zeitlich könne er seine Aufgabe flexibel gestalten. Zudem habe ein kleiner Zuverdienst noch niemandem geschadet.

Simon hatte die ganze Zeit über eine gewisse Skepsis des Lehrers verspürt und ihn deshalb einfach nicht zu Wort kommen lassen. Aber als sein Gastgeber zwei weitere Flaschen Bier aus dem Haus holte und mit Simon anstieß, war klar, dass die Sache lief.

Nachdem Simon das Dorf auf seiner Seite wusste, war es an der Zeit, sich um die Finanzierung zu kümmern. Er fuhr in die Landeshauptstadt und präsentierte das Projekt seiner Hausbank. Er beantragte nicht nur einen Kredit, sondern bot der Bank eine Beteiligung an der Betreibergesellschaft an. Seine Finanzplanung sah bereits nach vier Jahren schwarze Zahlen vor, zu diesem Zeitpunkt sollte mit der Rückzahlung des Fremdkapitals begonnen werden, das wiederum fünfundzwanzig Jahre später getilgt sein sollte. Er rechnete den Bankvertretern die satten Renditen vor, die sie über ihre Beteiligung und die Kreditvergabe erzielen konnten. Nachdem er den Vortrag über sein Projekt oft geübt hatte, sprudelte es in allen Facetten, mit allen Details nur so aus ihm heraus, so lückenlos, dass es im Anschluss an seine Präsentation kaum Fragen gab. Bei Kaffee und Kuchen plauderte er weiter über die besonderen Aspekte seiner Vision, bis seine Gastgeber sich nach und nach verabschiedeten – man würde sich ja, sobald das Konzept geprüft sei, wiedersehen.

Als er mit dem Sportwagen in Richtung Heimat losfuhr, war er vollkommen euphorisiert, obwohl die Wirkung des Pulvers längst nachgelassen hatte. Um herunterzukommen, machte er einen Abstecher in die Bars der Kleinstadt.

Dummerweise schnappte Marianne Gerüchte über Simons Projekt im Dorf auf. So kam das Thema beim Mittagessen am Sonntag zusammen mit den dampfenden Knödeln auf den Tisch. Über seinem strategischen Vorgehen, den Planungen und der Überzeugungsarbeit der letzten Wochen hatte Simon vollkommen vergessen, seine Mutter, seine Tante Marianne und seinen Großvater einzuweihen. Er entschuldigte sich kurz dafür und begann wie auf Knopfdruck damit, das Projekt in gewohnter Manier anzupreisen. Marianne strahlte bald vor Begeisterung, der Großvater gab sich unbeeindruckt und hatte keinen Appetit mehr. Elisabeth blieb erst skeptisch, aber als Simon ihr sein Finanzierungsmodell erklärte und es so klang, als ob alles schon fixiert sei, begleitete auch sie ihn in sein Büro, wo sie und Marianne ungläubig beziehungsweise ehrfürchtig die Modelle bestaunten. Der Großvater schaute sich mit verächtlichem Blick um, bis er kommentarlos hinausging, um sich auf seinem Lieblingsplatz zurückzuziehen. Elisabeth nahm Simon das Versprechen ab, alle Kalkulationen prüfen zu dürfen, bevor er irgendwelche Verträge unterschrieb.

Der Brief von der Bank traf Simon vollkommen unerwartet. Dass seine langjährige Hausbank sich weder beteiligen noch den Kredit bewilligen wollte und ihn auf diesem Weg, mit nur einem Satz, auf einem einzigen, armseligen Blatt Papier darüber informierte, erschien ihm auf beinahe demütigende Weise inakzeptabel.

Er bemühte sich umgehend um einen neuerlichen Termin. Erst nach wiederholtem Nachhaken bot man ihm ein Treffen mit einem der Männer an, der auch bei der letzten Präsentation dabei gewesen war. Es handelte sich um den jüngsten unter den Herren Magistern. Dessen Namen hatte Simon bei ihrer ersten Begegnung bereits bei der Begrüßung vergessen. Er hatte zurecht vermutet, dass er nichts zu entscheiden hatte.

Simon ließ sich nichts anmerken, hielt vor dem einen Zuhörer seine Präsentation ab, in der er nochmals den Kern des Projektes zusammenfasste, den Umwelt- und Nachhaltigkeitsaspekt in den Vordergrund rückte und mit neu ausgearbeiteten Optionen zur Finanzierung schloss. Er redete frei, formulierte treffend und war sich sicher, sein Gegenüber überzeugen zu können. Simon brachte seinen Zuhörer sogar so weit, dass er die Kalkulationen, die dem überarbeiteten Finanzplan zugrunde lagen, im Detail mit ihm durchrechnete – oder zumindest so tat als ob.

Tatsächlich hatte er es bloß seinem überfallsartigen Redeschwall und der höflichen Zurückhaltung des jungen Angestellten zu verdanken, dass er überhaupt so viel Zeit für seine Ausführungen erhielt.

Als Simon endlich eine Pause einlegte, um seinem Zuhörer die Gelegenheit für anerkennende Bemerkungen zu bieten, sammelte sich sein Gegenüber räuspernd.

Er kam ohne Umschweife auf den Punkt und teilte Simon mit, dass die Bank sich nicht an dem Projekt beteiligen würde. Simon wollte schon wieder auf seine Unterlagen zurückkommen, da ergänzte der Mann mit fester Stimme und ausweichendem Blick, dass das Institut in keiner Art und Weise und unter gar keinen Umständen an dem Projekt interessiert sei. Alleine die wiederkehrenden Probleme mit den Zahlungen der laufenden Kredite würden ein weiteres Engagement verunmöglichen. Da seien die neuen internen Richtlinien zu streng, da könne man gar nichts machen, meinte er und schaute Simon so bedauernd an, dass diesem nichts übrig blieb, als Unterlagen und Computer schnellstmöglich einzupacken und das Weite zu suchen, bevor eine zu große Wut in ihm aufsteigen konnte.

Nach dieser Niederlage konnte er nicht heimfahren, er blieb in der Kleinstadt, wo er sich bis in die frühen Morgenstunden in einer Diskothek herumtrieb. Dabei kam ihm offenbar der Einfall, wie er doch noch an seine Finanzierung kommen und sein Projekt realisieren könnte.

Bereits am nächsten Tag traf er sich mit dem Bürgermeister und dem Chef der Bergbahnen. Die Absage seiner Hausbank erwähnte er nicht, als er ihnen sein neues Vorhaben präsentierte. Gemeinde, Bergbahnen und Simonhof sollten gemeinsam eine Gesellschaft mit geringem Kapitalbedarf gründen. Erst über diese Gesellschaft sollten weitere Anteilseigner und Fremdkapital aufgenommen werden.

Die beiden waren zuerst nicht begeistert, weil sie ihre Gremien über den ursprünglichen Plan schon vorinformiert hatten und die Sache so nur hinausgezögert und verkompliziert würde. Simon erklärte ihnen, dass für sie alle das Risiko wesentlich geringer sei, wenn die neue Gesellschaft sich um alles kümmere, zudem könne man auf diesem Weg bessere Konditionen für die Aufnahme des Fremdkapitals aushandeln. Die Geschäftsführer der neu gegründeten Gesellschaft würden die Verhandlungen der Verträge mit den Banken leiten. Dabei sei es üblich, dass sie bei erfolgreichem Abschluss einen Bonus erhielten, zusätzlich zu ihrem Grundsalär.

Simon hatte die richtigen Schlagworte fallen gelassen und musste nicht ausdrücklich erwähnen, wer als Geschäftsführer infrage kam. Es passierte genau das, was er vorausgesehen hatte.

Der Bürgermeister schlug vor, als Erstes mit der Dorfbank über die Beteiligung und Kredite zu verhandeln. Schließlich sei die Bank ein langjähriger Partner der Gemeinde, Unterstützer diverser Vereine und bedeutender lokaler Arbeitgeber. Er saß im Vorstand der Bank, so erschien alles vollkommen logisch. Sie diskutierten an jenem Abend noch lange über weitere Ideen und malten sich die Zukunft so prächtig aus, dass die Geschäftsführer in spe allen Grund hatten, um ausgiebig zu feiern.

Elisabeth kümmerte sich am Simonhof um die Post. Zur Sicherheit öffnete sie auch die seltenen persönlich adressierten Sendungen, damit keine Rechnungen verloren gingen.

Etwa in diesen Tagen brach sie das Kuvert auf, durch das ich in dieser Geschichte auftauche. Zuerst stieß sie auf das Foto, das Mutter zu dem Brief gesteckt hatte. Wie Elisabeth mir erzählte, konnte sie das Bild nicht weglegen, auf dem ich zu sehen bin, wie ich mit Mama im Spanienurlaub am Strand spiele. Noch bevor Elisabeth aus dem Brief von mir, ihrem Enkelkind, erfuhr, erkannte sie etwas Vertrautes in meinem Gesicht, das sie nicht im Detail hätte beschreiben können.

Aus ganzem Herzen kann ich sagen, dass ich mich niemals vernachlässigt fühlte, solange ich bei meiner Mutter war. Wenn ich auch die meisten Details aus unserem Alltag vergessen habe, so erinnere ich mich doch vor allem daran, dass wir es oft sehr lustig miteinander hatten. Sie schaffte es fast immer, ihre Probleme von mir fernzuhalten, egal, wie sehr sie mit der Welt und sich selbst zu kämpfen hatte. Auf dem Bild sah sie allerdings längst nicht mehr glücklich aus.

In dem Schreiben berichtete sie von mir und bat darum, mich in die Obhut meines Vaters schicken zu dürfen. Ohne zu wissen, wie dieser mich aufnehmen würde, ob er mir überhaupt ein Zuhause bieten konnte. Sie hatte Simon und das Hotel im Internet ausfindig gemacht, wusste somit, dass mein Vater am Leben und augenscheinlich nicht verarmt war. Das genügte ihr anscheinend.

Meine Großmutter deutete den Brief richtig. Sie begriff, dass eine Frau geschrieben hatte, die am Ende ihrer Kräfte und verzweifelt genug war, um zu dieser drastischen Maßnahme zu greifen.

Elisabeth bekam den umtriebigen Simon zwischen Tür und Angel zu fassen und erzählte ihm von dem Brief und von meiner Existenz. Offenbar war er in diesen Tagen zu gestresst, um auch nur annähernd zu verstehen, was das bedeutete. Später beteuerte er, sich an das Gespräch überhaupt nicht erinnern zu können. So schrieb Elisabeth meiner Mutter und lud uns beide ein, an den Hof zu kommen.

Keine zwei Wochen später stand ich am Bahnhof in der Provinzstadt, ohne Mutter, eingeschüchtert von dem sonderbaren Dialekt der Eingeborenen, die ich doch als Deutschsprachige erwartet hatte, beeindruckt von den steilen, schier endlos aufsteigenden Berghängen, deren weiße Gipfel am Himmel zu kratzen schienen. Ich betrat meine neue Heimat und damit diese Geschichte.

Elisabeth holte mich vom Bahnhof ab. Sie redete während der gesamten Wegstrecke. Obwohl sie sich bemühte, Hochdeutsch zu sprechen, verstand ich bestenfalls die Hälfte. Ich staunte, wie weit wir die engen Serpentinen hinauffuhren und noch mehr, als wir das Gelände des Simonhofs erreichten. Und wären die Abhänge auf dem Weg hinauf nicht so schwindelerregend steil gewesen, hätte ich nicht glauben können, dass jemand auf die Idee gekommen war, auf diesem abschüssigen, welligen Stück Wiese ein Haus zu bauen.

Ausgerechnet hier hatten meine Ahnen wohnen wollen und ihr Zuhause errichtet. Zudem fanden sich offenbar Menschen, die dafür zahlten, auf diesem Abhang ihre Freizeit zu verbringen.

Das Hotel war noch geschlossen, der letzte Generalputz vor der Wintersaison im Gange. Elisabeth rief nach Simon. Auf der Suche nach ihm führte sie mich durch eine Vielzahl an Räumen, es fühlte sich an wie in einem verwirrenden Traum.

Wir fanden Simon schließlich in seinem Büro, wo er zwischen den Modellen seines Großprojektes vor einem Computer am Tisch saß und sich durchs Internet klickte. Ich war beeindruckt von dem mit seinen Entwürfen überfüllten Raum und aufgeregt, meinen Vater zu treffen, aber er schien noch nervöser, sprang auf, zappelte herum, lachte kurz auf und murmelte irgendetwas von Terminen. Er trug eine Lederhose, eine Lodenjacke, ein modernes Designerhemd und italienische Lederschuhe. Gel glänzte in seinen streng nach hinten gekämmten Haaren, seine Augenbrauen waren gestutzt, dafür trug er – als Zeichen seiner Kreativität – ein Unterlippenbärtchen. Elisabeth packte ihn an der Schulter und erklärte ihm ganz langsam, als wäre er schwer von Begriff, dass ich seine Tochter sei.

Er schaute zu mir herunter, bis es ihm offenbar unangenehm war. Dann reichte er mir die Hand, schüttelte meine kräftig und ließ sie abrupt wieder los. Ein Ritual, das uns allen sonderbar erschien. Wieder murmelte er etwas von Terminen und machte sich auf den Weg. Kaum war er aus der Tür, kehrte er schon wieder zurück, steckte die kleine metallene Dose ein, die er auf dem Tisch vergessen hatte, winkte mir grinsend zu und verschwand.

Meine Großmutter kümmerte sich um mich, aber oft, wenn sie zu tun hatte, setzte ich mich zum Urgroßvater, bei dem ich las oder zeichnete. Ich glaube, wir schätzten einander dafür, dass wir wortlos im selben Raum sitzen konnten, ohne uns an der Gegenwart des anderen zu stören. Meine Zeichnungen gefielen ihm, er bewahrte sie alle auf. Meistens versuchte ich, das Haus in Hamburg zu zeichnen, in dem ich mit Mutter gewohnt hatte. Erst nach und nach drängten sich Berge und Wiesen in die Bilder.

Am Abend saß ich oft bei Tante Marianne vor dem Fernseher. Sie schlief rasch ein – wie bei Mutter konnte ich so lange fernsehen, wie ich wollte. Dann kletterte ich die steile Treppe (die man in Hamburg als Leiter bezeichnet hätte) hinauf in mein kleines Zimmer, ganz hinten, legte mich in das schmale Bett unter die dicke Daunendecke. Es roch ganzjährig nach Heu, weil nur eine Bretterwand den Raum von jenem Teil der Scheune trennte, in dem das Futter für die Tiere lagerte.

Es dauerte nicht lange und ich fühlte mich zu Hause.

Im Nachhinein wundert es mich nicht, dass ich Simon kaum zu Gesicht bekam, rang er doch an allen Fronten um die Realisierung seines Traums.

Der Geschäftsführer der lokalen Bankfiliale legte sich mächtig ins Zeug, um den Kredit in der Landeszentrale prüfen zu lassen. So hatten sie es vereinbart, denn sobald die neue Gesellschaft gegründet war, wollten sie möglichst rasch handeln und schon gegen Ende des Winters mit den ersten Baumaßnahmen beginnen.

Tatsächlich konnte der Chef der Dorfbank sie über die provisorische Kreditzusage informieren, mit der er aus der Zentrale in der Landeshauptstadt zurückgekehrt war. Zudem wurde eine Beteiligung an der Betreibergesellschaft sehr wohlwollend diskutiert, die Entscheidung darüber aber an die endgültige Prüfung der Finanzpläne geknüpft.

Es gab wieder einen Grund zu feiern, der Bergbahnen-Chef, der Bürgermeister und Simon ließen ihren Helden aus der Bank hochleben. In der Euphorie dieser Nacht präsentierte Simon seinen Kollegen den Namensvorschlag für die Betreibergesellschaft. *ALP* stand für *Alpine Leisure Park*. Sie waren sich uneins darin, wie man *leisure* auszusprechen habe, doch der Name begeisterte sie auf der Stelle und wurde zur beschlossenen Sache, Details zur Aussprache ließen sich später klären, wenn man eine Agentur damit beauftragen wollte, sich Gedanken zur Corporate Identity des Unternehmens zu machen. Der Schwager des Bergbahnen-Chefs betrieb eine Firma in diesem Bereich und man war sich rasch einig, dass dieser bald einen einschlägigen Auftrag erhalten werde.

In der darauffolgenden Woche galt es schließlich, die Gesellschaft zu gründen, um den Kredit offiziell zu beantragen. Die Vertreter von Bergbahnen, Gemeinde und Simonhof unterzeichneten beim Notar die notwendigen Anträge und den Gesellschaftervertrag, eröffneten ein Bankkonto und mieteten ein provisorisches Büro im Dorf als Firmenadresse. Der Firmensitz sollte später in das Areal des ALP (also des Simonhofs) verlegt werden. Der Bürgermeister berichtete stolz, er habe einen

Förderantrag bei der EU eingebracht. Ein hoher Vertreter der Region habe ihm versichert, dass die Chancen auf eine beträchtliche Summe zur Unterstützung eines dermaßen innovativen Projektes äußerst günstig einzuschätzen seien.

So mussten die drei nur noch je 50.000 Euro auf das Konto einzahlen, um die Gründung der Gesellschaft entsprechend dem Vertrag zu ermöglichen.

Fünfzigtausend. Ich kann schon verstehen, dass Simon diesem Betrag keine besondere Aufmerksamkeit schenkte. Das entsprach dem Umsatz an der Schneebar nach zwei, drei starken Nachmittagen beim Après-Ski. Da Elisabeth sich um die Konten kümmerte, hatte er nicht daran gedacht, für ausreichende Liquidität vorzusorgen. Doch so knapp vor der Saison ließ sich da nichts machen. Nicht einmal ein paar Tausend hätte man abzweigen können – man war nicht nur im Minus, sondern hatte dieses bereits ausgereizt. Elisabeth musste schon jonglieren, um alle Lieferanten wegen ausstehender Rechnungen zu vertrösten. Die letzte Rate des Frankenkredites, dessen Kosten sich in wenigen Monaten verdoppelt hatten, war schon überfällig. Sobald die ersten Umsätze der Saison generiert waren, würde die Situation sich entspannen. Er müsse bloß zwei Monate warten, meinte sie. Die hatte er nicht.

Der Tresor war leer, bis auf das Säckchen mit dem weißen Pulver, nur noch zu einem Drittel gefüllt. Er fuhr den Sportwagen zum Händler, aber der wollte ihm nicht genug dafür geben und ihm schon gar nichts vorstrecken, sondern den Wagen nur in Kommission nehmen und erst bei erfolgreichem Wiederverkauf bezahlen. Simon erkannte, dass es eine Sackgasse war und grübelte über seine weiteren Optionen. Der Autohändler deutete sein Stillschweigen falsch und versuchte, ihm einen Neuwagen zu verkaufen. Mit vertraulicher Stimme kam er auf Schwarzgeld zu sprechen, das er bei ihm loswerden könne. Das brachte Simon auf einen neuen Gedanken.

Er holte seinen Pass und fuhr noch am selben Tag in die Schweiz. Um das Geschäftskonto zu entlasten und auf der sicheren Seite zu sein, hob er 120.000 Euro ab.

Erst auf der Rückfahrt überlegte er, wie er das Geld ohne entsprechenden Beleg und ohne es als steuerpflichtigen Umsatz zu deklarieren, auf sein Konto transferieren könnte, um es offiziell in die neue Gesellschaft einzuzahlen. Schwarzgeld weiß zu waschen, war schwierig, das wusste er. Man konnte das nur schleichend bewerkstelligen, auf systematische Weise, eben so, wie man das Schwarzgeld auch generierte. Elisabeth oder Marianne könnten die Summe in bar einzahlen und von ihren Privatkonten auf das Geschäftskonto des Simonhofs überweisen. Aber das erschien ihm zu trivial, selbst der recht kulante Steuerprüfer würde das Manöver durchschauen und nicht akzeptieren können. Es brauchte eine schlüssige Geschichte, um die Herkunft der Mittel zu erklären.

Da kam ich ihm in den Sinn. Seine Tochter, von ihrer Mutter seiner Obhut überlassen, hätte damit bei ihm ankommen können. Eine verrückte Deutsche, die ihrem

Kind das Geld mit auf den Weg gab, das sie unter ihrem Kopfpolster gehortet hatte. Das klang plausibel. Kein noch so ehrgeiziger Finanzbeamter würde das ernsthaft nachprüfen wollen. Als verantwortungsvoller Vater investierte er die Mittel in das Hotel und somit in die Zukunft seines Kindes. Je länger er darüber nachdachte, desto besser gefiel ihm diese Idee.

Er passierte die Grenze, ohne kontrolliert zu werden. Bei nächstbester Gelegenheit hielt er an, um zu tanken und einen Kaffee zu trinken. Als er zum Wagen zurückkam, wurde er von zwei Männern erwartet. Einer der beiden wies sich als Beamter der Zollwache aus. Simon gab seinen Namen an und zeigte seinen Führerschein. Dann wurde er befragt, ob er Bargeld im Wert von mehr als zehntausend Euro bei sich führe. Als er verneinte, baten sie ihn, das Auto aufzusperren. Einer der beiden setzte sich hinein, um es zu durchsuchen. Simon hatte schon davon gehört, dass er maximal zehntausend Euro über die Grenze bringen durfte, aber er dachte, das sei ein Kavaliersdelikt oder ein zur Abschreckung dienender Gummiparagraf. Selbst wenn er eine Strafe zahlen müsste, konnte ihm das jetzt egal sein. Nervös machte ihn nur der Inhalt der kleinen Dose im Handschuhfach. Der Mann brauchte keine Minute, um das Kuvert mit dem Geld zu finden, dessen Inhalt die beiden abwechselnd prüften, ohne es genau zu zählen.

Ob er wisse, was das bedeute, wurde er von einem der beiden gefragt.

Simon wusste es tatsächlich nicht. Es tue ihm leid, er habe das Geld schlichtweg vergessen, meinte er.

Einer der Männer trug ihm auf, sich zurück in den Wagen zu setzen, um den beiden hinterher zu deren Wache zu fahren.

Er schlug vor Erleichterung über sein Glück auf das Lenkrad, als er hinter dem BMW aus dem Parkplatz bog, weil die kleine Schatulle unentdeckt geblieben war. Sicherheitshalber holte er sie aus dem Handschuhfach. Er überlegte kurz, sie aus dem Fenster zu werfen, doch dann schob er sie tief in seine Unterhose, für den Fall, dass der Wagen noch einmal gefilzt würde.

Er wunderte sich, dass sie nicht zurück zur Grenzstation fuhren. Stattdessen folgte er ihnen über die Landstraße, durch unbekannte Ortschaften unweit der Grenze.

Der BMW der Beamten bewegte sich sonderbar. Erst rollten sie dahin, fast schon auffällig langsam, wie er es vielleicht erwartet hatte. Dann beschleunigten sie plötzlich, um gerade noch über eine Ampel zu kommen oder scherten so unvermittelt aus einem Kreisverkehr aus, dass Simon einem anderen Wagen den Weg abschneiden musste, um hinterherzukommen. So folgte er ihnen durch unbekanntes Gebiet, einem unbekannten Ziel entgegen. Für seinen Geschmack war das eine Unbekannte zu viel. Allmählich fragte er sich, wie weit entfernt die Wache der Zollbeamten liegen konnte.

Als sie sich einer Kleinstadt näherten, konnte Simon gerade noch den Anschluss an den BMW halten. Aber an der zweiten Ampel, die er bei Rot hätte überqueren müssen, ging es sich nicht mehr aus, er verlor den Wagen aus den Augen. Er steuerte in dieselbe Richtung weiter, in der Annahme, dass sie an einer der nächsten

Kreuzungen auf ihn warteten. Er fuhr rechts ran und prüfte wider besseres Wissen das Handschuhfach. Das Geld war weg. Er kramte das Döschen aus seiner Unterhose und sah sich noch einmal gründlich um. Momente, nachdem er eine Prise geschnupft hatte, ahnte er, was passiert war.

Über eine Stunde lang fuhr er die Straßen um und in der Stadt ab. Als es dämmerte, setzte er sich in ein Kaffeehaus, bestellte ein Bier und freundete sich beim dritten Glas langsam mit dem Gedanken an, Opfer geschickter Betrüger geworden zu sein. Die hatten ihn bestimmt schon auserwählt, als er aus der Schweizer Bank kam, ihn verfolgt und auf den richtigen Augenblick gewartet, um ein perfektes Verbrechen zu begehen, das der Beraubte niemals zur Anzeige bringen würde, weil er dadurch den eigenen Steuerbetrug eingestehen müsste.

Betrunken genug, um sich nicht länger zu ärgern, machte er sich auf die Heimfahrt, dachte daran, anderntags erneut in die Schweiz zu fahren. Er hatte ja noch ein paar Tage Zeit, um das Geld zu besorgen. Also wollte er sich zuerst mit Elisabeth und dem Steuerberater besprechen, um sie in den Plan einzuweihen, mich (beziehungsweise meine Mutter) als Geldquelle anzugeben.

Dazu kam es nicht mehr.

In einem per Nachnahme eingelangten Brief stellte die Hausbank unmissverständlich klar, dass die aktuell ausstehende Kreditrate umgehend zu bezahlen sei. Andernfalls sähe man sich gezwungen, von den im Vertrag definierten Grundpfandrechten Gebrauch zu machen, also den Simonhof zu beschlagnahmen. Der Wechselkurs zum Franken hatte sich weiterhin ungünstig entwickelt, die fälligen Kreditraten waren stetig angestiegen und hatten eine mehr als bedrohliche Höhe erreicht.

Anderntags meldete sich der Filialleiter der Dorfbank mit der Nachricht, dass die vorläufige Zusage zur Finanzierung der ALP zurückgezogen wurde, da die Zahlen der Finanzplanung bei genauerer Prüfung durch die Zentrale als nicht plausibel eingestuft worden waren. Simon war sich sicher, dass die Banken untereinander Informationen ausgetauscht hatten.

Er gab nicht auf, aber die jahrelangen Kontakte bei seiner Hausbank blieben unerreichbar und riefen ihn nicht, wie von deren Sekretärinnen versprochen, zurück. Ähnlich erging es ihm beim Versuch, in der Zentrale der Dorfbank den für die negative Prüfung des Antrages Verantwortlichen zu sprechen.

Elisabeth suchte in Simons überfülltem Büro nach Dokumenten für eine seit Wochen angekündigte Steuerprüfung. Verzweifelt half er ihr dabei, doch die Unterlagen hatten sich offenbar in Luft aufgelöst, waren zwischen all den Modellen und Plänen seiner Träume nicht auffindbar. Da wurde ihm mit einem Schlag alles zu viel.

Bis zu diesem Punkt war er sicher gewesen, dass sich alles ausginge, er Schwierigkeiten nur mit noch größerem Einsatz und felsenfester Überzeugung begegnen müsse, um alles zum Guten zu wenden und seine Visionen zu realisieren.

In stressigen Situationen fuhr er gewöhnlich in die Kleinstadt, um dort im Nachtleben Dampf abzulassen. Vielleicht tat er das auch. Über alles, was Simon in den drei Tagen seiner Abwesenheit anstellte, kann ich nur spekulieren, weil er niemals, selbst Jahre später noch, ein Wort darüber verlor. Außer mir wagten es nur die Polizisten, ihn danach zu fragen, und ich konnte beim besten Willen nicht herausfinden, was er denen erzählte.

Es war ein Donnerstag um die Mittagszeit, als er mit dem Wagen wegfuhr. Ich sah ihn erst wieder, als er mich am Sonntag gegen drei Uhr früh aus dem Schlaf rüttelte und im nächsten Moment huckepack nahm, noch bevor ich wach war und begriff, was passierte. Während er so mit mir die steile Treppe hinunterrumpelte, hörte ich einen lauten Knall. Erst als wir ins Freie kamen, roch ich den Rauch, hörte die aufgeregten Schreie von Elisabeth und Marianne, die Dinge aus dem Haus holten und auf eine Art Sammelplatz stellten, gute zehn Meter vor dem Hof. Dort wartete mein Urgroßvater, bei dem Simon mich absetzte. Als er in seinen Flip-Flops zum Hotel lief, sah ich, dass er nur seine Unterhose und ein T-Shirt anhatte.

Dann erkannte ich die Rauchschwaden, die hinter dem Hof aufstiegen. Bald konnte man Flammen aus dem Hauptgebäude des Hotels aufflackern sehen, die sich bereits nach draußen gefressen hatten. Simon suchte nach einer Möglichkeit, in das vorderste der Hotelgebäude zu gelangen. Er umrundete den Bau mehrmals, doch sobald er sich einer Tür oder einem Fenster näherte, schreckte er vor Hitze und Rauch zurück. Wieder war eine Explosion zu hören.

Der Urgroßvater nahm mich bei der Hand und geleitete mich zum Stall. Obwohl dieser noch in einiger Distanz zu den Flammen war, wollten wir die verängstigten Kühe freilassen.

Durch die Glasscheibe sah ich in den Speisesaal des Hotels. Es war dunkel, aber ich glaubte, Rauchschwaden zu erkennen. Eine Tür öffnete sich, und in schwachem, orange flackerndem Licht trabte Simon durch den Raum, tänzelte um die Speisetische herum und verschwand in einer anderen Tür, in Richtung *Chalet Enzian*.

Erst als der Urgroßvater mich ansprach, machte ich auch ein paar Kühe los. Wir ließen sie raus auf die Wiese und kehrten auf unsere Stehplätze vor dem Hof zurück. Meine Hand roch plötzlich nach Benzin.

Die ersten Löschfahrzeuge erreichten den Hof und wenig später kämpfte die Feuerwehr mit allen Schläuchen gegen die Flammen an. Der Dorfpolizist kam dazu, lief anfangs aufgeregt umher, um bald einzusehen, dass es für ihn nichts zu tun gab. Also gesellte er sich als schweigender Zuschauer zu Urgroßvater und mir.

Elisabeth und Marianne rannten noch einige Male ins Innere des Hofes, um vor dem Feuer zu retten, was ihnen wichtig erschien. Kleidung, Kruzifixe, Kochtöpfe, Schnitzereien, Schuhe, Geschirr und Bettwäsche waren darunter, bis sie allmählich langsamer wurden und sich zu uns stellten, da es nichts Wertvolles mehr gab, was sie in Sicherheit hätten bringen können. Wenig später kam auch Simon zu uns getrottet, mit leeren Händen und rauchenden Flip-Flops.

Wie paralysiert standen wir eng und stumm beieinander, als starrten wir im Fernseher auf die Bilder einer entfernten, unheimlichen Katastrophe. Als keine Flammen mehr zu sehen waren und der ausströmende Rauch schwächer wurde, fing es an zu dämmern. Allmählich begriffen wir, dass der alte Hof samt Stall und Scheune unbeschadet bleiben würde, weil die Feuerwehr den Brand rechtzeitig zurückgedrängt hatte. Die Gebäude des Hotels waren unterschiedlich stark betroffen, doch selbst der Wellnessbereich, wo das Feuer sich am wenigsten rasch hatte ausbreiten können und der noch am glimpflichsten davongekommen war, wurde später von einem Gutachter als abrissreif eingestuft.

In den Morgenstunden begannen die Feuerwehrmänner wieder normal miteinander zu sprechen, der militärische Befehlston während des Einsatzes war nicht mehr nötig, sie setzten ihre Arbeit ohne Hektik fort. Der Kommandant kam zu uns, zog sich seine schweren Handschuhe aus und schüttelte jedem, sogar mir die Hand.

Bevor er über seine Einschätzung der Lage sprechen konnte, ließ Urgroßvater uns seine Sicht der Dinge wissen. Jetzt seien wir wieder Bauern, stellte er fest.

Während der Feuerwehrkommandant den Ablauf des Einsatzes schilderte und uns vor weiterhin bestehenden Gefahren warnte, ergriff Simon zum ersten Mal meine Hand.

Leise fragte ich ihn, was er noch im Gebäude gemacht habe.

Nach dem Autoschlüssel hätte er gesucht, meinte er.

Ich schaute ihn ungläubig an.

Er habe den Brand nicht gelegt, sagte er.

Und das klang nach der Wahrheit.

Er ließ meine Hand erst wieder los, als wir damit begannen, die Sachen zurück in den Simonhof zu tragen.

Die Polizei beschäftigte sich eine Weile mit dem Vorfall. Simon wurde untersucht und mehrere Male einvernommen, Brandspezialisten und andere Beamte durchstöberten den Hof – wir wussten nicht, wonach sie suchten.

Der Dorfpolizist stand mit bedauerndem Gesicht dabei, als Simon ein paar Tage später von einem Streifenwagen aus der Landeshauptstadt abgeholt wurde, weil man Benzinspuren an seinen Händen identifiziert hatte. Er verbrachte eine knappe Woche in Untersuchungshaft.

Jeden Morgen fuhr Elisabeth zur Kirche und zündete eine Kerze für ihn an. Als er trotz eines starken Motives ohne Anklage auf freien Fuß gesetzt wurde, zahlte sie dem Pfarrer aus Dankbarkeit noch fünf Messen – fast genau denselben Betrag erhielt Simon später als Haftentschädigung. Die Benzinspuren an seinen Fingern hatten sich als so gering erwiesen, dass sie ebenso gut vom Tanken seines Autos herrühren konnten, wie Simon behauptet hatte. Es blieb das einzige Indiz, das die Kriminalisten finden konnten, um ihn zu überführen.

Die Versicherungsgesellschaft veranlasste eingehende und länger andauernde Untersuchungen zu dem Brand. Das Verfahren zog sich lange hin.

Schließlich bestätigte ein Schreiben die Zusage des Schadenersatzes und als offizielle Brandursache einen Kurzschluss, in dessen Folge sich in Benzin getränkte Wäsche entzündet hatte. In weiterer Folge hatte sich der Heizöltank entzündet und war explodiert. Dadurch hatte sich das Feuer rasch ausgebreitet und die Untersuchungen erschwert. Weder für den Kurzschluss noch für die Brandbeschleunigung konnte eine menschliche Manipulation beziehungsweise Brandstiftung nachgewiesen werden.

Simon schlug der Versicherung vor, nur den Abriss und die Entsorgung der ausgebrannten Gebäude und die Begrünung der Flächen in Rechnung zu stellen. Anstatt der Kosten für die Neuerrichtung der Gebäude forderte er eine Abschlagszahlung, die deutlich unter den geschätzten Kosten der Wiederherstellung lag. Nach einigem Hin und Her wurde man sich einig. So war er zwar sein Hotel los, aber er konnte mit einem Schlag sämtliche Schulden tilgen und löste die Bankverbindungen auf.

Es blieb ihm sogar ein stattlicher Rest, den er auf einem neu eröffneten Girokonto bei einer Bank in der Kleinstadt deponierte. Als die Bank bemerkte, welche Summe er da parkte, schickte man ihm mehrfach Angebote zu, wie er sein Geld anlegen könnte. Als man ihn auch noch telefonisch beraten wollte, drohte er, das Konto augenblicklich aufzulösen, wenn man ihn noch einmal belästigte.

Die Glastrennwand entfernte Simon in Eigenregie aus der Stallwand, indem er mit einem lustvollen Schrei auf den Traktor sprang und mit ausgefahrener Mistschaufel voran durch die Scheibe krachte. Wir mussten die Kühe auf der Weide melken, weil er es nicht schaffte, die Scherben bis zum Abend einzusammeln. Demonstrativ half ihm dabei niemand.

Die Aufräumarbeiten nach dem Brand dauerten lange, aber irgendwann erinnerten nur noch die frisch angelegten Rasenflächen wie Narben an die Fundamente der Hotelgebäude. Schon im übernächsten Sommer waren diese Spuren kaum noch zu erkennen, weil die Gräser der umliegenden Wiese sich den Platz zurückerobert hatten.

Mein Urgroßvater starb im Herbst dieses Jahres auf seinem Lieblingsplatz hinter dem Kachelofen, mit einem Ohr am Radio, Schnaps und Bier in Griffweite. Er lag noch ein paar Tage gewaschen, rasiert, frisiert und schön gekleidet aufgebahrt in der Stube vor der Wand mit den Jagdtrophäen, damit man sich von ihm verabschieden konnte. Er sah zufriedener aus als zu Lebzeiten.

Noch in diesem Winter baute Simon die Ski-Bar wieder auf. Kleiner, die Musik gedämpfter und nicht mehr tauglich, um die Gäste zur früher immer wieder forcierten Polonaise zu animieren. Es gab keine Happy Hour mehr und er verzichtete auf seine stimmungsvollen Durchsagen. Es war nicht mehr so wie zu Zeiten der legendären Mausefalle, die so mancher Stammgast vermisste. Dafür kam ein anderes Publikum. Die Einnahmen aus der Bar reichten locker, um uns über die Runden zu bringen.

Wenn der Schnee in den Jahren danach immer öfter ausblieb, wurde am Simonhof niemand sonderlich nervös – Simon schien sogar recht froh, wenn er nicht so viel zu tun hatte. Und wenn Schneereserven schon mit Helikoptern auf den Skipisten verteilt wurde, um verzweifelt die Schwachstellen im ausgedünnten Netz aus Kunstschnee zu kitten, konnte er so herzlich darüber lachen wie sonst kaum jemand im Dorf.

Ein letztes Mal noch kehrte Simon in die Schweiz zurück. Er löste das Konto auf und nahm das Geld in bar an sich. Es war mehr, als er in Erinnerung hatte. Er füllte die schätzungsweise drei bis vier Dutzend Bündel großer Scheine in einen Plastiksack, warf diesen nachlässig auf die Rückbank und fuhr (von falschen wie von echten Beamten) unbehelligt zurück über die Grenze. Seit Längerem hatte er überlegt, was er mit dem Geld anfangen würde, etwas Gescheites sollte es sein, etwas für andere, die es nötiger hatten.

Als er im Dorf ankam, fuhr er nicht zum Simonhof, sondern auf die andere Seite des Tales, hinauf zum Herrn Professor, um ihn um Rat zu fragen.

Den ganzen Abend über schwankte Simon von einem Vorschlag zum nächsten, bis der Entschluss gefasst war. Das Geld sollte an eine vom Lehrer erwähnte Einrichtung für Flüchtlinge in der Kleinstadt gehen, von deren Existenz er bislang nichts mitbekommen hatte. Schließlich sei seine Großmutter Uschi auch so etwas Ähnliches wie ein Flüchtling gewesen, erklärte er und machte sich auf, um das Geld umgehend dort abzuliefern. Der Lehrer begleitete ihn, bestimmt auch, um sicherzugehen, dass Simon es sich nicht anders überlegte. Tatsächlich kamen sie nicht einmal bis ans Ortsschild, weil Simon sich von den Lichtern einer neu eröffneten Bar am Straßenrand anlocken ließ, um einen Zwischenstopp einzulegen. Einmal noch wollte er sich die Sache gründlich durch den Kopf gehen lassen.

Mit dem protestierenden Lehrer im Schlepptau bestellte Simon Lokalrunde um Lokalrunde für die wenigen Gäste. Erst als der Wirt die Musik ab- und das grelle Licht aufdrehte, blieb ihm nichts mehr übrig, als zur Tat zu schreiten. Um seine Zeche zu begleichen, schwankte er im ersten Tageslicht zum Wagen, riss eines der Bündel auf und nahm einen Schein heraus. Wechselgeld wollte er keines. Der Lehrer war so betrunken, dass Simon ihn auf dem Weg zum Wagen stützen musste. Da half nur eine Fahrt mit offenem Dach.

Fest entschlossen, bei dröhnend lauter Musik, steuerte er den Wagen in die Kleinstadt, gerade rechtzeitig wurde der Lehrer wieder munter, um ihn lallend zu dem Flüchtlingsheim zu dirigieren. Simon schaltete das Radio aus und ließ den Wagen zum Eingang rollen. Wie erhofft war alles ruhig. Er wollte seine Ladung unbemerkt in den Briefkasten werfen. Das ging schneller als gedacht.

Als er ausstieg, um den Plastiksack an sich zu nehmen, den er auf der Rückbank platziert hatte, fand er nichts weiter als ein einziges Bündel Geld, das sich in einem der noch nie verwendeten hinteren Sicherheitsgurte verheddert hatte. Adrenalin schoss in den Körper des Lehrers.

Er sprang aus dem Wagen, tauchte unter die Rückbank ab, umrundete das Auto und lief ein Stück weit in die Richtung, aus der sie gekommen waren. Simon nahm das eine Bündel und warf es in den Briefkasten. Dann setzte er sich ans Steuer und wartete, bis der umherhüpfende Lehrer sich beruhigt hatte und wieder einstieg. Auf dem Heimweg stoppte er mehrfach, damit der Lehrer am Straßenrand nach dem Geld suchen konnte, aber es blieb verschwunden.

Die einzig mögliche Spur davon waren einige angeschaffte Neuwagen im Dorf. Simon fand das ganz tröstlich – offenbar war das Geld nicht nur einem Einzigen in die Hände gefallen.

Er verkaufte den Sportwagen und fuhr nur noch mit dem Traktor und dem alten Motorrad seines Vaters, wenn es sich starten ließ. Er hatte nie Bauer werden wollen, aber jetzt war er einer. In der Früh zum Melken mussten Elisabeth, Marianne oder ich aufstehen, aber sonst war er sich für keine Arbeit zu schade.

Fragen der Moral kommen mit dem Vermögen von alleine ins Spiel, wenn es darum geht, es zu erhalten, einzusetzen, zu kontrollieren, zu vermehren und weiterzugeben. Das Geld hat Simon nie genug interessiert, als dass ihm die Beschäftigung damit Freude bereitet hätte. Den Verlust von Hotel und Vermögen hatte er ohne Weiteres verkraftet. Verändert hat es ihn bestimmt. Er ist etwas ruhiger geworden, nicht mehr ganz so rastlos, nachdem seine Träume im Rauch aufgegangen waren.

Nein, mein Vater ist kein besserer Mensch geworden, aber er hat es geschafft, zufrieden zu sein mit dem, was er hat. Vielleicht sogar damit, wer er ist.

Er begann, hinter dem Hof, fast bis hinauf zum Findling, einen Garten mit Alpenkräutern anzulegen, weswegen uns der Dorfpolizist aufsuchte. Ein Wanderer hatte Anzeige erstattet, weil Simon in der letzten Reihe des Kräutergartens Hanf-Stauden gepflanzt hatte. Irgendwie konnte mein Vater den Beamten in einem langen Gespräch in der Stube davon überzeugen, die Pflanzen noch zwei Wochen stehen lassen zu dürfen, bevor er sie zeitgerecht ernten konnte. Die Erfahrung mit dem Kriminal hatte ihm den Hang zum Kleinkriminellen nicht ausgetrieben. In den Jahren danach suchte er besser getarnte Plätze für die Pflanzen. Angeblich überbot er sich mit dem Professor von der anderen Seite des Tals darin, diese zu züchten.

Den Naturwanderpfad hinauf zum Bergsee errichteten die beiden auf eigene Kosten. Der Architekt (der sein Studium an den Nagel gehängt hatte) half ihnen kompetent. Er hatte auf Landschaftsarchitektur umgesattelt. Um zu pflanzen und Wege anzulegen, brauchte er keinen Studienabschluss.

Der Wanderpfad blieb der einzige realisierte Teil von Vaters Visionen für den Hof.

Nach bestandener Reifeprüfung, vor bald zehn Jahren, verließ ich die Berge wieder und zog zurück zu meiner Mutter nach Hamburg. Eine Zeit lang ging es ihr ziemlich gut, das Ende kam fast überraschend.

Für ein paar Wochen im Sommer und zu Allerheiligen besuchte ich den Simonhof – zur Heuernte und um mir alte Geschichten über die Verstorbenen in Erinnerung zu rufen, Neuigkeiten zu erfahren, die allmählich selbst zu Geschichten wurden, in ihrer Wiederholung zur Geschichte des Hofes.

Wenn vor meiner Abreise ein bisschen Wehmut aufkam, brauchte ich mir nur zu überlegen, was ich, die ich immer eine Zugereiste bleiben würde, hier oben jeden langen Tag machen sollte. Dann kehrte ich gerne in die Stadt zurück.

Vorletztes Jahr, im Spätsommer, bei der letzten Heuernte, setzten Elisabeth, Marianne, mein Vater und ich uns verschwitzt auf die Wurzeln im Schatten der mächtigen Buche neben dem Findling, um etwas zu essen, zu trinken und zu rasten. Dicke Fliegen, Bienen und Bremsen schwirrten um uns, gelegentlich klatschte eine Hand auf eine Wade oder einen Unterarm.

Er wolle den Hof übergeben, sagte Simon so beiläufig, dass er sich nicht einmal die Mühe machte, vorher das Brot zu schlucken, an dem er herumkaute.

Da müsse er erstmal für einen Jungbauern sorgen, lachte Marianne.

So nachdenklich, wie er hinunter zum Hof sah, war aber bald klar, dass er nicht witzelte.

Mithelfen wolle er weiterhin, aber er habe keine Ideen mehr für den Hof und sei fest entschlossen. Je eher, desto besser. Sie könne doch Bäuerin werden, wandte er sich an Marianne.

Marianne reagierte mit einem kurzen, etwas übertriebenen Schrei des Entsetzens. Er wisse genau, wie ungern sie entscheide oder bestimme.

Dafür könne sie sich ja einen netten und tüchtigen Bauern suchen, schlug er vor.

Sie zerquetschte eine Bremse an ihrem Hals.

Darauf könne er lange warten, seufzte sie und zog ein säuerliches Gesicht, als sie das Wort Männer mehrmals flüsternd wiederholte. Er solle sich doch selbst eine tüchtige Bäuerin suchen, wie es der Brauch sei, lenkte sie ab.

Er sei zur festen Überzeugung gelangt, dass die zivilisierteste Art, mit seinen Trieben umzugehen, die Masturbation sei, meinte Vater, ganz ruhig, beinahe feierlich.

Wir sahen ihn ungläubig an, überlegten, ob diese Bemerkung besonders gescheit oder einfach nur unpassend war.

Ob ihm der Herr Professor beigebracht habe, so daherzureden, brach Elisabeth das Schweigen.

Sie drehte sich zu mir um. Wie die Dinge denn bei mir stünden, wollte sie wissen.

So wie sie und mein Vater mich anlächelten, wusste ich augenblicklich, dass die beiden unter einer Decke steckten und nur darauf gewartet hatten, bis ich an der Reihe war.

Mit mir und den Männern sei einiges los, meinte ich ausweichend, aber niemand gab sich damit zufrieden, sie schauten mich erwartungsvoll an. Schließlich schüttelte ich den Kopf.

Wir sprachen kein Wort mehr darüber. Am nächsten Morgen verabschiedete ich mich knapp von allen und reiste ab. Vater ließ mich gehen, ohne nachzufragen oder mich zur Rede zu stellen.

Selbst in meiner Stadtwohnung, kilometerweit umgeben von Beton und Asphalt, juckte es mich in der Nase. Wenn ich an den fast erstickend intensiven Geruch der staubigen Heuarbeit dachte, die schon der erste Simonbauer als Belohnung angesehen hatte, im jährlichen Zyklus der Arbeiten.

Erst hier in Hamburg wuchs das Bedürfnis, alles aufzuschreiben. Ich wollte ihre Erzählungen ordnen und sammeln, um zu verstehen, wer sie waren, woher ich komme. Beim Schreiben begriff ich allmählich, wie vertraut meine Vorfahren mir waren und in wie vielem ich ihnen glich. Dass es keinen Menschenschlag gab, den ich besser kannte, keinen, der mir näher war. Zuweilen erschien es mir, als hätte ich all das miterlebt – selbst das, was lange vor meiner Zeit passiert war. Indem ich es aufschrieb, wurde ich Teil dieser Geschichte und sie ein Teil von mir.

Ich steige schon bei der ersten Haltestelle im Dorf aus dem Bus, um niemandem über den Weg zu laufen, dem ich mich erklären müsste. Trotz des schweren Rucksacks nehme ich den kürzesten Weg, steil nach oben durch den Graben, entlang des Bächleins, wo zwischen ausgewaschenen Steinen würzige Kresse wuchert.

An der Stelle, an der das Wasser im Berg verschwindet, lege ich eine kleine Rast zum Verschnaufen ein, dann klettere ich seitlich den jähen Abhang durch den Wald hinauf.

Ich keuche und schwitze, als ich aus dem Wald hinaustrete und über die Felder zum Simonhof schaue. Wo mein Ur-Urgroßvater als geborener Bergbauer seine Heimat gesehen hat, erstreckt sich die geneigte, gewellte Wiese wie die halb geöffnete Hand eines Bauern, rau und voller Untiefen. An den steilsten Stellen die von den Kühen getretenen Treppen, die wie Schwielen aus dem Gras hervorstehen. Am Rand der Wiese stehen ein paar Bäumchen, die gerodet werden müssten. Die Luft riecht satt nach den blühenden Gräsern und nach den Fichten, deren Blüte nicht mehr weit ist. Ein kühler Wind bläst, weit oben am Berg zwischen den Felsen liegen noch dicke, unnütze Schneefelder. Allmählich öffnen sich meine beim Anstieg zugefallenen Ohren.

Je näher ich dem Hof komme, umso prächtiger erscheint er mir, erhaben thronend, wie ich ihn noch nie gesehen habe. Ein Monument, das sich so unveränderlich gibt, als wäre es aus der Zeit gefallen, und sich stur gegen die Vergänglichkeit stellt.

Der Glockenstuhl ragt windschief aus dem Gebäude, als drohte er abzustürzen, wenn jemand es wagte, noch einmal die überdimensionierte Glocke zu läuten. Die Balkone hängen ein wenig durch, als ob Elisabeth und Marianne sie mit ihren prächtig blühenden Blumen überladen hätten. Ein paar Dachschindeln wären zu tauschen. Das Brennholz ist auf der einen Seite in feinsäuberlicher Perfektion um die kleinen Fenster gestapelt, sodass man die Glasscheiben kaum noch erkennen kann. Das Pflaster vor der Tür ist mit vom Frost gesprengten Rissen durchzogen, aus denen vereinzelt Löwenzahn wuchert. Die alten Bretter sind von Wind, Schnee, Regen und Sonne gebeizt, keine Seite des Hofes gleicht der anderen; jedes Brett, jeder Balken scheint einen eigenen Charakter zu besitzen, mit dem sie sich gegen die Witterung behaupten. Wenn man mit den Fingerkuppen über die tiefen Rillen des Holzes fährt, fühlt es sich an wie ein ganz und gar unnatürliches Material, sonderbar weich und dabei so fein gearbeitet – geformt, geschmirgelt, gebeizt, in perfekter Unregelmäßigkeit, wie keine Menschenhand, keine Maschine es zustande bringen könnte.

Ich werfe meinen Rucksack auf die ausgeblichene Holzbank vor der Tür. Der Türrahmen ist so niedrig, dass ich beim Eintreten instinktiv meinen Kopf einziehe, wie jedes Mal, wenn ich aus Hamburg komme, wo ich mich an die verschwenderische Höhe der Altbauwohnung gewöhnt habe. Der Geruch in dem dunklen Gang mit den abgerundeten Dielen, über die sich der lange Teppich wölbt, lässt sich nicht aufschlüsseln. Zu viele

Zutaten hängen darin, aus einer über hundertjährigen Geschichte. Wie jedes Mal, wenn ich zurückkehre, wird meine Nase nach ein paar Tagen das Aroma nicht mehr wahrnehmen, sobald ich wieder ein Teil des Simonhofes geworden bin.

Elisabeth will mich gar nicht mehr loslassen, bis Marianne sie ablöst und mich noch fester an sich drückt. Wir setzen uns an den großen, schweren Esstisch. Der Filterkaffee schmeckt nach Zuhause, ich packe ein paar Mitbringsel aus, wir reden und reden und werden erst ruhig, als wir meinen Vater von draußen kommen hören.

Mit den abstehenden Haaren streift er den Türstock, weil er etwas größer ist als seine Vorfahren. Er bleibt auf halbem Weg zum Tisch stehen, für einen lächelnden Moment zeigt er uns seine kräftigen Zähne. Der Rücken leicht nach vorne gebeugt, der Kopf aufrecht, die groben Hände an den schlanken, zähen Armen, die Beine dünn – selbst in der weiten Hose erkennt man, wie knorrig sie schon sind und im Alter erst werden. Die Augenbrauen dominieren sein Gesicht, wild wuchern sie wie Hecken aufeinander zu. Je nach Lichteinfall zeichnen sich darum Falten in jeder denkbaren Richtung. Seine dünnen, wirr wegstehenden Haare sind dunkelbraun, gerade wie Latschennadeln, und werden ihm nicht ausgehen, erst im Alter wird er anfangen zu ergrauen und sterben, bevor die Haare weiß sind. Den Bart hat er sich vor ein paar Tagen schlampig abgeschabt, er wächst in einem Durcheinander aus braunen, grauen, weißen und schwarzen Inseln, stachelig wie Disteln. Abgesehen von seinem Wohlstandsbauch sieht er seinen Vorfahren ähnlich.

Trotzdem ist aus dem Hotelier kein Bauer geworden. Mit den blauen Turnschuhen, der beigen Hose, dem durchgeschwitzten Designerhemd und der Baseballmütze gleicht er niemandem, außer meinem Vater.

Er sieht abwechselnd in unsere Gesichter, sein Blick bleibt auf Elisabeth gerichtet.

»Und?«, fragt er. Es hört sich an, als würde er sich wie üblich danach erkundigen, was es zu essen gibt. Doch dann schaut er zu mir, lange, bis sein Blick weich wird, seine Augen zu glänzen beginnen.

»Sehnsucht?« Es klingt nach einer Frage und einer Feststellung. Ich fühle mich verstanden. Ich bin angekommen.